豫西镖王

张锦生 著

河南文艺出版社
·郑州·

目录

第一章　营救革命党

1

河南有“九州心腹，十省通衢”之称，自古就是兵家必争之地。因此，世代耕作的河南人民一直饱受战乱之痛。

1911年10月10日，辛亥革命在武昌爆发。武昌起义胜利后，起义军成立了湖北军政府。随后，在短短两个月内，湖南、广东等十五个省纷纷宣布独立，脱离清廷的统治。在全国性革命风暴的猛烈冲击下，1912年2月12日，清朝历史上最后一位皇帝——爱新觉罗·溥仪，颁布退位诏书，清王朝轰然坍塌。

1912年元旦，中国历史上第一个资产阶级民主共和国——中华民国诞生。伟大的革命先行者孙中山先生就任中华民国临时大总统。

举国上下，无不欢呼。

2

1912年元旦后的一天清晨，一轮红日刚刚升起。崖苦垛村的男女老幼聚集在祠堂前，男人站在左侧，女人和孩子站在右侧。人人都穿着新衣，个个都面带笑容，他们在用一种最庄严、最神圣的仪式迎接新纪元的到来。

崖苦垛村地处豫西南南召县境内，北倚宝天曼山，东西两侧均被连绵大山环绕，是一个前宽后窄的半封闭式的村子。整个村落散布于沟峪、壕坡和湾塘之中，村民们称这儿的地理环境是："九岭十八岔，地在空中挂；住户星散居，方寻七八家。"全村有一百来户人家，五百多口人，百分之九十为安姓，余者均为外来杂姓。崖苦垛村的行政建制依然沿用前代之名，村长为村正，又是族长，下设掌籍、掌柜各一人。掌籍负责村民登记，掌柜负责向村民摊派收取用于祭祀祖庙及村内公用开支的款项，并负责纳粮征税。与其他村均由地主、富人为村正不同，崖苦垛村的村正是族众经过排列辈分，公推而定的。现任村正安世昌年高德劭，在族人眼中他是一位富有正义感的村夫子（教书先生），因此备受村民拥戴。

安世昌生于书香门第，慈父为师，幼学严教，才学满腹，是远近闻名的大才子。父师教诲，历经世事，使他懂得了政教得失，时世兴衰。少年时，他心中燃烧着扫除腐败的希望之火，充满了济世的热情，指斥权奸，力持正论。但在耳闻目睹了清王朝的腐败无能、苟安享乐，各级衙门官宦搜刮民脂民膏、奢侈糜烂的现状之后，深知“道不同，不相为谋”，多次婉拒朝廷征辟，不肯丧志辱节。他甘心将满腹才华浇灌在故乡这块净土上，培育出既自律严己又敢于反对污浊的人。为此，他舍弃锦衣玉食，躬耕田园从教，甘愿衣如悬鹑，并日而食。在崖苦垛村村民的心中，族长安世昌就是一面引领着他们走向光明的旗帜。

祠堂前站着四个男人：族长安世昌、革命党人安豫侠、掌籍安继昌和掌柜安永昌，他们的左前方摆放着一张小木桌，上面放着一把大剪刀。他们的正前方用树棒架起了一个高三尺、宽三尺、长六尺的垛台。这场极为新颖的“送葬”，在掌籍安继昌的引领下拉开了帷幕。

“请族长安老先生倡言国事，阐明治国之道！”今天，安继昌的嗓音格外洪亮。

鹤发银须、精神矍铄的安世昌身着青布长袍站立中央，朗声道：“乡亲们！当下清朝灭，民国兴，乃是天意。吾夜观乾象，昼察人事，天之所废，不可支也。如今政治腐败，民心尽失，大清王朝，寿数已尽。武昌起义胜利后，孙大总统为加强内治，即下与民更始的剪辫之令，永远抛弃这个象征屈辱奴役的身外之物。自清军入关，清王朝便强迫汉人剃头留辫，皇帝下谕旨一道：‘留头不留发，留发不留头。’不少人因反抗而丧命。现如今，剃人头者人亦剃其头。今日，我们要反其道而行之，在祠堂前拜祭祖先，燃放爆竹，剪掉头上这条象征耻辱、象征奴隶的辫子！”

安老先生铿锵有力的话语，点燃了众族人胸中的怒火，几百号人同时握紧拳头，发出了反对封建统治制度的怒吼。

站在女人队伍最前面的安豫侠的母亲和妹妹安翠霞，与站在男人队伍最前面的进步青年安天祥一起高呼：

“安老先生讲得好！我们就是要剪掉头上的‘驴尾巴’！”

“我们永远不做清王朝的奴隶！”

“中国永不留存帝制！”

“让清王朝见鬼去吧！”

群情激奋，高呼声此起彼伏。

安继昌看了看身旁站着的安豫侠，遂展笑颜，他抬手示意族人安静，而后说道：“现在请革命党人安豫侠讲话！”

安豫侠被族人讨伐帝制的愤慨之情所感染，为族人之觉醒、奋起反抗之勇气所震撼，他面对族人情不自禁地说道：“谢谢！谢谢各位父老乡亲！”

安豫侠扭头望着身旁的族长安世昌，说道：“是啊！我的前辈、恩师安老先生讲得对呀，清王朝寿终正寝，土崩瓦解乃是天意。自古道：天下无不散的筵席，从古无不灭的帝家。如今，二百七十六年的清室江山，一股脑儿夺还；二千一百多年的皇帝制度，一股脑儿扫清。这一民国肇兴、震古烁今的巨变，实为四万万华夏同胞之幸事。我之所以决意追随孙中山先生，加入革命党，成为一名革命党人，正是信奉孙中山先生所倡导的：推翻清室，永除帝制，走民主共和之路，建立一个天下为公的社会。

“现在我要告诉乡亲们一个振奋人心的好消息：昨日，起义军在解放了南召县城后，又攻破了内乡县城，知县邱铭勋被当场活捉，署内男女纷纷出逃，钱粮尽数收缴，延续了两千余年的内乡县封建政权终于走到了尽头，人们无不拍手称快，共呼孙大总统万岁！

“有道是：帝运告终清祚覆，中华一统共和成！”

“送葬开始！”掌籍安继昌一声号令，祠堂前瞬间响起了震耳的鞭炮声。掌柜安永昌随即点燃了垛台，腾空的火焰驱走了寒冬的风霜，映红了山，映红了地，也映红了崖苦垛村族众的脸庞。男人们井然有序地跟在族长安世昌的身后，走向木桌，拿起铁剪，用力剪掉那象征奴隶的辫子，然后抛入熊熊燃烧的垛台中，几千年的专制，几百年的耻辱，转瞬间化为灰烬。

3

月色朦胧，寒风袭骨。山脊上三个模糊的人影正朝着内乡县东岭沟村的方向奔去。

“鹿大哥，我哥为啥派我们去东岭沟村？”安翠霞瞪大眼睛，望着鹿觉民不解地问道。

鹿觉民微笑着看了一眼身旁这位活泼可爱的妹妹，向后指了指道："你去问他。"

安天祥之所以一直走在后面，就是怕好问的安翠霞给他出难题，弄得他下不来台，没想到，还是没能逃过这一"劫"。鹿觉民有意将皮球踢给他，没有一点准备的安天祥顿感狼狈，脸不由得红了起来，好在黑夜里其他两人没有发现他的窘态。

父母因病早亡，安天祥从小与爷爷安世昌相依为命。受爷爷的影响，安天祥也是一位思想进步的青年，一身浩然正气。如今他已二十八岁，身体健壮，憨厚朴实。

"嗨！想什么呢？就这么个简单的问题至于想这么久吗？一个大男人总是磨磨叽叽的，再不说我可跟你急了。"安翠霞假装恼怒地说道。

安天祥急忙说道："翠霞妹子，急脾气又上来了不是？我这不正要说嘛，你千万不要生我的气，小心伤了内气。"

"什么时候学会油嘴滑舌了，你再不说……"安翠霞故作嗔怪。

"你要是再不说，后果可就要自负啦。"鹿觉民笑着调侃道。

三个人不自觉地放慢了脚步。

"安大哥为什么要派咱们三个去东岭沟村？一是鹿大哥也是革命党人，他又是东岭沟村人，有深厚的群众基础，对村里的情况了如指掌，便于开展工作；二是安大哥对我们绝对信任；三是东岭沟村地主恶霸皮敛金不甘心清王朝的覆灭，一直留着辫子，妄想恢复帝制，誓言反对共和，拥戴袁世凯，铲除革命党。据说已有五名革命党人被他抓了起来，生死不明。他还与土匪有勾结，南召、内乡两县的百姓深受其害，是咱们豫西的一大毒瘤，需尽快铲除掉。”

“哟！真没想到你这脑袋瓜子还挺灵光的，分析得头头是道，真是‘一跃丈八远——大有进步’啊。”安翠霞嘻嘻地笑了起来。

“看见了吗，这就是回答问题的好处。”鹿觉民逗趣道。

安天祥听了安翠霞的夸奖后，顿感神清气爽。

鹿觉民三人赶到东岭沟村时，晨曦尚未冲破黑暗，公鸡尚未打鸣，整个村庄一片寂静。

猎户鹿醒民因晚间多喝了几杯，早早就钻进了被窝，眨眼工夫便鼾声如雷。忽然，门外传来一阵急促的敲门声，鹿觉敏被惊醒后快速穿好衣服，尔后抄起猎枪来到东屋，叫起了父亲鹿醒民。这一带常有土匪出没，打家劫舍的事时有发生。鹿醒民吩咐女儿在院内守候，他则从围墙上翻了出去，悄悄绕到大门外。

“不许动！都把手举起来，并转过身来！”

三个“不速之客”被身后突然响起的厉喝声和拉动枪栓的声音吓了一跳，只好举起手慢慢地转过身来。

“二叔，我是觉民啊。”

“啊！你是觉民？”鹿醒民扔掉猎枪，一把抱住侄儿鹿觉民高兴地说道，“几年不见，你还好吗？”“好！一切都好。”“走，进屋说去。”鹿醒民拾起地上的猎枪，正要唤女儿开门，只听吱的一声，大门已被打开。鹿觉敏热情地与鹿觉民打过招呼，将几个人让进屋内。

鹿觉民将安天祥、安翠霞向二叔父女俩作了介绍，随后几人便亲亲热热地拉起了家常。鹿醒民、鹿觉民叔侄二人笑谈着这几年的经历，相互间又有了新的认识。

鹿觉民看时机已经成熟，便压低嗓音说道：“二叔，其实这次来咱东岭沟村是奉了安老板（安豫侠）之命，有急事相商。自张镇芳任河南都督后，便大肆抓捕残害革命党人。张所派鹰犬、密探遍布全省，众多中州英豪慷慨就义。为悼念这些革命志士，有人写了这样一首歌谣：

月黑天阴鬼哭秋，拼将铁血铸中州。可怜爱国奇男子，多被凶残一网收。

枪弹轰身骈首亡，从容就义岂寻常。成仁取义今无愧，留得英明照梓桑。

“临来时，安老板挥毫泼墨，满怀悲愤地写道：

大局纷纭若逝波，男儿爱国竟如何？
同胞颠沛伊谁救，羞向人前说共和。
堂堂贵戚莅中州，亡国余威使人愁。
大陆依然崇专制，共和若讨水东流。

“虽然辛亥革命没有达到预期目的，但是我们活着的革命党人绝不会放弃自己的政治立场和奋斗目标，因此安老板指示我们：一定要想法营救出被地主恶霸皮敛金抓捕的五名革命党人，并借机震慑其嚣张气焰。二叔，皮敛金和东岭沟村现在是什么情况？”

鹿醒民五十岁开外，虽然头发花白，脸上布满了皱纹，但他精神矍铄，身体硬朗，双目炯炯有神。在奸奴误国、民无宁日的乱世，他饱受磨难，却始终没有倒下。要一个平等自由、没有压迫的社会，要一个驱散乌云、蓝天永驻的寰宇，要一个守家立业、老婆孩子热炕头的温暖之家，这就是支撑他活下去的理由。然而，时势突变，家徒四壁，父母和贤惠的妻子先后离世，心中那股悲痛无时无刻不在折磨着他。

鹿醒民在鞋底上磕掉烟袋锅中的烟灰，顺手将烟袋插进烟荷包中，而后说道：“咱们东岭沟村在这一带算是比较大的村子，全村现有1000多户人家，6000多口人，但土地都被大地主皮敛金所霸占。地主恶霸皮敛金在这一带早就是屎壳郎坐轮船——臭名远扬，他曾做过内乡县衙的捕快头，长着一副恶棍嘴脸，自拥武装，私设监狱，横行乡里，是个杀人不眨眼的魔王。因满脸麻坑，血债累累，故被百姓称之为‘麻恶煞’。为了获取巨额利润，他还种植大烟，全村一半多男劳力都被赶到那里去做工。剩下的一部分村民，有的被迫租种皮家的土地，有的靠做些小买卖过活。另外，还有几十户人家和我一样，靠打猎为生，勉强糊口度日。

“皮敛金吃了一辈子朝廷俸禄，是一个念念不忘帝制的顽固派，至今还留着辫子，活像条长尾巴狼，他还公开勾结土匪，不断扩充自己的势力。过几天，他要在家里办六十岁寿宴，帖子已经发出去了，这几天皮家大院上上下下都在忙活这件事。依我看，这倒是个解救人的好机会，只不过需要先摸清皮家大院的情况，然后才能动手。”说完，鹿醒民又叼起旱烟袋吧唧吧唧地抽了起来。

“二叔说得好，与我们安老板不谋而合。临行时，安老板交代：与皮敛金的斗争要隐蔽，不能公开；要智取，不能蛮干。我们还没有自己的武装队伍，还不能与其正面对抗。因此，安老板指示：一是要秘密营救被抓的革命党人；二是借皮敛金庆寿之机，揭露河南都督张镇芳及皮敛金的罪行；三是加大对鸦片种植基地的打击力度。

“接下来我看我们这样：我负责打探皮家大院的情况；天祥和二叔一起去鸦片种植基地摸一下情况；觉敏、翠霞重点了解一下村民的情况，以便有的放矢地秘发揭露张镇芳、皮敛金罪行的传单。”

残阳西下，寒风阵阵。鹿觉敏、安翠霞在天黑前就已回到家中，随后鹿觉民、鹿醒民、安天祥三人也相继赶回。吃着热腾腾的烩面和香喷喷的芝麻叶菜盒子，几人顿觉温心暖肠。

晚饭后，鹿醒民介绍了鸦片种植基地的情况。

皮敛金的鸦片种植基地隐藏在村西北后冈山内一片密林笼罩下的空地上，其地势并非险要，但要进入基地也不是一件容易的事儿。后冈山前有一狭小山口，因山口形似马蹄，故被称为马蹄口。只有穿过马蹄口才能进入鸦片种植基地，但这并非唯一通道，其实还有另外一条通往山中的小路，只有常年在山中打猎的老猎人知晓。鸦片种植基地占地百余亩，去年农历九月下种育苗，十月初移植，到今年春夏之交方能收割。皮敛金为攫取最大利润，还不惜血本请来师傅，将本村的部分农民培训成懂技术的割烟工人。后冈山内建有仓库，用来加工、存放烟土和大烟膏，大烟膏都装在带釉的瓷罐中，究竟有多少烟土和大烟膏，现在还不清楚。马蹄口和后冈山内常年有武装人员看守，防范严密，易守难攻。

“马蹄口和后冈山内现有多少武装人员看守？留在山内的割烟工有多少？”鹿觉民问道。

“仓库周围有10名武装人员看守，马蹄口那里设一哨卡，建有一间简陋的小木屋，设5个流动哨，他们的任务是防止外人进入和对割烟工搜身检查，严防将烟土偷带出山。15名武装人员全部配备长枪加砍刀，暂时没有发现割烟工留在山上。”安天祥回答得清楚利落。

鹿醒民盯着面容青稚的年轻人，脸上泛起了少有的微笑。鹿觉民提出问题的那一刻，唐醒民的心骤然收紧，究竟有多少武装人员看守他还当真没有留意，确切人数更说不上来，而眼前的年轻人机敏细致，真是后生可畏。

“现在还没有到割烟季节，村里的割烟工都在家休闲。”鹿醒民补充道。

之后鹿觉敏、安翠霞也将探查到的情况进行了汇报。

按照安老板的指示，鹿觉民化装成一位卖柴老汉，挑着一担柴来到一家小酒馆前叫卖：

房屋暖阁库房，庙宇寺观佛堂；
书箱书柜书案，学堂书斋花园；
饮食品茗待客，桌椅板凳床卧；
事事不可离木，家家屯木降福。
干柴点燃旺火，请君切莫错过。

一个黑瘦的小伙子从小酒馆对面的烟坊里走出来，他中等身材，头戴一顶棉帽，上穿青色大襟长棉袄，腰缠蓝色宽布带，布袋里斜插着一杆烟袋，烟袋杆上系着一个烟荷包，下穿敞腰连裆不开口的大棉裤，裤脚处扎着布绑腿，脚穿一双棉絮绽出的青布棉鞋。此人正是前来与鹿觉民接头的古天龙。

古天龙小的时候，其父因拒绝当割烟工而遭到皮敛金严刑拷打，并被重罚烟税。伤愈后，其父一怒之下杀了皮敛金的两个兵丁，铲毁烟苗，连夜携妻带子逃至洛阳。不久，凭借自己打工挣来的辛苦钱，开了一家土布店，他家布料物美价廉，一时间买卖兴隆。没想到小日子刚刚有点起色就来了祸事。就在两年前的一个黄昏，突然从外面闯进来三个手持钢刀的黑衣人，顷刻间父母惨死在恶魔的屠刀下。古天龙情急之下抄起一根木棍，对打中左肩被歹徒的钢刀划破，血流如注，性命危在旦夕。突然，两名歹徒口吐鲜血，惨叫着倒地身亡，另一个矮胖子也痛嚎着，乖乖地跪在了地上。古天龙定睛一看，两支带红缨的钢镖穿透了两名歹徒的脖颈，矮胖子的右腿骨被锋利的缨镖击碎。

古天龙意外躲过一劫，他木然地站在那里，呆望着发镖毙敌的救命恩人。

来者三十岁上下，浓眉大眼，高大威猛。身穿灰色长袍，头戴黑色礼帽，足蹬一双薄底靴，英俊潇洒，恰似行走江湖、锄强扶弱的大侠。来人并没有和古天龙打招呼，只是飞步来到矮胖子身后，抓住矮胖子的头发猛地向后一拽，这一拽非同小可，发根处瞬间渗出了鲜血。

“大爷饶命！大爷饶命！”矮胖子痛苦地哀叫着。

“快说！是谁派你们来的？为什么要干这斩尽杀绝、伤天害理的事？”

“是……是皮爷派我们来的。”

“你说什么？”

矮胖子感到头皮都快要被撕掉了，鲜血顺着耳根流了下来，他立即改口道：“大爷饶命！大爷饶命！是内乡县东岭沟村皮敛金那个老混蛋派我们来的。他说十几年前本村姓古的村民杀了他的家丁，毁了他的烟苗，带着家人逃出了村子，他下了一道死命令：斩草除根，不留后患。我说的全是实话，请您手下留情，让我这条狗命再多活几天吧！”

古天龙手持木棍怒喊着冲了过来，此时，矮胖子已被来人扭断了脖子，一命呜呼了。

古天龙被安置在洛阳城外一处僻静的农家小院里养伤，对救命恩人无微不至的关怀感恩不尽，他视恩人为再生父母，时时都在想怎样报答恩人，哪怕为恩人去死也心甘情愿。而恩人也知他报仇心切，于是给他安排了一项艰巨的任务：装作哑巴，充当勤杂工，打进皮家大院，执行潜伏任务。

他的恩人就是日后斗地主、打土匪、抗军阀，在北伐战争中立下汗马功劳的豫西镖王安豫侠。

古天龙一直在烟坊内观察卖柴老汉，当他仔细听过老汉的叫卖词后，便确定此人是安老板派来的。

古天龙叼着铜烟袋锅来到鹿觉民跟前，他看了看鹿觉民肩上挑着的柴，用手中的烟袋杆比画着，示意要买下这担柴。古天龙烟袋杆上系着的烟荷包引起了鹿觉民的注意，特别是烟荷包上绣的那只可爱的小老虎，而绣有小老虎的烟荷包正是此次接头的信物。

鹿觉民挑着柴紧跟着古天龙走进一条僻静的小巷，而后他用最简洁的语言向古天龙交代了任务。

皮家大院位于东岭沟村的正中央，坐北朝南，四周高大的围墙全部用青砖条石砌成，厚重的朱漆木门上安着金黄色的虎头门钹，门额上悬着一块黑底木匾，其上“皮家大院”四个烫金大字赫然醒目。大门两侧，有两只高低相等、体型相异、精工雕刻的青石狮子，雌雄相望，颇有府衙之威势。

进得门内，但见高大的影壁墙拔地而起，墙面上雕刻着大大的“福寿”二字，两棵石榴树分居墙体两侧。影壁墙的后面是一个宽敞的庭院，庭院西侧建有青石假山、精巧花亭，东侧一排砖瓦平房内驻有护院的兵丁。在这个深宅大院内从南向北，共建有四幢二层高的小楼。第一幢小楼的一层装饰得华丽阔绰，主要用于宴请达官贵人，举行婚丧嫁娶、过节敬神等活动；二层为豪华大客厅，厅内窗明几净，墙壁上悬挂着画有龙虎怪兽、奇花异草的中堂画；条几上摆放着玉雕八仙、紫檀木雕福禄寿三星等摆设。室内门窗均选用上等木材，精工雕刻，图案繁多，千姿百态。小楼西侧有一跨院，院内是伙房，厨师和杂工们也居住在这里。伙房后面有一个独立的小院，院内就是皮敛金私设的牢房。这个占地10余亩，浸透着劳动人民的血泪、吞噬着无数冤魂的皮家庭院，似一座森严的魔窟，使东岭沟村的百姓日夜不安。

鹿觉民肩挑干柴随着古天龙走进戒备森严的皮家大院，顺利地进行了实地侦察，探明了牢房周围的环境，又在古天龙的协助下装扮成送饭工混进牢房，借机向被押的5名革命党人传达了营救计划。

鹿觉民综合了这两天所探查到的情况后，决定在正月十五元宵节这一天，借皮敛金庆贺六十大寿之机展开行动。

4

元宵节这一天，整个皮家大院张灯结彩，好不热闹。

宅院大门口悬挂着两盏大红灯笼，临时搭建的高大的庆寿门上插满了松枝，庆寿门的两侧垂挂着红布黑字的巨幅寿幛：

花甲初周茂如松柏　长庚朗曜庆溢桂兰

十几位衣着艳丽、情态喜人的妙龄少女身披彩带，笑容可掬地在寒风中列队迎宾。

一时间，军政要员、富商巨贾、恶霸杆匪纷纷前来，三教九流悉数登场，贺寿者络绎不绝。来客先送上贺礼，然后在签名簿上留下大名，此时会获得主人赠送的一条长长的假发辫。等来客凑足十人后，才在管家的带领下来到庭院内等候宴饮。

皮敛金身穿一件崭新的貂皮长袍，外罩一件寿字团花马褂，头戴红珠顶瓜皮帽，脚穿双梁麻绳纳底黑直贡呢棉靴，手上戴着一个晶光耀眼的大钻戒，在三房太太和三个儿子的陪伴下，神气活现地站在小楼前的石阶上拱手笑迎每一个贺寿者。此时的他，麻脸红润，摇头晃脑地甩动着瓜皮帽下那根细长花白的发辫，似在向全社会炫耀和示威。站在他身旁的那些前来捧场助阵的达官贵人，是黑恶势力的真正后台，是他的救命稻草和靠山。河南都督张镇芳的联络官、伏牛山巨匪章自贡的亲信以及内乡县知事滕亚南等人的到来，着实为这个坚决与共和相抗、梦想复辟帝制的地主恶霸撑直了腰杆，壮足了门面。

“时间到！”司仪用尖厉的嗓音高声喊道，院内顿时安静下来。

站在皮敛金身边的几位有头有脸的贵客经司仪介绍后，内乡县知事滕亚南摇头晃脑地发表了一篇简短的热情洋溢的祝词。

司仪宣布：“皮老爷此次做寿连续三天，酒筵百桌！”

院内一片哗然。

“敬请诸位大驾躬身，行礼贺寿！”

300多名祝寿者顺从地向皮敛金弯腰鞠躬三行礼，礼毕后方才入席进餐。

皮敛金一家人簇拥着贵客缓缓步入楼内。

此时，小楼底层已临时改做寿堂。寿堂正中悬挂着一幅一人多高的“寿”字，河南都督张镇芳赠送的寿匾，高高悬挂在“寿”字的正上方，上书：甲子重新。“寿”字两旁有一对点燃的巨型红烛，寿堂内香雾缭绕。左右两厢的墙壁上，挂满了当地各界名流题赠的寿联寿幛。墙壁下是一连串的茶几，当日收到的300余件贺礼陈列其上，多为金盾银鼎、玉石古玩。

寿堂内不时传出行酒令的声音：

劝君终日酩酊醉，
天上人间酒最尊。
非甘非苦味通神，
宴遍东岭十里香。
欢后笑，怒时瞋。
醒来不知有何因。

庭院内把盏唱和，助兴取乐，喧闹不断：

高高山上一头牛，两个犄角一个头，
四个蹄子分八瓣，尾巴长在腚后头。
三星照，
五魁首，
……
一挂大车俩马拉，车上坐着姐妹仨，
若问她们叫什么，翠花、杏花和桂花。
六六顺，
八匹马，
……

皮敛金此次做寿筹谋已久，可谓是一箭三雕：一是借高朋满座，大造声势；二是借达官贵人之威，巩固自己的势力；三是借机为自己的长子皮耽虎、次子皮牙虎贿买官职。河南都督张镇芳之所以派自己的联络官携寿匾赴寿宴，完全是建立在重金的基础之上。皮敛金看到了重金开路的效果，这次他又费尽心机，在一件国宝级“赝品”上打起了主意，决定买通张镇芳的联络官，为自己的两个儿子贿买官职打开方便之门。

酒到杯干，一通豪饮之后，皮敛金摇晃着肥胖的身躯站了起来，面对餐桌上的贵客温和地笑道：“今日，诸位大驾光临，小舍蓬荜生辉，皮某感激不尽，如有招待不周之处，敬望海涵。为表达皮某人的一点心意，略备薄礼，望乞笑纳。”

皮敛金一挥手，几位壮实的家丁便手托黑色金花漆盘列队而上，熟练地将漆盘内用黄缎子包裹着的金条，分别送至贵客手中。礼品相同，数量不一。不用说，张镇芳的联络官周先生理应为首。待贵客们一一谢过之后，只见皮敛金再次挥手，随即其长子皮耽虎、次子皮牙虎两人小心翼翼地抬着一个黄梨木大托盘走向其父，众人的目光瞬间投向了托盘，托盘上那个被黄缎覆盖着的精美木盒显得越发神秘。

皮敛金干咳几声，操起桌上的青龙瓷杯，咕咚咕咚，一连喝了几大口酽茶，待清过嗓子后，便转向周先生抱拳施礼，展颜笑道：“时任都督张镇芳张大人治豫有方，乃为当今之豪杰。早闻张大人嗜酒如命，自誉酒圣，在下为之钦佩。张大人虽不能与酒仙李白齐名，却可与西晋的王恺媲美。俗话说：

好马配好鞍，佳具盛美酒。只可惜张大人虽家藏玉液琼浆，却无绝世酒具。今日，皮某将祖传宝贝敬献给张大人，烦劳周先生亲送都督之手，另有一封书信也请代劳转送，启程之日，将派武装人员护送周先生回府。”周先生听罢，频频点头，连声应允。

皮敛金举止神秘，于是大家的目光再一次集中到托盘上。当皮敛金手揭黄缎，打开木盒取出“宝物”时，贵客们的眼睛都看直了。

“诸位请看，这是什么？”

寿堂内鸦雀无声，贵客们惊讶的表情，让皮敛金乐不可支，为了让这次表演做到尽善尽美，他早就将台词背得滚瓜烂熟。

“各位请看！这就是世上传闻的稀世珍宝——青瓷凤头龙柄壶，又称‘凤首壶’‘凤首瓶’，产于我们河南汲县，是一件奇佳的盛酒器具，也是唐代初年我国北方青瓷的杰出之作。请大家注意，这把青瓷凤头龙柄壶造型奇特别致，从形体上看与北朝的莲花尊有异曲同工之妙，然而在细致部位却恰到好处地结合了古波斯金银器中鸟首壶的特点。盘口，细颈，溜肩，圆腹，颈部内收，喇叭形足，槽状流。壶盖塑成凤头形，盖的一端与壶流相吻合，构成凤嘴，凤冠呈花瓣形，舒展上立，凤眼微睁，设计甚为巧妙……更值得称赞的是凤首壶柄的塑造，一条矫健的长龙由口沿弯曲至底部，龙口衔于壶口作窥视探饮状，可谓匠心独运。龙与凤历来是我中华民族吉祥的象征，而壶体上的力士、卷草、宝相花则吸取了古波斯萨珊朝金银器的造型，中外艺术巧妙融合，真乃绝无仅有的稀世珍宝。”

5

寿堂内酒气冲天，纸醉金迷。突然一名家丁慌慌张张地跑了进来，终止了这一切。皮敛金恼羞成怒，正待发火，但听过家丁低声耳语后，顿时面露惊恐，寿堂内气氛骤然紧张起来。

原来，庭院内的客人都在自己的衣兜内发现了揭露张镇芳、皮敛金的传单。这些传单在伙房内和寿堂外的台阶上随处可见，它像一颗重磅炸弹，瞬间撼动了整个皮家大院。皮敛金脸色煞白，密布的黑麻子也变得发青，拿着传单的双手不停地颤抖着，他的陡然变脸加剧了恐惧气氛，令在座的贵客们惶恐不安。

皮敛金不敢当众宣读，他皱着眉头默念着，额头上不停地渗出冷汗。

张镇芳之六大罪状：

河南都督张镇芳到任经年，劣迹种种，不胜枚举，特揭其六大罪状，为广众缕陈之。

（一）摧残舆论。河南地处华夏之中心，腹地深居，省称光大，正赖舆论提倡，增进人民知识，而张镇芳妄调军队，逮捕《自由报》主笔贾英夫，出版自由、言论自由皆约法所保障，该都竟敢破坏约法，其罪一。

（二）甘犯烟禁。洋烟流毒，同胞沉沦，民国成立，首悬厉禁，皖之焚土，湘之枪毙，鄂之游街，普通人民，均受制裁，而镇芳横陈一榻，吞吐自如，不念英人要挟，交涉棘手，倚仗威势，醉傲烟霞，其罪二。

（三）纵军养匪。河南土匪蜂起，民不堪命，镇芳手握重兵，不能克期肃清，亦属养匪殃民，况复纵抚标亲军在许、襄骚扰，巡防第一、第八两营，在汝、川、襄、叶等处，私卖军火，与匪通气，兵耶匪耶，同一病民，其罪三。

（四）任用私人。李时灿侵吞学款，反对共和，人咸目为大怪物，迭经各界攻击，而镇芳初任之为秘书，继荐之长教育，恐学界有限脂膏，难填无穷欲壑；且反对共和之贼，厕身教育，不过教人为奴隶，为牛马，仕林前途，无一线光明，其罪四。

（五）藐视法权。张镇芳有保护私宅卫队百名，系伊甥带领，倚乃舅威势，因向项城县知事关说私情，未准其请，胆敢带领卫队，捣毁官署，殴辱知事。夫知事一县之长，行政之代表，伊甥竟以野蛮对待，而张镇芳纵容不究，弁髦法令，其罪五。

（六）草菅人命。袁寨炮队曾拿获行迹可疑之人七名，送项城县讯问，供系谢保胜溃军，并无他供。迨后病毙一名，逃脱二名。其余四名，仍然在押。朱春芳硬指为伊子朱树藩枪毙案中要犯，串通议员夏五云，贿赂张镇芳，竟下训令，饬项城知事，不问口供，枪毙剩余四名在押无辜人士，军民冤之。夫专制时代无确实口供，尚不轻斩决，而镇芳惟利是图，竟以三字冤狱，枉毙人命，其罪六。

皮敛金之七大罪状：

（一）清朝之鹰犬，当地之恶霸，罪恶累累，罄竹难书。

（二）反对共和，续留长辫，私藏清朝官服，例行清朝礼仪，内乡县城内公开贩卖用马尾制作的假发辫，朝思暮想，复辟帝制。

（三）私设监狱，非法拘押平民百姓，现有5名革命党人惨遭酷刑，身陷牢狱。

（四）草菅人命，滥杀无辜，血债累累。派密探追杀本村村民古老汉夫妇二人于洛阳。

（五）广植鸦片，猖獗贩卖烟土，开设烟馆，毒害人民。攫取巨额钱财，购置枪械，组建武装。

（六）开设赌场，强敛钱财，为害一方。

（七）跑马占圈，土地无边，放贷盘剥，农民挨饿。

（八）勾匪为患，烧杀抢掠，鸡犬不宁，蹂躏乡里。

张、皮二贼乃十恶不赦，罄竹难书之罪人，应天诛地灭，为民除害而灭之。

皮敛金突觉心脏被重重刺了一刀，霎时头晕目眩，从未感到如此恐惧。

突然，欻啦一声，寿堂正中悬挂着的巨型“寿”字掉落在地上，一张写满张、皮二人罪行的大布告展现在众宾客的面前。在座宾客，无不哗然。

目睹此景，皮敛金脑子里嗡的一声，眼冒金星，只觉得天旋地转，像一头被宰杀的肥猪，一声不吭重重地摔倒在了地上。一时间，姨太太们的哭号声、儿子们的叫喊声、贵客们的惊叫声交杂在一起，寿堂内一片混乱。

苏醒过来的皮敛金被两个儿子搀扶着坐到太师椅上，冷静下来后，他觉得事情来得如此突然，又如此蹊跷，绝非偶然。

什么人？什么时间？又是怎样混进了戒备如此森严的皮家大院？更令人不可思议的是，寿堂内竟然也出现了布告，如果来人想要刺杀我岂不是轻而易举？冷汗瞬间从他的额头冒了出来，这真是一次策划周密的行动啊。看来，我皮敛金真的是遇上对手了。

“今天发生的事，真的令人意想不到，是皮某人考虑不周，让各位贵客受惊了，现在我就让耽虎、牙虎护送大家离开。”皮敛金站在桌前拱手致歉，想尽早结束这尴尬局面。

“报告！村内一些人家里也发现了传单。”一名家丁双手呈上收缴的传单。那些起身欲走的贵客，此时又坐了下来，他们想看看还会发生什么事。

“报告！小的向皮爷报告。”一名后冈山鸦片种植基地的看守气喘吁吁地跑进寿堂内。皮敛金心中一震，深感事情不妙。

“今天上午，有两个壮汉挑着担子来到马蹄口，说是奉皮爷之命，送来好酒好肉，让我们吃好喝好，为皮爷贺寿。大家一听都很高兴，就大吃大喝起来，结果全部醉倒了。醒来时发现，我们的枪和刀都被人拿走了，仓库里的烟土和大烟膏也全部被焚毁了，烟苗也被铲光了。”

皮敛金怒视着躲在一旁的三儿子皮啸虎，手指着跪在地上的看守，狂暴地叫喊道：“白养了你们这群没用的东西了，来人呐！拉出去砍了！”

“皮爷！饶命啊！不关小人的事啊！”哀叫声渐渐远去。

“报告皮爷！今日凌晨，几个不明身份的黑衣人突然闯进我们在县城开设的烟馆，他们不仅打伤了我们好几个弟兄，毁掉了烟具，没收了烟土，还扬言不日将杀进皮家。”此人是皮家在内乡县城开设的烟馆的总管，因感事情重大，便连夜乘快马赶至皮家大院禀报。

“报告皮爷！大事不好，看守牢房的兄弟死了，5名革命党人逃跑了，请皮爷定夺。”一名家丁慌慌张张地跑了进来。

此时皮敛金的脸上，再也找不到昔日那种八面威风、骄横霸气的神情了，取而代之的是无限暴怒，布满血丝的眼球几欲夺眶而出，他似乎有些疯癫，全然不顾那些达官贵人的存在，狂怒地冲出了寿堂。

庭院内一片狼藉，桌子被掀翻在地，木凳横七竖八，地上到处都是破碎的碗碟和洒落的汤菜。几个神情麻木、不知所措的家丁和帮闲，傻愣愣地站在那里，活像一根根戳在地上的木棍。

那些惊魂未定的贵客，跟随皮敛金一起来到大牢。只见牢门大开，两名家丁的尸体横卧在地，大牢内空空如也。大牢内的墙壁上七个血红色的大字格外醒目："定夺皮敛金狗命"。

皮敛金两腿一软，扑通一声，再一次跌倒在冰冷的地上。

6

皮敛金寿宴前，鹿觉民便已在众多帮闲中安插了自己的兄弟，寿堂内的布告、宾客衣兜里的传单皆是他们所为。元宵节这天，鹿觉民一大早便以帮闲的身份进入皮家，叮嘱弟兄们一定要小心，不要露出破绽，然后方才来到西跨院，进入伙房。此时，他并不急于去牢房解救自己人，因为寿宴尚未进入高潮，火候未到。他一边手脚麻利地干着活，一边满脸堆笑地和厨师、杂工们聊天，直等到庭院、寿堂内酒令迭起之时，他才离开伙房，来到后面那所独立的小院。

小院的门虚掩着，看守的家丁也不见了。难道情况有变？鹿觉民心中一震，他立即拔出匕首，走近门前，但没敢贸然进入，而是借助门缝向里探查。只见牢门大开，两名家丁的尸体横卧在地，5名革命党人已不见踪影。

是谁救走了这5名革命党人？难道是他？

鹿觉民惊喜之余来到家丁的尸体旁，查验时他发现两名家丁的咽喉处均插着缨镖，心中已然明了。即便是防范森严的皮家大院，也无法阻挡他的这位老板。

原来，在鹿觉民、安天祥、安翠霞三人秘密潜入东岭沟村后，安豫侠也紧随其后来到了东岭沟村。元宵节前，皮家上下人等，熙攘穿梭，无疑给安豫侠创造了机会。借助皮家的乱境，安豫侠对皮家大院进行了全面探查。元宵节这天，他潜入皮家私牢，杀死看守的家丁，救出5名革命党人，并将他们安全地送到了崖苦垛村。

第二章　宝天曼杆匪

1

二楼豪华大客厅内，皮敛金微闭双目，悠然地斜靠在太师椅上，蒙在头顶上的白色大毛巾冒着热气。在他的身后站着两个年轻女佣，一个在为他捶背，另一个在为他不停地更换头顶上的毛巾。今天，皮敛金显得尤为高兴。寿宴上发生的事，虽然使他气火攻心，差一点要了他的老命，但经仔细品味，他倒觉得是件好事。

几天前，周先生派人送来了两大喜讯：一是张都督见到传单后，勃然大怒，勒令内乡县知事会同皮敛金共查此案，抓到凶犯，就地正法；二是送给张大人的稀世珍宝——青瓷凤头龙柄壶已然生效，长子皮耽虎、次子皮牙虎被委任要职，现分别为开封火药局的局长与副局长。虽然青瓷凤头龙柄壶实为赝品，但他既然敢送，就不怕日后败露。皮敛金深知，两个儿子之所以能被委以要职，绝非全是青瓷凤头龙柄壶的作用，更为重要的是张镇芳要利用他来镇压讲共和、反专制的革命党。

皮敛金睁开浮肿的眼皮，低沉道："拿掉毛巾，出去。"女佣急忙拿掉毛巾，快步走出客厅。皮敛金举起双臂用力向后伸展，舒舒服服地伸了一个懒腰，紧接着又用那双油滑的手饶有兴味地捋着后脑勺上那根细长花白的辫子，眼前的一切都令他提兴：贤惠的大太太、二姨太，年轻貌美的三姨太，手捧委任状的长子皮耽虎和次子皮牙虎，唯一让他气恼的是哭丧着脸的三子皮啸虎。

今日，皮敛金召开家庭会议其意有三：一是为荣任高官的长子皮耽虎、次子皮牙虎庆贺送行；二是为三子皮啸虎找个靠山，希图招兵买马，剪除对手；三是谋划施计，捉拿疑犯，落实张都督之密令。

皮敛金喝了一大口茶后，笑容可掬地说道："今日让你们来是有几件大事要说。这几日我总是梦见自家祖坟冒青烟，俗话说坟头上冒烟乃为老祖宗显灵，告知福之将至。果不其然，张都督施恩，赐吾儿耽虎、牙虎高官要职，一个是火药局局长，一个是副局长，如今，这比县太爷的官职可是大得多了。什么叫荣宗耀祖？这就是荣宗耀祖！从此我们皮家将蒸蒸日上，那些穷棒子将永远是皮家的奴隶。"皮敛金兴奋得手舞足蹈，细长的辫子不停地抖动，说到激动处，竟挤出了几滴热泪。

大太太皮王氏一时间竟忘了皮家的规矩，欣喜地拍着巴掌站了起来，高喊道："我儿争气，荣宗耀祖！"皮王氏的张狂源于长子皮耽虎、次子皮牙虎为其所生。正在兴头上的皮敛金对此并未责怪，反倒认为理应如此。

二姨太皮马氏心情郁闷，强装笑容，一言不发地坐在椅子上，两眼呆滞地望着自己的儿子皮啸虎。

而浓妆艳抹的三姨太英红妹，则妖媚十足地紧贴在皮老爷的身上，伸出纤纤玉手，拿出一块白色手绢，轻轻拭去皮老爷眼角的泪水。

皮耽虎、皮牙虎兄弟俩急忙起身跪地，喜形于色，冲着爹娘连磕三个响头，齐声道："感谢爹娘给儿之身，今日从官定当报答养育之恩，绝不忘记爹的教诲：铲除孽党，重整家业，独霸豫西。"

"都起来吧！"皮敛金举手示意道，"有你们两个这番话，爹死也瞑目了。只不过你们这个不争气的三弟却委实让我费心，这个打着倒退、赶着不走的蠢货，不像是我的儿子，更不像是我皮家人。"父亲的突然转喜为怒，使得原本就惊惧恐慌的皮啸虎更加恐慌起来，他耷拉着脑袋，觳觫着。

二姨太皮马氏的脸一会儿红，一会儿白。自打儿子坐上冷板凳的那一刻，她心里就打起鼓来，一颗心咚咚咚跳得厉害。

怒火中烧的皮敛金瞪着眼，手指皮啸虎吼道："跪下！你给我跪下！皮家大院遭此劫难，你要负主要责任，鸦片种植基地归你管理，结果烟苗被铲，烟土烟膏被毁！寿宴上的帮工，也是你找来的，结果弄得家里到处都是传单，寿堂内还出现了布告。关押的5个革命党原本是要向上邀功请赏的，现在倒好，一个不剩，逃得精光。真是可气可恼，丢人现眼！今天当着全家人的面，你要给我讲清楚，不然的话，动用家法，驱逐出门，从此再也不认你这个儿子！”

皮敛金怒斥三子皮啸虎无疑增添了厅内的紧张气氛，但他绝非真心食子弃儿，其本意是给三子施压，从而打造出一个善辨情势、阴毒诡诈之徒。但三位太太并不知情，她们无奈地将目光投向了皮耽虎、皮牙虎两兄弟。

深知其理的皮耽虎做出大哥应有的姿态，率先为三弟说情：

“俗话说，气大伤身。爹！您千万别因为三弟而气坏了身子，您可是皮家的顶梁柱，您要是倒下了，皮家可就彻底完了。三弟虽然是头成事不足、败事有余的蠢驴，可他的心却是向着咱们皮家的，胳膊肘不会向外拐，犯了错，让他改不就是了。”

“是啊！大哥说得对！您就网开一面，饶他这次吧，给他一个机会，让他再好好表现表现。”皮牙虎也说道。

听到大哥、二哥为自己求情，皮啸虎的脑袋骤然清醒，他突然放声痛哭，左右开弓猛抽自己的嘴巴子，不一会儿脸就肿了起来。“我是头蠢驴，一切都是我的错，爹！您就饶了我吧，我一定改，今后一定做出个样来给您看。”看到皮啸虎又打又闹、又喊又叫的熊样，皮敛金觉得好笑，但又不敢乐出声来，只好板着脸说道：“好啦！好啦！快起来吧！

今天看在你两个哥哥的面子上，暂且饶你这一次。记住，下不为例。今后要多向两个哥哥学习，要多长记性，多动脑子，绝不能再干蠢事。”皮啸虎点头称是，待谢过二位哥哥之后，又回坐到冷板凳上。

皮啸虎脸形瘦长，尖尖的下巴向上翘，稀疏的眉毛倒立着，眼睛贼大，面带恶相，令人畏惧。他自幼顽劣成性，因被同村小孩殴打，怀恨在心，一日携弹弓跟踪至村外，将对方右眼射瞎，伤者父亲到皮家理论，却被皮家人打伤致残，全家还被赶出了东岭沟村。皮敛金为他请来的三位颇有名气的教书先生也都被他打跑了。目不识丁的皮啸虎，长大后，倚仗父亲之势，欺压乡里，杀人放火，无恶不作，人送外号“夺命鬼”。

皮敛金深知皮啸虎的性情，内心喜忧参半。行事毒、狠、绝，身受重伤时，愣冲枭雄相，此为喜。行事很莽撞，心中少盘算，烦事总不断，此为忧。知子莫若父，老谋深算的皮敛金最终道出了心底的谋划。

“俗话说吉人自有天相，吾儿耽虎、牙虎天生就是做官的料，这是给老祖宗增光，给爹增寿啊！明天你们两个就要启程赴任，爹真是舍不得你们离开呐！但有一点，爹还是要对你们说，要永远记住：铲除劲敌，独霸豫西。”

说罢，皮敛金转向皮啸虎，温和的面容突然收敛，面部肌肉又开始绷紧，两个眼球也渐突起来，厉声道：“啸虎！你今后可有什么打算？”

皮啸虎打了一个冷战，结结巴巴地回答道："爹！我……我没什么想法，今后的事，全凭爹做主。""好！只有听爹的话，才能飞黄腾达，出人头地。你是四肢发达、头脑简单，今后办事要多几个心眼才是，要学习三国里的军师诸葛亮……"未等皮敛金将话说完，皮啸虎就急不可待抢过话来："爹，这个我知道，不就是要学习诸葛亮的阴谋诡计嘛。"三位太太和皮耽虎、皮牙虎两兄弟听后无不捧腹大笑。

哭笑不得的皮敛金压住火气说道："说你是头蠢驴一点都不冤枉，这不能说是阴谋诡计，这叫计谋，叫谋略！我决意，待你两个哥哥赴任后，将你送至宝天曼山，投奔'总架杆'（匪首称谓）章自贡，在那里长长见识，学点本领。我们俩是拜把兄弟，磕过响头，发过毒誓，喝过血酒，你认他做干爹我放心。进山只是权宜之计，要潜心发展队伍，扩展武装，有枪才是草头王，又当王，又有枪，才能实现我们皮家的复仇计划。"

二姨太、皮啸虎听罢如释重负，又是请安又是叩谢。其他人也为这一高招而叫好，还为皮敛金戴上了"智高武略"的桂冠。

"总架杆"章自贡是豫西出了名的巨匪，为洛阳南衙村人，是大土匪章黑子的侄儿。他在年轻时拉杆自立，独建营盘，常在夜间打寨子，烧杀抢掠，奸淫妇女，无恶不作。不久便由一个光杆司令变为拥有几十号人马的"总架杆"。为扩充实力，他在宝天曼建立了匪窝，经过多次招兵买马，现有人马千余。

在百姓中流传着一首歌谣，真实地描绘了章匪的可恶嘴脸：

章自贡在南衙，身上背的是马利匣（快枪）。
借款为名筹军饷，拦路劫财是行家。
保商护路出损招，保险费用定要交。
洗劫富户定不饶，砍了大树有柴烧。
绑女票独自逍遥，吸大烟云山雾罩。
挎枪骑马酒壶挂，罪恶昭彰行天下。

自古官匪一家，皮敛金在内乡县衙充当捕头时就与章匪过往甚密。二人为了各自的利益相互勾结，狼狈为奸，丧尽天良。一次章自贡下山打劫的消息被官军得知，于是官府派重兵前来围剿，知情的皮敛金密报章匪，章得以侥幸逃脱。为此，章感恩不尽，将皮视同手足，遂提议结拜金兰。从此，虎狼为伴，为祸乡里。

安豫侠大闹皮家大院，险些要了皮敛金的命。近日皮敛金夜里常做噩梦，醒来时大喊大叫，满头大汗。竟敢在太岁头上动土，一定是革命党人所为，皮家大院内肯定也有他们的人，他们里应外合救走了那5个革命党。皮敛金决定开展内部调查，以改变不利局面，彻底消灭敌手。

2

皮敛金寿宴上所发生的事，章自贡悉知全部，本想亲来皮家大院告慰，共商御敌之策，只因手头上有几桩舍不得丢掉的大买卖，故迟迟未动。几天前，收到皮敛金差人送来的一箱珠宝和金条，外加一封书信。得知，皮敛金欲将三子皮啸虎送至宝天曼，一是认章自贡为干爹；二是入山为匪，学点本领，长长见识。

不断扩充实力，是匪首发家的本钱，更何况是结拜大哥兼救命恩人的三公子，章自贡自然是满心欢喜地答应了下来，随后书信一封，差人送往皮家大院。皮敛金收到回信后，展开览阅。

敛金仁兄惠鉴：

诵读手书，借悉一切。府中出事，本即速往，怎奈要事缠身，迟步至今，望兄涵谅。

啸虎欲来宝天曼乃是我山中之兴事，收为义子也是期盼已久的心愿。虎将将至，山中生辉。何时携子进山，请皮兄择日，小弟在此恭迎。

府内发难，敬望力持定见，他日定将运筹决胜。

敬请台安

小弟自贡叩首

看完章自贡的回信，皮敛金激动不已，他似乎看到了儿子皮啸虎骑马率队如虎狼，杀回东岭沟，杀回内乡县的雄姿；又似乎看到了皮家大院私牢里，儿子皮啸虎正动用酷刑审问革命党人。真的是要改天换地了，祖坟上的青烟是如此灵验，皮敛金喜不自胜，后脑勺那根细长花白的发辫被他猛地甩向胸前，用双手慢慢捋顺着，嘴里不时发出阵阵狂笑。

八百里伏牛山自秦岭逶迤东来，以雄伟壮阔的身躯挺立于华夏大地的中央。民国时期军阀混战，大大小小的土匪趁势而起，盘踞在伏牛山的莽莽林海之中，整个伏牛山变成了土匪的王国。章自贡的匪帮位于伏牛山腹地的宝天曼山，这座山处于内乡、南召两县的中间，山高林密，古木参天，怪石嶙峋，绝壁峭立。章匪老巢就设在宝天曼山主峰下几十米处的青蛇洞内，要想进入青蛇洞绝非易事，必须穿过广袤的原始森林区，绕过悬空而下的九龙瀑布，越过幽深的黑龙潭，才可一睹其真面目。

百鸟争喧，芳草迷离，宝天曼山罩上了锦衣绣服，迎来了万千色彩的融融春日。步履姗姗的太阳拨开灰褐色的云幔，钻出山脊，露出橘红色的额头，照亮了穹窿似的天空，天更蓝了，更开阔了。

清晨，一队骑着马、身着黑衣黑裤、全副武装的恶汉冲出东岭沟村，呼啸着直奔东北方向的宝天曼山而去。这是一条通往匪山的路，也是一条穷苦百姓的死亡之路，布满了恐怖、邪恶和死亡的陷阱，冤魂白骨随处可见。

皮敛金端坐在一匹老马上，穿着蓝底青花缎袍，外罩一件寿字团花马褂，头戴红珠顶瓜皮帽，脚着双梁麻绳纳底黑直贡呢布鞋，手指上套着一枚晶光耀眼的大钻戒。三子皮啸虎率领四名家丁在前开路，另有五名家丁跟随护卫，皮敛金甚是得意。

"'总架杆'章自贡是我的结拜兄弟，他可是豫西响当当的枭雄，在宝天曼山经营多年，买卖越做越大，生意红火得很，现如今是人多、枪多、票子多；酒多、肉多、娘儿们多。自打我们相识，他还从没打过眼，折过腰，断过手，受过戳。他的大本营青蛇洞可以说是固若金汤，要想进入必须经过三道关口，首先穿过险峰下的茫茫林海，然后再绕过九龙瀑布，最后越过黑龙潭。三道关口均设有伏兵暗哨，御敌防范。再往前走，就是第一道关口，那里有一处天然石台，石台上有一座用大青石砌成的四门无名塔，塔内常年派人驻守。我们到达后，他们会派人护送我们去第二道关口，第二道关口再派人护送我们到第三道关口，第三道关口再派人护送我们直至青蛇洞。"众家丁听罢皮敛金的训话后，稍息片刻，便跟着皮氏父子一鼓作气来到了青蛇洞。

青蛇洞洞穴幽深，奇伟开豁，大若瓮城。内分水旱两洞，洞身迂回曲折，结构奇特。洞内既可取水存粮，又能屯兵藏器，是藏身的绝佳之地。

章自贡收干儿子的消息众匪皆知，总架杆当干爹可是件大事，不亚于绑一个肥票，喝大酒吃大肉，开荤庆贺的盛宴必开无疑。酒随便喝、肉随便吃的机会难得，因此众匪翘首以盼多日。

青蛇洞内举行的收子仪式，既无鼓乐，也无鞭炮，却也隆重奇特。章自贡、皮敛金分坐上首左右，十名匪兵背刀挎枪站立右侧，皮啸虎与九名家丁垂手左侧而立。章、皮二人的面前有一堆碎石，里面插着一根约三米高、碗口粗的用布条裹缠着的杉木杆，杆匪们称之为“立花杆”。花杆的顶端横绑着一根二尺长的小竹竿，竹竿上挂着一盏大红灯笼。“灯”谐“丁”之音，添灯即“添丁”。花杆下设一香坛，香坛内插满了喜香。另置一巨大酒坛，该酒称为“收子酒”。酒坛旁摆放着一个鸡笼，笼内关着一只花公鸡，以示收子。为显示收子的隆重，章自贡还从众匪中挑选出一名善巫术的杆匪作为本次收子仪式的“卦师”，并亲自在山上寻找了一棵枝叶繁茂的杉树，焚香跪拜，剥皮伐木。

“卦师”拉开了收子仪式的幕布。

皮敛金率先道出了送子攀亲的吉祥语，章自贡笑口难合，说了一番收子感言，皮啸虎跪叩在地，前言不搭后语地向两位爹爹乱表一通尽孝癫狂之说，杆匪们按顺序喝下了“收子酒”。

酒坛前，卦师高声唱道：

有福儿子跟爹来，没福儿子坐庙台。

义子今朝踏豪门，自贡添丁从此兴。

卦师唱毕，皮啸虎起身站到章自贡的身旁，收子仪式圆满结束，洞内外响起杆匪们的欢呼声，狂饮豪吃的盛宴在震耳欲聋的怪叫声中开始了。

青蛇洞右侧一条游蛇似的小路直通后峰，后峰平坦处有几间高低错落的小木屋，匪首章自贡和他的贴身保镖就住在这里。夜幕降临，乌云遮月，宝天曼山像被装进了巨大的墨盒，变得死寂恐怖。

一间木屋的窗子敞开着，透出一抹暗黄的灯光，灯光下坐着两个人，一个是皮敛金，另一个是匪首章自贡。章自贡五十岁开外，中等身材，体壮如牛，花白短发，四棱脑袋，蒜头鼻子，厚嘴唇，一双邪恶的眸子里充满了阴毒残暴。更让人恐惧的是他脑袋上的怪发型，他在短发中间从前至后剃掉2厘米宽的头发，露出白色头皮，形成沟状。小孩看了哭，大人见了叫，老百姓管它叫“阴鬼头”。阴鬼头走到哪里，哪里的百姓定会遭殃。

皮敛金、章自贡两个人以前就是把兄弟，如今又多了一层干亲，本来就臭味相投，现在更是蚊蝇相聚。二人一边豪饮，一边相互吹捧。

“敛金兄，是不是还在为府上发生的事愁闷不解呀？”看到皮敛金一副心事重重的样子，章自贡欲为兄长出出主意，化解化解忧愁。

“知我者老弟也，一箭中的，一箭中的啊！”皮敛金闻言，面部青筋暴涨，脸色越发紫红起来，欲借酒力，一吐胸中闷气。“唉！说来惭愧，府上发生的事儿，时至今日，尚无头绪，内乡县知事滕亚南也为此焦愁不安，不知老弟有何高见？”

章自贡哈哈大笑道：“按照我们的规矩，皮鞭蘸凉水抽他个皮开肉绽见白骨，一个嫌疑人都不要放过，在酷刑面前谁敢不认？这件事一定是革命党所为，府内有家贼，府外有策应，一定要严查、细查。看守大烟基地的兵丁要重新筛查一遍，最好从送酒人入手，只要查出送酒人，就一定能查出幕后的指使人。”

“小弟直言，为兄甚喜，只是有一事想不通，革命党人为什么死盯住我皮敛金不放，欲置我于死地？”

对皮敛金的心虚绝望，章自贡十分理解，心想：自己做的事情自己最清楚，这还用问别人吗？但还是要劝解一下，劝其不要为一时的杂念所困扰，要尽快回到报仇雪恨的实际行动中来。

“敛金兄！不是我说你，你现在可没有从前在县衙当捕快时的锐气了，你的胆子是越来越小了。革命党人为什么盯住你不放，这不明摆着吗？大清朝亡了，你后脑勺子到现在还留着长辫子，你说，不抓你这个典型，还能抓谁？你支持袁大总统，站在张都督这边，公开反对共和，革命党人能饶得了你吗？你抓了人家5个人，关在牢内严刑拷打，革命党人能放过你吗？人家这次行动事先没有任何征兆，咱们却多处遭到攻击，就连内乡县城内的大烟馆也被他们端得干干净净，我们不得不承认对手要高明得多，这群狡猾的革命党都是特训的高手，事前肯定进行了缜密侦察、周密部署，这才能不留一点破绽。

“精神只能振作，不能萎靡，回去后尽快扩大武装队伍，至少要看好自己的家。今天，你给我送来一个儿子。明天，我也给敛金兄备一份厚礼。”

章自贡的这番话着实让皮敛金感动，至于这份厚礼是什么，他还真的想不出来。

“枪，20支长枪，一箱子弹。”

皮敛金听罢，两眼发直地盯着章自贡，他不敢相信自己的耳朵。

3

烈日炎炎，赤地千里，又是一个大旱之年。龟裂的黄土地上站着一群嘴唇干裂，身躯瘦弱的村民，他们忍受着酷热的煎熬，诵经焚香，念祭文、跪拜，祈盼龙王爷能体察下情，降下大雨。

哐！哐！哐！一阵铜锣声惊醒了正在求雨的村民，他们好奇地看向声音响起的地方。

不远处的土路上走来了四个人，前面是一个身穿黑色丝绸短褂，足蹬圆口黑布鞋，腰挎短枪，尖嘴猴腮，留着中分头的男子。后面跟着三个背着长枪，手持铜锣，敞胸露怀的恶汉。他们走得似乎很着急，一个个气喘如牛。

这四个人都是皮家大院的人，手持铜锣的那三个家伙是皮家大院的家丁，前面打头的是皮敛金新近提拔的大管家高明。高明原在皮敛金手下当差，因能说会道，善施诡计，颇受皮敛金重用。清王朝灭亡后，皮敛金赋闲返家，高明也就随其一起来到了皮家大院，成了皮家大院的一名管家。自从府内出了闹心事后，加之三个儿子又不在身边，皮敛金便决定找个信得过的人来帮其料理家业。

大旱之年，颗粒不收，百姓群聚，拜龙求雨。这令皮敛金深感不安，这是不祥之兆啊！每当灾难降临时，人们便会从恐惧中转化出一种强烈的求生欲，乃至改天换日，扭转乾坤。没有这些穷棒子卖身卖命，怎么会有他皮敛金的今天？他要想继续壮大家业，还得靠这些农民，农民都不存在了，他岂能存在？这样浅显的道理，皮敛金当然懂。但怎样才能收买百姓，使其终身成为皮家的奴仆呢？皮敛金大感头痛。大管家高明深知皮敛金之意，于是计上心来，献出一石三鸟之策，此计一出，立即博得了皮老爷的赞誉："知我者，高明也！"

"让开！让开！让开！"人群在家丁的叫喊声中让出了一条路，高明和三个家丁站在泥塑的龙王爷前，活像护神的小鬼，贼眉鼠眼地朝人群张望。

“乡亲们！想必大家都认识我，因此我就不作自我介绍了。”人群中有人忍不住笑出声，嬉皮笑脸的高明见状愈加癫狂起来，挥臂高声道：“我喜欢你们的笑声，有了笑声就会忘了忧愁。不过，我要提醒大家，求雨是没有用的，龙王爷只是一个不会说话的泥胎。谁是真正的龙王爷？真正的龙王爷就是皮老爷，他就是救苦救难的活菩萨，他就是你们的再生爹娘，他就是你们的救世主。我可不是凭空说大话，现在就告诉大家一个特大好消息，为共度灾年，与民共生，皮老爷定于今天下午戏楼前按每户人口多少借粮，只要填好借据、摁上手印就行了。不过，明年还粮时是要加利的。”

人群顿时骚动起来，人们大声议论着。

“猫哭耗子假慈悲，借的粮还不是我们种的。”

“老鼠都不吃的陈粮又要借给我们了。”

“这哪里是借粮，这分明是放高利贷嘛！”

“不管是陈粮也好，放高利贷也罢，这年头，只要能填饱肚子就阿弥陀佛了。”

“走一步说一步吧，这就是咱穷人的命啊。”

“大家都静一静！静一静！高管家还有话要跟大家说。”尖声利嗓的家丁止住了人们的议论。

“俗话说：好戏连台，好事常来。我还没有说完，你们就乐成这个样子。那么，接下来的事，我敢保证，你们听了一定会乐疯的。今天是我们东岭沟村大喜的日子，皮家民团正式成立了，团长就是皮啸虎皮三爷。有了自己的武装队伍，你们的安全从此就有保障了。为了庆祝民团的成立，皮老爷今晚请来了戏班子，特邀大家前去看戏。为与村民共渡难关，皮老爷还特意在戏台前搭建了粥棚，去看戏的人每人赏粥一碗。”在这个灾荒之年，赏粥一碗对村民具有极大的诱惑力。

这一日，皮家大院锣鼓喧天，热闹非凡。皮家大院大门一侧悬挂着一个白色木牌，上书“内乡啸虎团”五个大字，标志着皮家民团正式成立。皮家民团的建立，其阵势远大于皮敛金的六十大寿，一时间三教九流纷纷登门祝贺，河南都督张镇芳派来了联络官周先生，伏牛山巨匪章自贡亲临皮宅，内乡县知事滕亚南也早早而至，而东岭沟村村民则人人自危。

屈指算来，皮啸虎上山已半年有余，在义父章自贡的调教下，大有青出于蓝之势。他带领的一支贩毒队伍，为宝天曼匪帮赚取了可观的财富。章自贡之所以收其为义子，也正是看中了他贩毒的本事。

章自贡的匪帮在不断扩大，对金钱的需求日益增加，而贩毒敛财时间短、见效快，因此成为他们的重要经济来源。章自贡任命皮啸虎为贩毒队队长，带领一支由12人组成的武装贩毒队纵横数省市，逐渐形成了一条成熟的收购、贩运、销售路线。后因各地军阀争相参与，贩毒路线被迫中断，贩毒活动暂时停止。

章自贡为扩大自己的势力，决定在东岭沟村建立一支由200人组成的武装队伍，也就是由皮啸虎任团长的内乡啸虎团。

皮家大院西侧200米处有一座面阔三间，进深两间，通高8米，坐北朝南的大戏楼，其上板瓦覆盖，重脊，砖砌山墙，檐饰猫头，滴水飞檐。戏楼正面屋檐下有四根石柱，上书对联曰：

律吕调和，依然是高山流水；
宫商迭奏，好像那白雪阳春。
镜里灯花，错认火星流夜月；
眉间胭脂，错疑红雨过春山。

戏楼正中间悬挂有一块大匾，上书“圣世元音”四个大字。四个铁铃铛吊于屋檐下，风吹铃动，声音清脆悦耳。这座风格独特的露天大戏楼早已被皮家占为己有。

戏楼前的空地上堆满了陈粮，前来借粮的村民顶着烈日，拿着布袋，排起了长队。在大管家高明的指挥下，十几名家丁分工有序，有的负责看粮，有的负责分粮，有的负责写借条。这些家丁全部来自鸦片种植基地，由于他们醉酒误事，使皮家大院蒙受巨大损失，本来是要被皮老爷砍头的。但皮老爷宽宏大量，特令他们将功折罪，利用这次借粮的机会，仔细辨认那天给他们送酒的人，确认后立即抓捕。

自从出事后，这十几名家丁整天过着提心吊胆的日子，只有抓住可疑人，他们才能保住脑袋。为此，他们拿出了看家本领，眼珠子瞪得比玻璃球还大，死死地盯着前来借粮的村民。时间一分一秒地逝去，借粮的村民已所剩无几，高明急得直跺脚。

家丁们忙活了一天，没有发现一个可疑人，一个个愁眉苦脸地蹲坐在地上，突然从远处走过来一位头戴大草帽、肩搭布口袋的黑脸壮汉。这位壮汉头也不抬，径直走到木桌前，要起纸笔，快速地写好了借条。

高明拿起借条，皮笑肉不笑地说道："请这位老兄摘下草帽，抬起头来，让我们认识认识你这个借粮人吧。"黑脸壮汉摘下草帽，嘴角含笑地瞥了高明一眼。"你就是鹿醒民？"高明问道。鹿醒民点了点头。"鹿醒民是咱们村的猎户，你们几个给我仔细瞧清楚了，他是不是鹿醒民。"

高明命令家丁团团围住鹿醒民，一个家丁附在高明耳边低声道："没错！他就是那天送酒的那个人。"此时，其余家丁也认出了鹿醒民就是送酒人，高明大喜，手指鹿醒民道："鹿醒民呐鹿醒民！你让我们家老爷找得好苦啊！现奉皮老爷之命，特请鹿老兄去府中与兄弟们同饮，也让皮老爷见识见识你这位送酒人。"高明一个眼神，家丁们蜂拥而上，将鹿醒民五花大绑押至皮家大院大牢之中。

天色渐暗，凉风阵阵，大地退了烧。戏楼前的广场上架设了好几盏汽灯，四根石柱的顶端也各挂了一盏，整个戏楼被照得如同白昼。联络官周先生，伏牛山巨匪章自贡，内乡县知事滕亚南与皮敛金及其长子皮耽虎、次子皮牙虎、三子皮啸虎等端坐在戏楼上，200名荷枪实弹的内乡啸虎团匪兵把整个戏楼团团围住。喝过舍粥的男男女女、老老少少则站在广场上等待着大戏的开台。

“现在请我的干亲老弟，响当当的豫西枭雄，宝天曼山‘总架杆’章自贡讲话！”皮敛金站在桌前，得意扬扬地大声说道。

“我章自贡为匪多年，今日初入贵村便受到众乡亲们的热烈欢迎，章某感激万分。今日内乡啸虎团正式成立，我感到十分高兴和自豪。我宣布：我的干儿子皮啸虎正式就任内乡啸虎团团长！”

内乡啸虎团团长皮啸虎起身向广场群众招手致意，并假惺惺地深鞠一躬。广场上响起了稀稀拉拉的掌声。

为庆贺内乡啸虎团的成立，皮敛金特意从开封请来著名的豫剧班——天兴班，演出了《打茶馆》《阴门阵》《连营寨》《斩黄袍》等曲目。

在高赏金的驱使下，演员们格外卖力。男腔高亢激越、古朴醇厚；女腔庄重大方、委婉俏丽，赢得了阵阵喝彩。

皮敛金此时正在兴头上，不断为演员喝彩叫好，却不料被慌里慌张赶来的大管家高明搅了兴。高明的汇报让皮敛金怒不可遏，他脸色一沉，起身离座，叫上皮啸虎，怒气冲冲地直奔牢房而去。

原来高明为追出幕后主使，对鹿醒民施以酷刑，鹿醒民拒不招供，最终被活活折磨致死。一向自诩聪明绝顶的高明，正以自己的一石三鸟之策为傲：一策为借粮施粥笼络民心；

二策为借机查获送酒人；三策为借开台大戏，令皮家军的建立增光增色。如今鹿醒民的死却让他胆颤心寒，他想：此次身家性命必毁于鹿醒民之手。

几人赶到牢房时，却不见了鹿醒民的尸首，两个看守的家丁也被缨镖刺穿了喉咙。皮敛金脸色骤变，他气急败坏地将高明踹倒在地，掏出手枪。然而，转念一想，自己实在是太冲动了，现在杀死高明，不正中了革命党的诡计？这是一种无济于事的愚蠢举动，他摇了摇头，无奈地放下了枪。

安豫侠得知章自贡支持成立内乡啸虎团，并任命皮啸虎为团长一事后，立即动身赶来东岭沟村，密见古天龙了解此事。当他得知鹿醒民被抓后，立即采取营救措施，可惜为时已晚。他们赶到牢房时，鹿醒民已被高明打死。安豫侠当机立断，杀死两名看守，连夜将鹿醒民的遗体运出了东岭沟村。古天龙自知处境危险，逐跟随安豫侠一起撤出了东岭沟村。

4

麻脸皮敛金身穿一件黑色短袖丝绸上衣，双目微合，悠闲地坐在太师椅上，双手不停地捋着胸前那根细长花白的辫子，手指上的大钻戒，晶光耀眼。三姨太英红妹格外抢眼，她上身着水红短衫，下身穿墨绿绸裤。短衫缝制得贴身合体，衬出高耸的胸部。一张略施脂粉的脸蛋，美得让人怦然心动。此时，她正站在皮老爷的身后，手拿芭蕉扇轻轻地扇着。

“爹！实在对不住您老人家，来晚了。刚才闹肚子，又拉了几次稀。”

皮敛金眼也不睁，头也不抬，不耐烦地说道：“好啦！好啦！不要啰唆了，快点坐到那边去。”三姨太送给皮啸虎一个勾魂的媚眼，又将沏好的灵山云雾茶盖碗放在了这位内乡啸虎团团长的跟前，顺势轻轻碰了一下他的手，便扭腰晃臀离开了。

皮啸虎滔滔不绝地讲述着内乡啸虎团成立以来所取得的辉煌战果，然而坐在太师椅上的皮敛金却昏昏欲睡，其实他并没有睡着，一直在听，正为皮家军未来的发展壮大而绞尽脑汁，决心为皮家军找出一条全新而又牢靠的出路。

“啸虎啊！看来你还是个称职的团长，不但收编了十几股小杆匪，还抢劫了富商和财主，穷棒子身上的油水也差不多榨干了。大的杆匪我们惹不起，目前我们还没有与他们抗衡的实力，更别说吃掉他们了，我也不愿与他们结梁子，和善相处，或许大家都能受益。现在周围几十里内已失去了劫掠的对象，仅靠目前抢劫的财物，是维持不了多久的，你也不要指望皮家的烟馆和赌场，那些钱只能养活皮家大院内的几十口人。所以，我们应当开辟一条新路，只有这样，皮家军才能发展壮大。”

皮啸虎越听越摸不着头脑，愣呵呵地问道：“有酒喝，有肉吃，这不是挺好的吗？干吗还要开辟什么新路？”

“说你是头蠢驴一点儿都不冤枉，就知道吃喝。吃完了，喝完了，喝西北风去？纯粹是饭馆里赖账——白痴（吃）的货。”皮敛金看着昏头昏脑的皮啸虎，心中气就不打一处来，怒言道：“你可给我听清喽，现在的皮家军是名不正、言不顺，只有被县府收编后才算真正的民团，到那个时候就能领军饷，就能扩展我们的势力范围。我已经让你的两位兄长前去拜见张都督，如果此事能成，到时你就是内乡县二区团总。”

皮啸虎一听真是头上插花——美极了，心想：如果面前坐着的是三姨娘，一定抱住亲个够。头脑简单的皮啸虎又哪里知道，为了能让他坐上内乡县二区团总的宝座，自己的老爹可是又忍痛献出了一件稀世珍宝——黑釉彩斑双系罐，虽说是赝品，但仿制工艺极高，也是一件难得的珍宝。

双手捧着黑釉彩斑双系罐，都督张镇芳喜形于色，满口答应，随后又手书一封，差人送交内乡县知事滕亚南，令其督办此事，不得有误。

这一日，内乡民团团总武廷芳被唤至县知事滕亚南的办公处，滕亚南见后二话没说，便将都督张镇芳的手书递给了武廷芳。

内乡县知事滕亚南鉴：

现知你县东岭沟村皮敛金之三子皮啸虎自拥武装，时任内乡啸虎团团长，是宝天曼总架杆章自贡的部下，现有200余人（枪），为加强地方民团武装力量，维护地方治安秩序，应立即收编，登记造册，发放军饷。皮啸虎调任你县二区，任二区团总。速办，不得有误。

都督张镇芳

武廷芳阅后岂敢怠慢，立刻带领几名亲信，策马驰奔东岭沟村。皮敛金赠送钱财，隆重款待；皮啸虎叩拜谢恩，如愿以偿；武廷芳清点人枪，登记造册，回府交差。

皮啸虎荣登内乡县二区团总宝座，除因其以珍宝贿买官职之外，也因正值原二区团总武廷芳升任内乡民团团总而空缺其位，故能一蹴而就。

武廷芳其人非同一般，这位河南新乡出生的农民，始以狩猎队奠基，后充当老虎砦的砦勇。此人敢说敢为，说话作数，又能申辩曲直，因此在砦勇中颇有威信，被推举为砦勇头目。当时，内乡受灾，富户为保安全，竞相修寨买枪，内乡各地砦堡林立。武廷芳以凶悍蛮勇震慑诸多砦堡，经过一年多时间的侵略兼并，由最初200余人（枪）增至600余人（枪），后发展至2000余人（枪），自封团长，成为左右内乡县政的恶霸巨匪。后被内乡县知事滕亚南收编任二区团总，因其颇具政治嗅觉，加之对知府差遣言听计从，不久便升任内乡民团团总。

内乡县城外一处幽静的小溪旁，有一座青砖灰瓦的小院，院内住着一位姓孙名兴的老先生。孙老先生早年参加同盟会，以推翻清廷、建设资产阶级民主共和国为己任，为实现革命理想，后来他又加入了国民党。孙老先生为人和善，坚持正义，颇受人民群众的敬仰，就连内乡县知事滕亚南也惧他三分。

几天前，孙老先生秘密会见了安豫侠，得知皮敛金为儿子皮啸虎贿买官职一事后，义愤填膺，定要讨个说法，以告天下。安豫侠建议孙老以国民党元老的身份劝说县知事滕亚南放弃此事。连日来，孙老先生多次与夫人商议此事，在夫人的支持下，在一个晴空万里的日子，独自一人直奔县衙而去。

滕亚南听闻孙老先生求见，即刻整衣出迎。

对孙兴的突然造访，滕亚南有些莫名其妙，脑子里打出好几个问号，却始终猜不透来意。虽不知来意，但他很清楚，眼下国民党气势正盛，对孙老先生怎敢慢待。

滕亚南毕恭毕敬地为孙老先生送上沏好的香茗，笑道："孙老大驾光临，我这小小的县衙可是蓬荜生辉呀！但不知有何吩咐？我滕亚南洗耳恭听。"

"亚南老弟不必客气，我可不是什么大驾，只不过是一个货真价实的国民党党员而已。今日来此确有一事相劝，望勿辜负我的诚意。近闻东岭沟村皮敛金之子皮啸虎就任二区团总，可有此事？"孙兴坦然直问道。

"这个嘛……"滕亚南未料到孙兴会提出这个问题，他有些迟疑，转而笑道："真没想到孙老先生消息如此灵通，皮啸虎被委任二区团总，确有此事。"

孙兴听罢，肺欲气炸，他怒气冲天，历数皮啸虎之罪状，直言告诫滕亚南道："像皮啸虎这样一个罪恶累累的杆匪，非但不能委任，而且要立即抓捕，绳之以法！你身为一县之长，本应遵国法，顺民心，明镜高悬，保民一方。你却反其道而行之，为虎作伥，与民为敌，做一个逆历史潮流而动的罪人。希望你悬崖勒马，立即撤职查办皮啸虎。"

滕亚南被孙兴斥责一通，心中大为不悦，心想：这个老家伙想必是吃了枪药，说出话来火药味甚浓，难道是有人为他撑腰打气？为他出谋划策？要不然怎敢如此对本官说话。我必须先拖住他，给他降降温，挫挫他的锐气，不久便会让这个老家伙的知道我的厉害。

"孙老先生所言极是，在下定当铭记在心。"滕亚南暗暗冷笑道，"我滕某人乃一小小县令，吃的是官府俸禄，寄人篱下不能以己愿而为之，皮啸虎任二区团总并非吾本意，此乃都督张镇芳之意。敬望孙老先生体谅本官的难处，收回谏言，回府颐养。"

孙兴听罢，气冲脑顶。忽地起身怒斥道："滕县令，你不要拿什么吃官府俸禄、寄人篱下做挡箭牌，既要当婊子，又要立牌坊，实为蠢事。既然光明大道你不走，宁坐漏船而不弃，那只有死路一条，阎王爷的名册上又多了一个你——滕亚南！"

望着怒气冲冲、转身疾步离去的孙兴，滕亚南咬牙切齿地吼道："好你个不知天高地厚的孙兴，竟敢与张都督公开叫阵，一点儿也不给我面子，我看你是活腻了，不给你点苦头尝尝，你还真不知道我滕知事是羊是狼，我看你纯粹是鸡斗黄鼠狼——自己找死！”

气急败坏的滕亚南起草了一份公文，差人连夜送往都督府。公文内尽数孙兴藐视都督，意图寻衅滋事，其中不乏夸大之词。不几日，都督张镇芳手书密令，令人送达内乡县衙。

烛光下，滕亚南急切地展开密令。

内乡县知事滕亚南鉴：

孙兴乃国民党之顽固分子，其言行与袁大总统治国方略大相径庭，颇有煽动民意蛊惑人心之能量，此人不可留，速派人秘密将其处决之，全家老少一个不留。

都督张镇芳

内乡县民团团总武廷芳、二区团总皮啸虎奉县知事滕亚南之命，连夜将孙兴夫妇抓至县衙，投入大牢。虽经连夜突审，动用酷刑，但孙兴夫妇始终坚持为真理而战，没有半点屈服，横眉冷对，大义凛然，声讨袁世凯，炮轰都督，怒斥滕亚南、武廷芳、皮啸虎等毒虫之辈。孙兴夫妇终被残忍杀害，焚尸灭迹。

5

自打中华民国建立，眼见村里的男人全都剪掉了后脑勺上的辫子，安大娘（安豫侠的母亲）心里也似打开了天窗，嗅到了崖苦垛村上空飘来的清新气息，看到了一个亮堂堂的世界。她有些陶醉，常常情不自禁地乐起来。近些天来，在她的精心照料下，从皮家大院大牢中营救出的五名革命党已经康复，她看在眼里，喜在心中。这些背井离乡、把生死置之度外的年轻人，与自己的儿子一样，他们同生死、共患难，杀土匪、除恶霸，而作为一名革命党人的母亲，她感到特别自豪。

安豫侠生怕累坏了老娘，每当他在家中召开秘密会议时，都劝老娘去休息，但老娘并不买账，依旧沏茶做饭，忙里忙外，一刻不停。

孙兴夫妇遇害后，安豫侠紧急召集族长安世昌、鹿觉民、安天祥、安翠霞、鹿觉敏、古天龙以及被救的那五名革命党人召开会议。会议进行了三天，主要商讨了两项内容：一是孙兴夫妇被害后的行动安排；二是组建一支自己的武装队伍。

会议最后，安豫侠作了总结性发言："孙兴夫妇遇害的消息不胫而走，引发社会各界人士的强烈不满，我省许多县市的衙门口，都聚集了大批的抗议者，他们联名上书，要求严惩凶手，罢免贪官。都督张镇芳不断接到地方官员的告急书，现在已成热锅上的蚂蚁，焦头烂额，手足无措。我们要在他的伤口上再撒一层盐，从内乡县开始，直至都督府，用我们自己的方式，闹他个底朝天。根据当前形势，我们必须立即组建一支自己的武装队伍。敌人迟早有一天会找到崖苦垛村来，我们一定要提前防范。现在，我宣布——在族长安老先生的领导下，安天祥、安翠霞、鹿觉敏负责组建一个12人的武装队伍，名称就叫崖苦垛村自卫队。安天祥为队长，安翠霞任副队长。我们这支队伍要对全村百姓负责，要提前做好群众安全转移的预案，以便将损失降到最低点。

“此外，我们还将在内乡、南召两县以及洛阳城内建立5个联络站，分别是内乡粮行，南召布店，洛阳药铺、酒店和当铺。这5个联络站将分别由我们的5名革命党兄弟负责，鹿觉民为联络员，负责联络各站点。每个联络站都将配备武器弹药，成为名副其实的独立武装作战单位。古天龙随我左右，协助处理日常工作。”

会议后，安豫侠带领鹿觉民、古天龙以及5名革命党弟兄启程赶赴洛阳，安天祥与其他人留守内乡。

几天后的一个早上，天刚放亮，尚在睡梦中的内乡县城一片阒然。

大街上，两匹快马疾驰而过，马背上坐着两个身穿民团服的男人。不一会儿，又来了一顶轿子，由于长途跋涉，只见两名轿夫气喘吁吁，汗如雨下。

两匹快马在县署前停下，马背上的两人当即下马。等后面的轿子赶到，轿子里的人出来后，三人便同时挥动拳头狠劲敲打县衙的大门。

听到有人敲门，看门的李老汉慌忙打开县衙大门，抬头一看，来者不是别人，正是皮敛金、团总武廷芳和二区团总皮啸虎。这三人乃是内乡县三大匪首，官职虽没有县太爷滕亚南高，但权势却远远超过了滕亚南。李老汉心里琢磨，此三人一起来到县衙，一定是发生了惊天大事。李老汉哪敢怠慢，面堆笑容，点头哈腰地道："三位爷请进，小的这就去通知滕知事。"

李老汉将三人让至县衙大堂落座之后，便快步赶去后堂禀报滕知事。来到内堂，李老汉轻轻推开虚掩的门，一只脚刚跨过门槛还没有落地，便被滕知事卧室内传出的哭闹声吓得缩了回来。

"你这个挨千刀的，亏你还是县太爷。你说，你都做了什么缺德事？让人戏弄成这样，连老娘也跟着你一块遭罪，你不怕丢人，我还怕丢人呢，你不是有本事吗？连自己的老婆都保护不了！我看还不如拿根绳子吊死算了。"滕夫人没完没了地哭喊着，惧内的滕知事却没有半句怨言。

李老汉有点不知所措，但一想到大堂上还在等着的那三位爷，也就顾不得这许多了，张口便大喊了一声："滕知事！"此举无疑是给滕亚南解了围。听见有人来，滕夫人也停止了哭闹，滕亚南借机随李老汉来到大堂。

惊魂未定的滕亚南见到三位惊恐震怒的匪首，便已知所为何事，于是免去了往日的客套，开门见山地问道："各位仁兄老弟，想必是有急事相告，不知哪位先说？"

皮敛金、武廷芳、皮啸虎三人各自讲述了自己的遭遇，原来昨夜三人都被人迷倒，醒来时都发现脸上盖了一张传单。

"是不是这张传单？"说着，滕亚南就拿出了一张传单。

另外三人也赶紧拿出传单，四人一比对，从纸张到内容一模一样。这是一份悼文，也是一份讨伐檄文：

悼孙兴夫妇，声讨奸奴：

春雨潇潇，悲风凄凄。惊悉孙兴夫妇不幸遇难，凶耗传布，天亦同哀，人亦齐哭。孙老先生一身正气，拥孙反袁，实为国民党之翘楚。皆因此次独闯内乡县衙，揭皮家之垢行，谏诤滕知事查撤贿官买职的皮啸虎，夫妇双双惨遭横祸。张镇芳、滕亚南、皮敛金、武廷芳、皮啸虎等人狼狈为奸，丧心病狂，破坏共和，谋杀双雄（孙兴夫妇），可谓鬼蜮狂肆，万古祸魁。杀人终有报，恶魔定遭诛。千古罪人，亡我中华，诛锄杀戮，严拿正法。

中原民众

此时，滕亚南头冒冷汗，手不停地颤抖，以至于手中的传单哗哗作响。他想起昨夜发生之事，还心有余悸。于是便向三人讲述了昨夜自己的遭遇。

原来昨晚，滕亚南正与妻子寻欢，忽觉香气扑鼻，然后便昏沉睡去。醒来时，发现脸上覆盖了一张纸。滕亚南急忙唤醒娇妻，找衣服时才发现所脱衣服都不见了。正在此时，窗户突然被打开，一股阴风袭过，只见一身穿黑衣、白脸红舌的吊死鬼手拿勾魂棒，直奔锦帐而来。“快来人哪！闹鬼了！”滕亚南惊恐万状，高声呼喊。听见老爷呼喊，佣人们手持棍棒，蜂拥而来。鬼被吓跑了，众佣人翻箱倒柜为二人找来衣裤，李老汉到后堂时正赶上刚穿好衣裤的滕夫人与老爷吵闹。

三人听罢面面相觑，这真是令人哭笑不得却又无可奈何。

“滕知事不必过于愁伤，此事需从长计议。今日发生的不幸，完全是我这个团总的失职，本人愿意接受处罚。民团一大队保卫县衙不力，在下一定严办。”武廷芳没有推卸责任，更没有袒护自己的部下，这令滕知事很是欣慰。

“100多人的民团一大队竟然连个县太爷都保卫不了，这还叫什么民团？干不了，就地解散，另换他人。”皮啸虎的话使武廷芳大为恼火，正待发作，便被滕知事接了过去。“算啦！算啦！大家都是自己人，就不要争吵了。要说，就说说下一步怎么办吧。”

“小儿说话粗鲁，望武团总不要介意。皮某认为，今日发生之事绝非偶然。我皮家烟苗被铲，烟膏被焚，枪支被偷，寿宴被搅，家丁被杀，乱党被救，加之今夜所发生的事，定是革命党所为。现在看来，孙兴夫妇确实是杀得早了点，如要活着的话，兴许还能挖出一些有价值的线索。”皮敛金认为此事有点操之过急。

“是啊！我也觉得有些草率。但确属无奈，这是张都督的密令，必须执行。我们都是拉磨的驴，永远听别人吆喝。听说前几天都督府也着了一把大火，也发现了与此内容相同的传单，连张都督都上了乱党的黑名单，可见逆贼之猖獗。皮老爷，您智高谋深，定有妙计缉拿乱党，还请说出，在下洗耳恭听。”滕知事讲话倒也诚恳，如今他已黔驴技穷，实在没了主意。

皮敛金自认皮家是最大的受害者，缉拿乱党理应一马当先，现经滕知事点将，不觉气血上涌，牛眼瞪圆，后脑勺那根细长花白的辫子也被他甩至胸前。“缉拿乱党乃是张都督亲书密令，我等至今尚未捉住乱党逆贼，真是无颜向都督交差。初始抓住猎户鹿醒民，却不想他死在酷刑之下，是我们自己断了自己的路。但仔细想来，我们还是有路可走，而且路有多条。鹿醒民虽然死了，他的闺女鹿觉敏不是还在嘛。据目前掌握的情况，他的侄子鹿觉民也是一名革命党。还有我府雇用的杂工古天龙，装聋作哑多年，一直潜伏在我们身边，直至身份暴露才逃之夭夭。只要我们精诚团结，下大力量进行搜捕，就一定会有收获的。”

皮敛金的话倒是理清了追捕的思路，几个人不由得点头称赞。

“皮老爷所言有理，鹿觉敏、鹿觉民、古天龙三人虽然不知去向，抓捕他们也确有难度，但只要我们齐心协力，迟早会抓住他们的。武团总、皮啸虎，你们二人立即从民团中抽调好手，组成一支抓捕队，以便实施秘密抓捕行动，遇事要多与皮老爷商量，发现情况随时向我禀报。即便是掘地三尺也要找到他们，决不能让他们再逃跑了。”滕亚南不仅希望尽早结束这种提心吊胆的日子，更重要的是要向张都督交差，保住自己的乌纱帽。

6

自县衙议事之后，团总武廷芳就对皮啸虎极为不满。鉴于县署出事，以撤职查办的名义，借机将驻守县署的一大队队长马霸调任为二大队队长，原二大队队长接任马霸驻守县衙。马霸是武廷芳的心腹，后被任命为抓捕队队长。武廷芳有意将二区团总皮啸虎任命为副队长，故意激怒于他，待抓住把柄后，加以制服。

如今皮家正在密谋扩展实力，企图争霸豫西。武廷芳对此早有察觉，但他十分理智，凭自己手中的2000多条人（枪），要想吃掉皮啸虎手下的200多人是易如反掌，但绝不能这样做，这样只会适得其反，自寻恶果。与其明着干，不如背后打黑枪。于是，为有效控制皮啸虎的人马，他令马霸率二大队呈半圆形驻扎在二区民团防地的周围，又将皮家大院大管家高明发展成自己的眼线，以便窥视皮家的一举一动。

雄鸡三唱，唤出一轮火红的太阳，眨眼间天空被映照得清澈透明。

高明骑着一辆破旧自行车，哼着小曲，穿行在小胡同里，行进中还不时回头张望，以防被人跟踪。民团团部戒备森严，把守大门的团丁问清来人姓名后，上身微倾，面带笑容，手指门内道："高管家里边请。"高明顿时有些发飘，俨然把自己当作了一大队的副队长，推起自行车高昂着头走了进去。

高明的感觉没有错，团总武廷芳还真的把他当作了座上宾。一名兵丁手端托盘走了过来，轻轻地放在桌子上，托盘里是沏好的香茗和上等的糕点，丰盛的早餐摆在眼前，主人没有发话，他也不好意思品尝，只好装起斯文来。

"高管家不必客气，咱们边吃边聊！"团总武廷芳笑眯眯地说道。

"谢武团总！遵照您的吩咐，我时刻都密切注视着皮家的一举一动。昨天午饭时分，皮耽虎、皮牙虎骑马回了家，直接进入了会客厅，与等候在里面的皮敛金、皮啸虎举行了秘密会谈。午饭都没出来吃，由我送了进去。他们对我毫无戒备，我趁机偷听到一些对您不利的情况。"没等高明把话讲完，武廷芳就抢过话头，问："什么不利的情况，快说！"

"他们说您在内乡县里人枪最多，势力最大，根基最深，论实力拼不过您，论官职没有您大，想摆脱您的控制又不敢公开。因此，他们决定在南召县发展自己的武装，为将来控制整个豫西打下基础。皮敛金准备去见南召县知事，商讨建立民团武装，如若谈不妥，就以武力相逼。关于下一步具体计划如何，目前还不大清楚。"

武团总对高明提供的情况有些是早就知道的，但皮家想在南召县建立民团，秘密扩展自己的武装，皮敛金要亲自去见南召县知事，这些自己还真没有想到。皮家紧锣密鼓地扩展武装队伍无疑对武廷芳构成了威胁，如不加以遏制，后果不堪设想。

武廷芳表扬了高明，并赏了他一大笔钱，交代完下一步的工作后，又亲自将他送出门外。慢步走回房间，武廷芳靠在皮椅上，双目微合，陷入了沉思之中。

“凡是跟老子争地盘，对着干的人，不管他是谁，都得死，这就是我姓武的做事风格，谁他妈的都改变不了。”武廷芳猛地睁开双眼，从椅子上站了起来，咬牙切齿地怒吼道。继而他又嘿嘿地冷笑起来，一个遏制、削弱、铲除异己的阴谋在他脑海中浮现出来。

第三章　将计就计

1

南召县位于伏牛山南麓，县城虽不大，但其“北扼汝（汝阳）洛（洛阳），南控荆（荆州）襄（襄阳）”，乃兵家必争之地。如今城门已倒塌，唯有残垣断壁的老城墙孤独伫立。城门外架起了两道铁蒺藜拦网，增加了两排防护沙袋，四个县署卫队营的老兵背着大枪守在这里，负责检查过往行人。南召县署与内乡县署相比大为逊色，青砖灰瓦连通的两个院落简洁规整，东西跨院简陋的营房内驻扎着卫队营的全部人马，整个县署的内外框架让人感到有些穷气，这正与主事人的俭约自律、克己奉公暗合。

南召县知事孔增田祖籍湖北云梦，祖辈经商，早年间土地房产广布，富甲一方。其父遵循儒学治家，书礼为本，耕读为业，家业辉煌。可惜家中遭难，好景不再，其父被迫于家中办起了私塾。少年时代的孔增田挨过饿、讨过饭、放过牛，还得了一场大病，险些丧命。后在父亲的大力支持下，外出求学，后投奔了黎元洪的鄂军。南京临时政府成立时，黎元洪当选为副总统，孔增田也随之被调任南召县知事。

孔增田心系南召百姓，刚一上任，就颁布了剪发放足、禁吸鸦片、防匪剿匪、扶植商农、废除苛捐杂税、改革封建司法制度等一系列新政，为南召县的稳定和发展铺就了可行之路。

此刻，面容清癯的孔增田正坐在办公桌前，忧心忡忡地端详着桌子上的两件凶器，一支闪着寒光的匕首和一把上了膛的手枪。近几日，两拨奸宄轮流闯衙，既是意外，又是必然，归根结底是不祥之兆。

一天上午。

“报告！有两个姓皮的人，来自内乡县，要求见大人，有要事相商。”一个年轻的门卫静候在孔增田面前。

“两个姓皮的人，来自内乡县，难道他们是——”孔增田在脑袋里打了个问号，迟疑了一会儿便说道，“先请他们进来吧。”

皮敛金与皮啸虎被士兵带进了孔增田的办公室。孔增田虽从未见过这两人，但从二人的姓氏、着装打扮、面相神态上已猜出来者的身份。

“他们为何突然来到南召？找我为何事？”孔增田有些不安。

孔增田面带微笑，拱手施礼道：“如果我没有猜错的话，您就是赫赫有名的内乡县皮老爷，这位就是您的三公子内乡县二区团总皮啸虎吧。”

皮敛金听罢先是一愣，心中暗想：未曾谋面，便知我情，此人非同一般，决不可小觑。然后呵呵一笑道：“孔知事不愧为孔圣人之杰出后代，未曾谋面，便已识人，真乃神人也。在下皮敛金与犬子皮啸虎有幸拜见孔知事，此乃三生有幸，皮家降福啊。”

“皮老爷过奖了，孔某岂敢称孔圣人之后。俗话说：‘无事不登三宝殿’，二位不妨坐下叙谈。来人，看茶！”孔增田依然恭敬礼让。

“来人呐！”随着皮敛金一声呼唤，两名家丁抬着一个大木箱走了进来。木箱被打开，里边装的全是金银珠宝，皮敛金手指木箱笑道：“礼轻不成敬意，望孔知事笑纳。”

孔增田猜不透皮敛金“葫芦里卖的什么药”，略思即言：“事不清，心不明，受礼为何？在下恕难从命。究为何事，请大胆放言。”

孔增田不冷不热的几句话，着实让皮氏父子碰了个软钉子，两人心中不由得燃起一股暴戾之火，按预先商量的方案，将对孔知事采取毫无保留的打压之策，逼其就范。

皮啸虎拔出腰中短枪，顺势在手中转动几圈，随后将枪口呈扇子面向正前方扫了两遍，然后便歪头挺胸，紧咬牙关，斜楞着一对贼眼死死盯着孔增田。

皮敛金把细长发白的辫子甩到胸前，皮笑肉不笑地说：

“孔知事有所不知，我父子二人前来贵县，并无恶意，绝不为己。而是为贵县的太平、百姓的安康、经济的繁荣，尽一份微薄之力。谁都知道，南召乃穷僻之地，不能与我内乡相比。况且，眼下盗匪肆虐，民生凋敝，难道你身为一县的父母官就不为所动吗？”

“皮老爷，你有何高见，在下洗耳恭听。”此时，孔增田倒想看看皮敛金到底唱的是哪一出。

“既然孔大人问了，我也就直说了。眼下南召县的武装队伍只有县署卫队营，全部人马加起来也就百十来号人，武器装备又很落后，难以控制当前的混乱局面，不能胜任保卫贵县黎民百姓之重任。鉴于此情，我建议把加强武装队伍建设，扩大武装力量，更新武器装备，放在一切工作的首位。我们负责招兵买马，扩充兵员；大人您向上申报编制，解决军饷。此举，孔知事意下如何？”

“皮爷此意甚好，怎奈县署卫队营之编制乃是上面所定，不可随意扩编，本官暂不能答复此事，还望见谅。此事重大，容我斟酌后再定夺。皮老爷与三公子不辞辛苦前来相助，理应重礼相谢，岂敢收纳皮老爷之大礼，我看此礼就烦劳二位收回吧。”孔增田如此说，不仅仅是缓兵之计，更重要的是想看对方有何反应。

皮敛金脸色一沉，咬牙切齿道：“怎么！孔知事这么不给面子，我可真的是脸蛋贴屁股——亲错地方啦！好，礼我可以收回。俗话说：木不钻不透，钟不敲不响，砂锅不打不漏，话不说不明。孔知事，我们今天是来相助，而不是相求。这件事必须办成，给你七天时间，七天后必须作出答复，不然的话……好啦，不多说啦，孔大人心里恐怕比我们清楚得多。”话毕，皮敛金给儿子皮啸虎使了个眼色。

皮啸虎猛地将枪口对准了孔增田，与此同时，南召县署卫队营的几名士兵也端着长枪冲了进来。

“把枪放下，休得无礼。啸虎，这支手枪就送给孔大人留作纪念吧！”说罢，皮敛金转身走了出去。

“手枪，孔大人您先替我保管好了。事情成了，枪就是大人您的了；若是不成，我会用它结束你的小命！”啪的一声，皮啸虎恶狠狠地将枪拍在桌子上，转身扬长而去。

“大人！不能就这样让他们走了，为什么不把他们抓起来！”士兵们有些气愤。

孔增田望着敞开的大门，泰然自若地说：“恶人终有恶报。”

皮敛金父子走后的第二天上午。

一位头戴礼帽，身着长袍的客人前来求见孔知事。来人四十岁上下，口音不像是本地人，见面后鞠躬行礼，言称受朋友之托，特地送书信一封、礼品一件。此人不喝茶、不吃饭，送交书信、礼品之后，便匆匆离去。孔增田并不认识这个人，本想留下询问盘查一番，但此人执意离开，无奈之中只好拆开信封，展目览阅。

大丈夫行不更名，坐不改姓，我乃石人山豫西救国军司令萧天放是也。实话对你讲，我萧某手下的兄弟们近日缺钱又缺粮，打算在贵宝地混碗饭吃，欲借孔大人你的权势给我的兄弟们开个大灶，将我的人马全部纳入卫队营，共吃官府的军饷，这对孔大人而言是一个一举两得、两全其美的上上策。不要犹豫，快速决断，七天之后听孔大人的回音。如若逾期不答，休怪我无情，带人踏平县衙。现特赠见血封喉的匕首一把，如不从命，孔大人便用此自行了断吧。

萧天放

孔增田打开木匣，果见一把寒光闪闪的匕首，匕首下还压着一张纸条，上写：匕首无情，凶吉择一。

萧天放是个黑脸大汉，川北人，最早投奔四川军阀田颂尧，因嫌军中生活贫苦、不自由，便加入了孙殿英的匪队。在洗劫了洛阳龙岗镇后，随孙逃窜至伏牛山区。一次，孙殿英下书安徽亳州县府，威逼索要饷银遭拒后，率队攻破县城，劫得银钱30余万元。这些银钱统统被孙殿英揣进了自己的腰包，冲锋陷阵、险些丧命的萧天放分文未获。一怒之下，他带领几个要好的弟兄在石人山另起炉灶，干起了杀人绑票、奸淫抢掠的勾当。虽然自封为豫西救国军司令，其实手里也就几十条人（枪）。如今伏牛山区杆匪多如牛毛，竞争愈演愈烈，萧天放自感土匪这个行当并非像当初想象的那么容易，如果死守在石人山上，就等于坐以待毙。困境中他想起孙殿英威逼官府的大胆之举，于是就下书给孔增田，企图挤进卫队营，吃军饷，穿官服，坐享其成。

皮家父子、萧天放纷纷前来下战书，软硬兼施，如出一辙，均是出于吃军饷、穿官服、发展自己武装势力之目的。

皮家父子身居内乡乃为西邻，萧天放盘踞的石人山为北邻，两股杆匪近在咫尺，而南召只有一个卫队营，敌人来犯时根本抵挡不住。大敌当前，当务之急是拿出一个万全之策。

刘备为光复汉室，三顾茅庐。我孔增田四进崖苦垛相邀族长安世昌，共商御敌之策。安族长答应今天前来详谈，现已过午，难道……孔增田在办公室内来回踱着步子，焦急地等待着安世昌的到来。

安世昌才学满腹，热情济世，拒绝朝廷征辟，不丧志辱节，令孔增田钦慕不已。两人交往甚密，常在一起纵论国家大事。孔增田诉说了皮家父子与萧天放下战书相挟一事，安世昌听后极为愤怒，决意鼎力相助，并密见革命党人安豫侠商讨对策。

崖苦垛村自卫队队长安天祥腰里别着枪，手里拿着长鞭，赶着马车直奔南召县署而来。车里坐着的是安老先生。孔增田早已在县署大门外恭候多时，遥见马车便知安老先生已到。此刻，他心中激动不已。

孔增田搀扶着安老先生走进办公室，看茶落座，笑问近安，随即指着桌上的匕首和手枪说道："先生请看，这桌上的匕首和短枪已指向我南召县，若不满足他们的要求，将以武力攻之，那时，将会生灵涂炭，百姓遭殃。然而让我等束手就擒只是他们的痴心妄想，我孔某人岂会降敌！可眼下敌众我寡，形势危急，南召之危，迫在眉睫啊。几日来我寝食难安，苦无良策，还请安老先生指点迷津，御敌解危。”

安老先生心中肃然起敬，暗挑拇指赞道：“孔知事匡扶正义，铁骨铮铮，令老夫敬佩。此时此刻，我的心情与君同，愿将破敌之策和盘托出。既然他们都想加入卫队营，那么咱们就来个‘将计就计’。孔知事，你派人告知他们，就说他们的要求可以答应，但卫队营只能接纳一方的人马。”

“高！实在是高！”孔增田忽地一下站了起来，像黑夜中看见了灯火，高兴地拍打着桌子。“安老先生所言极是，利用双方想要进入南召的迫切心情，制造冲突，让二者厮杀，等其两败俱伤时，我们再各个击破，以达全歼杆匪之目的。”

“对！就是让他们有来无回。孔知事，你还要派出两名精明强干的兵丁，了解两股杆匪的动向，摸清他们的行动时间、路线和地点，届时，我崖苦垛村自卫队也前来相助。目前，两股杆匪大约有250人，武器装备强于我方，以我看，只有待他们双方拼杀殆尽之时，我们再出场收拾残敌。到时你率卫队营拦住萧天放的退路，我自卫队从侧翼攻打皮啸虎，进攻时一定要快、狠、猛，只有这样才能全歼两股杆匪。”

2

身材矮胖的内乡县民团团总武廷芳嘴里叼着香烟在办公室里踱来踱去，屋内烟雾弥漫。团总大人一边惬意地吞云吐雾，一边思忖。二大队队长马霸送来消息，皮敛金、皮啸虎父子二人求见南召县知事孔增田，要求加入卫队营，这在意料之中。让他意料不到的是石人山杆匪萧天放竟然也妄图挤进卫队营，就连崖苦垛村族长安世昌都急匆匆地赶往南召县，秘密会见了孔增田。事情似乎变得越来越复杂了，武廷芳有些想不明白。

马霸送来的消息还说，南召县知事孔增田已经答应了皮家父子和萧天放的要求，这怎么可能呢？据了解，孔增田两袖清风，为人正直，并非贪生怕死之人，他怎么可能答应杆匪的要求？其中定有文章。更令人费解的是，崖苦垛村族长安世昌怎么会在这个节骨眼上突然出现在南召县署？只是礼节性的拜访？还是与此事有联系？

情况不明，焉能制敌，武廷芳思来想去，头脑一时竟陷入混乱之中，没了头绪。

“报告！皮家大院大管家高明求见。”武廷芳忙道：“快！快请他进来！”高明一进门就被武廷芳一把按在了座椅上，武廷芳还亲自为他沏茶倒水。

“快说！有什么新情况？”

“是！团总大人。皮敛金、皮啸虎父子二人昨日商议说孔知事已答应让他们加入卫队营，但石人山萧天放也提出了同样的要求，因此让他们两家自行商谈，须有一家退出，卫队营只能接纳一家。皮敛金气得两眼血红，青筋鼓胀；皮啸虎暴跳如雷，一蹦三尺。他们说萧天放是个数不上的小杆子，狗屁不如的小乞丐，是癞蛤蟆想吃天鹅肉——痴心妄想，是太岁头上动土——上门找死。”高明话还待继续往下说，只听武廷芳厉声道：“你怎么那么多废话，婆婆妈妈的，快说正题。”

高明吓得一激灵，忙说：“是！团总大人。皮敛金、皮啸虎父子二人决定杀掉萧天放，全歼这股不知天高地厚的小杆匪。皮啸虎已经查明了萧天放出发的时间和路线，准备在黄土岭全歼萧天放杆匪，然后率队围攻南召县，武力逼迫孔增田就范。”

高明的到来彻底解开了武廷芳心中的困惑，真是云开雾散。他对自己的计划重拾信心，心情也转怒为喜，对大管家高明更是赞不绝口，视为宾朋。

武廷芳似乎听到了黄土岭上激烈的枪战声，震天动地的喊杀声。他笑了，笑得癫狂。他要排兵布阵，一举歼灭皮家军。

站在屋里的马霸不知所措地看着疯狂发笑的武廷芳，心里有些慌乱。

“你难道还不明白吗？”武廷芳指着马霸的鼻子问。

“属下愚钝，请团总明示。”马霸小心地回答道。

武廷芳笑意未减，胸有成竹道：“现在情况已明，一出好戏即将上演。好你个孔增田！施巧计破双敌，实在令人钦佩。我们的滕知事怎能与其相比，孔知事好比是大鹏展翅九霄，扶摇直上；滕亚南活像心肺全无的泥胎，无知无觉。

“明晚二大队全体士兵换上老百姓的衣服，秘密跟随皮啸虎部，待皮、萧交战后，立即向皮啸虎部发起攻击。传下去，击毙皮啸虎者赏大洋十块，烟土四两。”

“团总高见！佩服！佩服！我马霸坚决执行命令，定叫皮家军死无葬身之地！不过，崖苦垛村族长安世昌急匆匆赶往南召，秘密会见孔知事，不知所为何事？不知团总您如何看待此事？”

“以我之见，主攻方向已定，心中之敌已明，安世昌之事可不必过问。俗话说：大口咬住包子馅——抓住重点。你要记住，楚汉相争，是在谋而不在勇啊！哈哈哈！”武廷芳又得意忘形地狂笑起来。

3

天欲破晓，乌云笼罩在石人山上空，狂风肆虐，满天飞沙走石，一副山雨欲来的景象。

萧天放站在山坡上仰望着空中翻滚的乌云，盛夏天气反复无常，不利的天气可能会给这次行动带来难以预料的严重后果。但他不愿丢掉这次围攻南召、威逼孔增田就范的机会。

萧天放又一次抬头看了看天空，他终于下了决心，戴上那顶没有了帽顶的破草帽，转身向站在坡地上的弟兄们高声喊道："弟兄们！现在虽然老天'走溜子'（刮大风），天空开始'插蓬了'（阴云），但无大碍，据我的观察，不久便会见到'红光子'（太阳），现在我命令，立即'摇钱子'（出发）。"几十名衣衫不整的杆匪跟随萧天放走出了大山。

萧天放这股小杆匪生活窘迫，长期以来腹饥少食，有病无药，御寒无衣。造成如此惨状皆因石人山过往客商甚少，而好的山头均已被他人占据，几次借地劫财，都被打得屁滚尿流，惨败而归。50多名杆匪有枪的只有30多人，剩余的20多人至今还在使用大刀片。30多条枪不是"汉阳造"，就是"老套筒"，只有几名亲兵腰插盒子炮。

萧天放胆大心狠，独霸豫西的野心由来已久，杆匪的经历让他明白只有穿官服，吃军饷，才能壮大自己。本想混入南召县自卫队，没承想在孔增田这里吃了个哑巴亏。

皮敛金、皮啸虎是何许人也？萧天放是一清二楚，豫西巨匪章自贡是他们的靠山，与都督张镇芳也交往甚密，夺命鬼皮啸虎的两个哥哥还是火药局局长和副局长，人家是要人有人，要钱有钱，要枪有枪，要权有权，在人家眼里我这小小的豫西救国军司令只不过是个萤火虫，没有多大的亮，皮家怎么可能和我坐在一起商讨南召之事呢？又怎么可能退让呢？现在唯一的办法就是抢在皮家的前头，来他个先下手为强，待大局已定，他们就是有天大的本事也难挽败局。

在我想到先下手为强时，皮家人肯定也已想到。如果他们在半路上埋下重兵，我岂不危险。想到这儿，萧天放骤然全身发冷，立即下令停止前进。

为安全起见，萧天放当即派亲兵前去探路。当探路亲兵报告前方未发现伏兵时，他心中不由得暗喜，未见伏兵，可见皮家军已前往南召县。

想抢在老子前头，没门！萧天放大声命令道："弟兄们！快速前进！"

在萧天放的驱使下，杆匪们加快了行进速度，他们绕过村庄，悄无声息地穿行在荒寂的野岭之中。临行前，萧天放就强调他们此次下山不是打劫，因此要秘密行军，行进时不得大声喧哗。

天幕低垂，浓云密布。

疾步前行的杆匪个个气喘吁吁，额头冒汗，疲惫不堪，行军速度大打折扣，队伍渐渐散乱起来。远处不时传来轰隆隆的雷声，黑云越积越厚，越压越低。继而电闪雷鸣，大雨瓢泼，杆匪们匆忙从腰间拽出一块事先准备好的雨布顶在头上。自以为善观天象的萧天放失算了，怕什么来什么，暴雨狂倾，短短的十几分钟，杆匪们一个个被浇成了"落汤鸡"。

云散了，天晴了，太阳又露出笑脸，蓝幽幽的氤氲云烟在林间升腾而起。

"报告司令！前面就是黄土岭。"

萧天放用手指着探路的亲兵道："你带几个人去黄土岭探探虚实，速去速回。"

“是！”十几名亲兵策马扬鞭驰进黄土岭。不一会儿，又返回来了。萧天放在得到安全的信息后，便率队闯进了黄土岭。

黄土岭地形复杂，南宽北窄，呈长三角形，两边山崖陡立，无路可通，路宽处山势逐渐走低，形如一条龙脊。低矮起伏的岗峦秀丽壮美，林茂草丰，到处可见野生的山楂树、核桃树和柿子树。这里虽是一片鸟语花香的世界，但经常有野兽出没，加之劫匪绑票屡屡发生，导致许多客商皆绕道而行，就连捕猎者也不会光顾。

萧天放心里明镜似的，深知这里是一个天然的陷阱，来到这儿就等于是老虎掉进深潭——身陷绝境。既然如此，为何偏要走这条路呢？难道萧天放就不怕中埋伏吗？他怕，他不仅怕而且怕得很。只不过他认准了越是危险的地方就越安全的死理，横下心来要铤而走险。只要安全翻过黄土岭，渡过黄鸭河，便可沿黄鸭河南岸急行直达南召，这是一条便捷的路，完全可以抢在皮啸虎的前面。

按预定计划，南召县卫队营严密封锁了黄土岭北侧的入口，崖苦垛村自卫队队长安天祥、副队长安翠霞也率领自卫队提前到达了埋伏点。

皮啸虎对这次出击非常自信，自认为是堵住笼子抓鸡——稳拿。他将二区民团的所有人马部署在黄土岭南侧向西拐的山坡上，因为这里是黄土岭的咽喉，可居高临下直视眼前之敌。出发前的动员会上，他口出狂言：“萧天放这个龟孙子，螳臂当车不自量力，这个癞蛤蟆也敢从皮家嘴里抢肉吃，难道就不怕噎死？这一次我们要让他有来无回。弟兄们！全都给我打起精神来，我们的子弹可不是吃素的，让萧天放和他的跟屁虫们统统到阎王爷那里去报到！”

盛夏的中午，太阳像一盆燃旺的炭火。兵丁们个个汗流浃背，喘着粗气。皮啸虎敞着胸露着怀，紫色的短袖汗衫已经湿透。但他不为所动，一手摸着腰间的盒子炮，一手举着望远镜，全神贯注地盯着前方。

望远镜里出现了一队衣着不整的杆匪，走在前面的是十几名骑马的杆匪，为首的是一位身着黑色短袖衫，腰插双枪，身背大刀的黑脸汉子，此人正是石人山匪首萧天放。

“哈哈！龟孙子你可来啦，好一个自讨毒酒的死鬼，终于送上门来啦，我看你也美不了几时啰，皮爷我顷刻就送你下地狱。”皮啸虎有些兴奋，他放下手中的望远镜，拔出手枪，低声向身边的传令兵道：“传我命令，作好战斗准备，没有我的命令不许开枪。记住，以我的枪响为号。”

50米，40米，30米，20米……

啪！子弹的尖啸声打破了黄土岭的沉寂。紧接着，200多名兵丁一齐开了火，顿时黄土岭上枪声大作，子弹横飞，火光冲天，犹如一座火药库爆炸了。

骑马前行的萧天放正在心里打着如意算盘，一颗呼啸而来的子弹击碎了他的美梦。直觉告诉他，这是中了他人的埋伏。而这个人不是别人，正是自己的敌手——人称夺命鬼的皮啸虎。

萧天放心想：根据当前皮家军兵力武器配备情况，今天想要走出黄土岭那是不可能的。皮啸虎显然是有备而来，欲置我于死地。不，这是要灭我全军哪！难道这里就是我萧天放的葬身之地吗？不！决不能束手待毙，三十六计走为上。于是他命令小杆匪们排成一队，贴着崖壁，向北边打边撤，自己则带领十几名亲兵骑马抢先逃走。

“弟兄们快给我冲啊！千万别让萧天放那个龟孙子跑掉了！”皮啸虎一看萧天放欲向北逃跑，圆睁赤目，纵马下山，疾速向北追去。

200多名兵丁紧跟在皮啸虎的身后，潮水般冲下山岗，石人山的四十多名杆匪负隅顽抗，终因寡不敌众大部毙命，皮家军也伤亡过半。杀红了眼的皮啸虎带着剩下的兵丁穷追不舍，忽听前面响起了密集的枪声，只见萧天放带着四五名亲兵狼狈地退了回来。皮啸虎哪里知道，萧天放向北逃跑，不料遭遇南召县卫队营的猛烈射击，几名亲兵瞬间身亡，萧天放见无路可走，只好又退了回来。既然生路已无，何不拉个垫背的？仇人相见，分外眼红。萧、皮激战，枪声又起。

皮啸虎与萧天放的这场恶战，团总武廷芳看得是一清二楚，心里有说不出的高兴，真想痛饮几杯，一抒胸臆。二大队队长马霸见时机已到，遂附耳请命：“司令，是否该我们出击了？”

“我命令二大队全体士兵立即出击！”

武廷芳一声令下，二大队的士兵们跟着马霸齐声呐喊：“击毙皮啸虎者赏大洋十块！烟土四两！”在震耳欲聋的呐喊声中，马霸率领二大队从南面兜着皮家军的屁股杀来，令皮啸虎猝不及防。

而此时萧天放的身后又响起了密集的枪声，子弹从东侧山岗上的密林里疯狂地喷射出来。刹那间南、北、东三个方向喊杀声连天，枪弹如雨。

晕头转向、狼狈不堪的皮啸虎，左臂流血不止，烟尘汗污染面，活像阎王殿里的小鬼。眼前血流成河，200多名弟兄所剩不过十之一二，皮啸虎捶胸跺脚，仰天长叹道：“众位弟兄请受我皮啸虎一拜，待我东山再起之时，定为各位报仇雪恨。此仇不报，誓不为人！”

话毕，皮啸虎举起枪，对着萧天放的尸体连开数枪，后又命令剩余的十几名兵丁原地阻击追兵，自己则一路向西逃出了黄土岭。

枪声停止了，黄土岭又恢复了往昔的沉静。

看到皮啸虎逃跑，团总武廷芳并没有下令追击，而是命令撤退。截击萧天放的究竟是什么人？他们来了多少人马？这些突然出现的人，让他感到害怕，他担心自己也成为了别人的靶子。

黄土岭一战告捷，击毙匪徒250余人，缴获了大量的枪支、弹药、马匹等物品，安天祥、安翠霞、孔增田等人喜得眉开眼笑。

第四章　血洗崖苦垛

1

南召县城中心的繁华地带，乃贸易集中地。此地十日四集，每逢集市期，街上行人熙熙攘攘，好不热闹。大街西南口有一间雅致清幽的茶馆，门前悬挂着一块黑底牌匾，上书“净水源茶馆”五个金光闪闪的大字。

说起净水源茶馆，那可是隔着门缝吹喇叭——名声在外。凡是到过南召县的人都要进去坐一坐，品香茗、尝甜点、听说书唱曲，一来歇脚，二来解闷，有时还能听到许多新消息。老板是位中年汉子，头脑灵活，茶馆被他收拾得干干净净，他还时常请说书、唱戏的艺人前来表演，因此常常茶客盈门、一座难求。

黄土岭一战，萧天放匪帮被全歼，200多名皮家军除皮啸虎逃跑外，其余也全被消灭，南召、内乡、鲁山、襄城一带消除了匪患，百姓安居乐业，知事孔增田心情大悦。

这天一大早，知事孔增田身着白坎肩、黑短裤，头顶笠帽，足蹬青面布鞋，肩背钱褡儿，哼着小曲，晃晃悠悠地走进净水源茶馆。他今日的装扮不同于往日，以至于茶馆的老板和众茶客都没有认出他来。

孔增田是这里的常客，他乐饮灵山云雾茶，面对墙壁上狂草书就的“翠叶烟腾冰碗碧，绿芽光照玉瓯青”的绝妙对联，他曾发出“宁可食无肉，不可饮无茶”的感慨。

“煮酒放言世事，烹茶细味人生。”极具穿透力的声音在茶馆内响起，茶客们立即停止了说笑。

看茶客们的注意力都被吸引过来，茶馆老板接着说道：“感谢各位贵客的光临，今天我们有幸请来了著名评书艺人赵天放老先生。赵先生今天给大家说的是一个新段子，保证大家越听越爱听，越听越想听，听起来就没个够，听起来就不想走。现在让我们以热烈的掌声，请赵先生闪亮登场。”

赵先生五十岁开外，长方脸，尖下巴，面容清瘦无须，性格爽朗，一身正气。他喜好说古论今，针砭时弊，因此颇受百姓的欢迎，是一位知名度很高的评书艺人。

“茶好宾客多，前来听我说。与君论古今，奇事多多多。”赵先生说完四句定场诗，便将手中的醒木啪地一下拍在桌上，然后哑声不语，四下观望。

赵先生的诙谐幽默赢得茶客们的一片掌声。

赵先生生就一副喜庆的面孔，一双圆溜溜的小眼睛特别讨人喜欢，不论是喜事还是丧事，也不管是高兴还是忧愁，总是喜眯着。此时的他，面对热情的茶客，深鞠三躬，然后说："各位宾客，今天您算来得巧，来得好，我给大家说一段扬眉吐气、振奋人心的大喜事，那位说了，究竟是什么大喜事啊？您别着急，静下心来听我细说端详。

"常言道：风雨飘摇动乱世，杌陧不安天下情。天灾人祸捐税多，百姓哪有米下锅。军阀土匪旧县衙，串通起来坑国家。盗匪蜂起烧杀掠，黎民百姓遭涂炭。穷人菜汤喝不上，冷无衣裳热天光。食野菜、喝米汤，全身打颤饿得慌。麦黄久盼结谷穗，谷黄又望插稻秧。一年四季总不闲，人人都为财主忙。

"人人都说说书的嘴贫，我可不是嘴贫，有句话还是要跟列位讲明白，咱们这间茶馆是四大皆空坐片刻，不分你我。两头是路吃一盏，各自东西。来不请去不辞，无拘无束方便地；烟自抽茶自斟，说长道短自由天。听完我这段书，您一定会产生'喜报捷音一壶春暖，畅谈国事两腋生风'之感。如有多虑，即刻退场，来者欢迎，去者欢送。"

赵先生见众茶客笑脸静坐，即刻来了精神，扬起手臂，重重拍了一下醒木，开始转入正题。

"现如今官兵借剿匪扰民发财那是比比皆是，这土匪现在是越剿越多，为什么？这就是兵匪一家的结果啊！天下乌鸦一般黑，从古到今，当官的哪有不为己的，还不都是骑在穷人的脖子上拉屎撒尿，作威作福。不过话又说回来了，大千世界，朗朗乾坤，难道天底下就没有好人了吗？有！两袖清风、浩然正气的南召县知事孔增田正是英雄豪杰。有人问孔知事怎么会是英雄豪杰呢？各位有所不知，黄土岭一战歼灭了石人山萧天放杆匪和内乡县皮啸虎的二区民团，共计250多人，缴获了大量的枪支、弹药，真是大快人心。孔知事稳坐中军帐，施巧计灭杆匪，运筹帷幄，威震八方，堪称孔明再世。

“萧天放是何许人也？此人是杀人越货，欺男霸女的杀人魔王，手下有几十个小恶魔，啸聚在石人山，自封为豫西救国军司令。长期以来，老百姓对这伙杆匪是深恶痛绝。这位豫西救国军司令缘何与夺命鬼皮啸虎结下了怨仇？那是去年在南召县城俩人为争抢一位妓女，大打出手。皮啸虎人多势众，萧天放被打得头破血流，落荒而逃，他曾发誓，一定要亲手宰了皮啸虎。夺命鬼皮啸虎放走萧天放后便有些后悔，一直想灭掉敢于和自己争女人的混蛋，只因萧天放躲进了石人山，一直无法得手。俗话说冤仇宜解不宜结，土匪之间更无情面可言，铲除对方那是迟早的事。

“话说萧天放正与众歹徒洞中饮酒作乐，忽接下山多日打探情况的匪兵密报，说是夺命鬼皮啸虎要在后天运送一车大烟土前往内乡二区民团驻地，途经黄土岭。哈哈哈！哈哈哈！萧天放狂笑道：皮啸虎啊皮啸虎！真没想到你也有今日，黄土岭就是你的坟墓！萧天放高兴得晕了头，他只想在黄土岭突袭皮家军，既劫了大烟土，又可干掉皮啸虎，想来个一举两得。可是他万没想到上了皮啸虎的当，没想到这是皮啸虎故意让人向外放风，引他上钩。

“人人都说孔知事是千里眼、顺风耳，其实那是说他的眼线多，情报来源广，消息来得快。就拿皮啸虎诱骗萧天放这件事来说，他知道的比谁都早，这正是歼灭杆匪的大好时机，孔大人岂肯放过？这才上演了智歼众匪徒，黄土岭大捷的精彩一幕。”

…………

孔增田没有再听下去，随手将茶钱放在桌子上，便悄悄离开了茶馆。此时此刻，他的五脏六腑像火烤一样烧的慌，真想豁开肚皮放放风。

赵先生对黄土岭大捷的赞颂表达了老百姓的心声，的确这也是一件大快人心的事，孔知事当然是春风得意，可把自己比作运筹帷幄的孔明却过于夸张了。黄土岭之战的内情他是最清楚不过的，自己只不过是执行人而已，安世昌老先生才是名副其实的军师，而真正的决策者当属革命党人安豫侠。

在赶回县署的路上，孔增田便已决定去拜会一下革命党人安豫侠。

2

像长了翅膀一样，皮啸虎二区民团全军覆没的消息迅速传遍了内乡县，乃至周边数县的大小村庄，老百姓无不拍手称快，人们放起了鞭炮，敲锣打鼓唱起了大戏，一些胆大的年轻人还手摇小旗跑到县署门前，游行庆祝。

一夜之间，二区民团说没就没了，要是上头追问下来，该如何交代？皮家树大根深，背后有人撑腰，都督张镇芳要是发起怒来，我这颗脑袋恐怕就保不住了。内乡县知事滕亚南这几日来是坐不宁，寝难安，一想到这些就头皮发麻，浑身哆嗦。

团总武廷芳为报私仇参与了黄土岭之战，按常理二区民团是他管辖下的武装部队，一个200多人的部队葬送在黄土岭本应立即向县知事禀报，但出于对知事滕亚南接纳皮家军的成见，加之尚未想好如何把此事编得让人可信，特别是要取得滕亚南的绝对信任，因此有意晾晒几日，让自己的上司内火攻心，尝一尝抓心挠肺、焦头烂额的滋味。近几日，武廷芳恰似得胜的猫儿欢似虎，灯草烧灰飘飘然，逍遥自在地关上大门，自斟自饮，自娱自乐起来。

滕亚南苦苦等了几日，却始终不见武廷芳的影子，心里是又气又恼，恨不得立即撤了他的职。但武廷芳手握重兵，连豫西巨匪章自贡都不敢轻易找他麻烦，是内乡县真正的老大。滕亚南只能急得干瞪眼。最终，毫无办法的滕知事再也等不得了，只好屈尊前去拜访武廷芳。

“滕大人来喽，清路！”随着尖厉的喊叫声，一抬大轿，由一群武装卫兵簇拥着，沿县署正街直奔武廷芳的住宅而去。

闻滕知事驾到，武廷芳故作惊讶之状，诚惶诚恐，毕恭毕敬地将滕亚南迎进客厅。

“哎呀！这几天身体欠佳，未曾坐班，还望滕知事谅解。

今日滕知事光临寒舍，深感荣幸，我武廷芳在此叩谢。来！给知事看茶！”

武廷芳的一番做作之举，令滕亚南作呕。心中暗想：满嘴酒味哪来的病，纯粹是猪鼻子里插大葱——装相（象），也不撒泡尿照照自己是个什么东西，也配我屈驾探视。他不想与这位团总多谈，只是硬着头皮勉强应付了几句，便阴沉着脸问道："二区民团现在如何？”

“有关二区民团的情况，我原打算身体康复后再做禀报，既然您今天问到，那我就如实禀明。”武廷芳心里很清楚，二区民团葬身于黄土岭已是妇孺皆知，滕亚南这是明知故问，为什么要明知故问？兴师问罪他不敢，也只不过是打一打官腔，摆一摆架子。他的真正目的是前来讨药方，只是不肯直说而已。今天给他开一剂良方，事后他必然对我俯首帖耳，唯命是从。

“据调查证实，二区团总皮啸虎与石人山杆匪萧天放为一妓女结下仇怨。为报私仇，皮啸虎擅自调动二区民团，赶往南召县黄土岭清剿杆匪萧天放，结果200多名兵丁全部葬送在黄土岭中。另报，皮啸虎去向不明。”

听武廷芳这么一说，滕亚南大为高兴，不免夸奖一番。他虽然有些疑惑，可事到如今也只能是顺水推舟，按照武团总的说法草拟了一份公文逐级上报，糊弄了事。

3

这两天皮敛金好像三伏天里喝了一杯冰镇酸梅汤，心里美滋滋的，庭院大树上几只喜鹊，叽叽喳喳地叫个不停，更令他笑逐颜开。早饭刚吃过，三位太太便吩咐下人摆好麻将桌，硬拉着老爷搓开了麻将。皮敛金兴奋异常，有意将大把钞票输给三位太太，而三位太太也是柔声暖语地讨好老爷。特别是年轻貌美的三姨太抛媚眼，把皮敛金引逗得春心大动。

在三姨太英红妹的搀扶下，皮敛金拖动着肥胖的身躯走进卧室，像头肥猪般懒散地躺在床上，聪明的三姨太赶忙拿过烟枪递给皮敛金，又忙不迭地装上烟泡，点上烟灯。皮敛金对着烟灯吱吱地吸了起来，一连吸了好几个烟泡，直到过足了瘾，才伸伸懒腰，将烟枪递给三姨太。皮敛金从怀中掏出金壳怀表，打开一看已近中午，便急忙翻身下床，让身边的三姨太立即通知厨房准备酒宴，好为三子皮啸虎接风洗尘。

太阳已西斜。此时，皮敛金是心急如焚。他认为威逼孔增田、巧歼萧天放的计划天衣无缝，而且皮家军无论是人数还是武器装备都大大优于杆匪萧天放，应该说是十拿九稳。既然如此，就不应该有什么闪失，可为什么到现在还不见皮啸虎回来呢？难道说喜鹊不是在给我皮家唱赞歌？嗯！我明白了，这是在唱丧歌。皮敛金一脸怒相，对准树上的喜鹊甩手就是一枪，一只喜鹊应声落地，它的同伴则展翅惊鸣，同时冲出皮家大院，飞向遥远的天际。

三位太太本就茶饭未进，通身虚脱，骤然响起的枪声吓了她们一跳，念子心切的二姨太竟被吓晕了过去。大太太、三姨太呼天喊地，佣人们听到呼喊声也纷纷围拢过来，皮家大院内一下子炸了锅，皮敛金见此情形心乱如麻，一时竟不知所措。

正在此时，一名家丁匆匆忙忙走了进来：“报告老爷！三少爷回来啦！”

皮敛金闻言当即来了精神，他噌地一下离开了座椅，急冲冲地走了出去。大太太、三姨太听闻喜讯，撇下二姨太，紧追着老爷来到院中。昏迷了的二姨太竟神奇地醒了过来，披头散发，不顾一切地冲出来。

狼狈不堪的皮啸虎在四名贴身保镖的搀扶下，跌跌撞撞地走进了皮家大院。

皮敛金揉了揉自己的眼睛，他不敢相信站在面前的就是自己的儿子，一时竟愣住了。倒是二姨太发疯似的扑了上去，抱住儿子哇哇大哭起来。此时皮敛金方缓过神来，于是吩咐家丁带四名保镖下去换洗衣服，用餐休息。随后与三位太太陪同儿子皮啸虎走进了客厅。

听完皮啸虎的叙述，皮敛金怎么也想不明白为何如此惨败，儿子只差一步就见了阎王。思考良久，他终于理出了一点头绪。

“老三呐，事情既然到了这种地步，就不必伤心了，从今往后你要打起精神来，别整天哭丧着脸给我丢人。现在我们急需查明行动失败的原因，以待日后报仇雪恨。”

皮啸虎唯恐爹爹生气，急忙说道：“这次出事，我也觉得很奇怪，就是不知道问题出在哪儿。”

皮敛金冲着二姨太使了个眼色，心领神会的二姨太急忙来到门口，向外看了看，但她并没有看到一个神秘的身影瞬间消失在走廊尽头。

皮敛金看了看这个不争气的儿子，无可奈何地摇摇头说道：“最近一段时间，常听家丁们说起大管家高明。”

“高明！难道他……”皮啸虎眉头一皱。

“高明最近花钱如流水，耍钱喝酒逛窑子哪样都不丢。家丁们说他经常去武廷芳的私宅。武廷芳与我们皮家面和心不和，笑在脸上，恨在心里。我怀疑高明已经被武廷芳收买，背叛了我们皮家。一定是他将这次行动的时间和地点泄露给了武廷芳，在你们身后打黑枪的肯定是武廷芳。”皮敛金紧锁眉头，咬牙切齿地说道，“老三，立即将高明抓入牢房，严刑逼问。”

高明一开始百般抵赖，拒不交代，但重刑之下，只好如实招供了一切。团总武廷芳的阴谋被揭穿，皮家父子为之一惊，当即派人把一封火药味十足的讨伐书送交给了团总武廷芳。

武廷芳对此早有准备，对送信人冷冷一笑，矢口否认，大骂皮家父子不讲情义，竟然相信高明的诬陷之词，并以此相要挟。他当即回书一封，污言垢语地骂了一通。武廷芳的表演近乎完美，他就是要激怒皮啸虎，将其引出家门以灭之。

双方矛盾随之急速升温，愈演愈烈。不几日，一颗被挖掉双目的血淋淋的人头悬挂在武廷芳的门楼上，头颅随风摆动，殷红的血点点滴滴地洒在武家的大门上。头颅上还悬挂着一块纸牌，上书“背叛者亡”。

对于皮敛金父子的雕虫小技，武廷芳嗤之以鼻，丝毫没有放在心上，此时他最关心的是如何尽快杀掉皮啸虎，然而事情的发展却让他大失所望。

皮啸虎深知武廷芳的为人，每次出门都有保镖跟随，武廷芳几次派人暗杀都无功而返。几次遭暗杀，皮啸虎吓得胆破心寒，于是又恳请干爹章自贡增派了几十号人马加强对皮家大院的保护，自己则躲在家中，不敢迈出大门一步。皮啸虎变成了缩头乌龟，武廷芳也不敢派兵强行攻打皮家，局面僵持着，时间一长也就不了了之。

皮敛金后悔杀了高明，如今人证没了，手上又没有其他证据，只能是含怒作罢。

连日来，皮家父子闭门谢客，就连县知事滕亚南也吃了闭门羹。皮敛金几经思索，终于将心中的诸多疑问说了出来。

“孔增田为什么会同时答应我们两家的要求？但又为什么只同意接纳一家，还让我们自行协商？当萧天放兵败就擒之时，你的背后出现了密集的枪声，现已查明是武廷芳所为。可东侧山岗上和正北方的又都是些什么人？是其他杆匪趁火打劫，还是南召县自卫队，抑或是武廷芳请来的帮手？目前我们虽然还不知他们究竟是什么人，但有一点可以肯定，皮家军三面受敌，葬身黄土岭，这三股武装就是罪魁祸首。啸虎，这些疑问你都想过没有？”

皮啸虎最怕老爹提问，他不敢回答，又不能不回答，他用袖口擦了擦额头上的汗，呵呵傻笑着，一时紧张得口吃起来：“老……老爹，您是……知，知道的，我是个笨人，猪脑子，想不到那么多。”

看着老爹那张阴沉的脸，皮啸虎忽想起一件事来：“爹！就在刚才，我们安插在南召县的眼线汇报，已探得黄土岭一战的幕后指挥者就是南召县知事孔增田，评书艺人赵先生还说他是孔明再世。”

“什么！孔明再世！？”皮敛金冷笑道，“如果真如说书人所讲，那我们不就中了孔增田的一石二鸟之计了吗？可是，据我对他的了解，论打仗他是个外行，怎么可能会策划得如此周密。再说，他就不怕我们报复，消灭他那个小小的卫队营？这里面大有文章啊！依我看他背后一定有高人指点，这个人会是谁呢？”

“爹！那我们还等什么？还不赶快派人去查。”皮啸虎来了劲头。

“查！怎么查？”

皮啸虎凑到爹爹身前，笑嘻嘻地说道：“我的贴身保镖贾秀说，他有一个同乡叫胡大，是孔增田的贴身保镖，贾秀与胡大常有来往，两人是酒肉朋友，无话不说，无事不谈。

我们可以从胡大着手，一定能查出个名堂来。”

皮敛金眼前一亮，禁不住放声大笑起来，连声说道：“好好好！快请贾秀前来议事。”

贾秀是皮啸虎最信任的保镖，但毕竟只是皮家养的走狗，如今受到皮老爷如此的礼遇，不仅赐座，更有香茗相待，真是受宠若惊。待皮老爷问起他与胡大的关系时，他便拿出了吹牛狂侃的看家本领，效忠主子的恶犬媚态，事无巨细地讲了一通胡大的情况。奴才对主子效忠，皮敛金自然非常高兴。

胡大与贾秀都是南召县人，两人从小一起长大。胡大现在不仅是南召县知事孔增田的保镖，还是孔知事身边的大红人，也是孔知事最信得过的人，因此，孔知事的一举一动他都知道。胡大生性好色贪财，吃喝嫖赌样样俱全，只因赌钱输掉了房子，老婆一怒之下离他而去。最近，他手头拮据，正到处借钱。贾秀认为：可以利用其好色贪财的本性，投其所好，定能收买他。

皮敛金笑逐颜开，认为此计甚妙，连连夸赞贾秀。

“你们两个谁说说具体是怎么个办法。”皮敛金和颜悦色地问道。

贾秀努了努嘴没有作声，他知道自己的身份，万不可与三少爷争功，于是就冲着三少爷咧开嘴巴傻笑了一下。皮啸虎故意装出欲言又止的窘态，引逗着老爹急切地追问。

“我说老三，你今天这是怎么啦，跟你爹还有什么话不能说的吗？只要能查清真相，替咱们皮家军报仇，不管什么主意，什么办法，我都会同意的，快说吧。”皮敛金稍显不悦。

皮啸虎瞧了瞧老爹的脸色，又装起一副傻笑般的嘴脸，慢吞吞地说道：“爹！你真的不生气，那我就说啦。贾秀说得对，胡大这小子缺什么咱就给什么，喜欢什么咱就送什么。钱嘛！可以多送一些，帮他还上赌债，再给一些赌资。至于女人嘛，我看三姨娘最合适，一个媚眼，一句嗲声嗲气的娇音……总之，一定会搅得他神魂颠倒。爹！你放心，这只是逢场作戏，绝不动真格的，我会派人严加保护。到时，一定会给老爹您一个满意的答案。”

皮敛金仰靠在太师椅上，微闭着双眼，当他听到让三姨太去勾引胡大时，心好像油炸般作痛，但他并没有立即发作，他相信自己的儿子。事情正如他所料，“只是逢场作戏，绝不动真格的”。

经过皮敛金的精心策划，一个周密的计划酝酿成形。

4

南召县城有一条名叫南小巷的小街，小街路南有一处青砖灰瓦的酒店，因地处南小巷，故名曰“南小巷酒店”。酒店老板姓孔名顺，祖籍湖北云梦县，恰与本县知事孔增田是同乡。因聘名厨店中掌勺，烹制绝顶佳肴而享誉中州，不料却招来无数蹭吃蹭喝的地痞流氓、土匪恶棍。幸亏孔知事出手相救，才得以脱困。在孔顺的眼里，孔知事不仅是救命恩人，更是一个不畏权贵、除恶扬善的铁铸硬汉。他欣赏敬佩自己的同乡，且引以为豪。俩人脾气相投，性格相近，政见一致，故往来甚密，日久情深，终结拜金兰。

一日下午，一位身穿蓝色长袍，头戴礼帽，鼻梁上架着一副墨镜的高大壮汉不紧不慢地走进了南小巷酒店。孔顺早已看出这是一位有钱的客人，便笑脸迎上前去，正待开口，即被来人举手止住。“给我准备两桌酒宴，里间一桌，外面一桌，要快，我的客人马上就到。”说完，来人又问道：“你是这儿的掌柜吗？”“在下正是。”“如果没猜错的话，你就是孔老板吧！”孔顺点了点头。来人便不再说话，转身走进里间，撩起长袍坐了下来。

来人先点了一道堪称“豫菜一绝”的中州名菜——“套四宝”。此菜绝就绝在集鸡、鸭、鸽、鹌鹑之浓、香、鲜、野四味于一体，四只全禽层层相套，个个通体完整，无一根骨头。这道菜盛于青花细瓷的汤盆中，展现在食客面前的是那体形完整、浮于汤中的全鸭。其色泽光亮，醇香扑鼻。当食完第一层鲜香味美的鸭子后，一只清香的全鸡便映入眼帘；鸡肉吃后，滋味鲜美的全鸽又出现在面前，最后又在鸽子肚里露出一只体态完整，肚中装满海参丝、香菇丁和玉兰片的鹌鹑。接着又点了洛阳水席，包括莲汤肉片、水漂肉片、生氽丸子、木须汤、萝卜丝、燕菜等，风味独特。除这些之外，来人又要了八盘下酒菜，以及八大碗和八小碗，俗称“八八菜”，亦称“宫席”。

孔顺吩咐伙计为客人泡上上等的信阳毛尖，转身来到前台，心中暗想：在这小小的县城内如此破费，所请何人？宴请者又是什么人？

南小巷酒店在太阳的余晖里陆陆续续迎来了客人，壮汉在大堂内预订的酒桌上早已围坐了六位衣着不整的年轻小伙子，个个横眉立目，充满杀气，令人不寒而栗。

尽兴谈笑的食客们忽然发出惊嘘，只见门外款步走来一个娇艳的女人，她身材苗条，上身着一件黄绿色的薄绫紧身衫，双乳高耸，下身穿白色的宽腿裤，一双红绸绣花鞋若隐若现，额前倒垂着几绺浓黑的秀发。一双媚眼恰似清泉，顾盼生情。女人在壮汉的引领下款款走进包房，众食客无不心荡神怡。

女人的到来，让孔顺深感不解。然而让他更不解的是孔知事的贴身保镖胡大竟是壮汉请的贵宾，真是疑点重重，他决心探个究竟。

订酒席的壮汉不是别人，正是皮啸虎的保镖贾秀。贾秀奉皮敛金之命，已多次与胡大相见，并为其还清了赌债。此次宴请的目的，就是以美人为饵，从胡大嘴里套取黄土岭一战的实情。美人并非别人，乃是皮敛金的三姨太英红妹。

胡大从未品尝过如此丰盛的酒宴，也从未收过如此巨额的钱财，更未见过如此动人的美人，面对这一切，他已魂魄漂浮，心神沉醉。他愿誓死效忠皮老爷，愿为他肝脑涂地、赴汤蹈火。

胡大出卖了自己的上司孔增田，毫无保留地道出了黄土岭之战的实情，最终导致崖苦垛惨剧的发生，也将自己送上了断头台，此是后话。

胡大与贾秀的对话被躲在隔壁房间的酒店老板孔顺听得一清二楚，他顿感脊背发凉，头皮发麻。他知道事情的严重性，便快步向县署奔去。

其实孔增田对胡大的恶习早有耳闻，只因平日里胡大善于伪装，时时装出一副和顺恭敬的嘴脸，使得他疏于戒备。此刻，孔顺的汇报犹如一声晴天霹雳，令他措手不及。

下半夜，胡大踉踉跄跄地往县署走来，脚刚踏进卫队营的大门就被早已埋伏在门后的士兵抓获，经连夜突审，胡大供认了全部罪行，录下口供、签字画押后，被斩于城郊。

孔增田心急如焚，连夜写了一封信，次日天未亮便派得力心腹骑快马赶往崖苦垛村。他希望族长安世昌能提前做好准备，防止皮家偷袭。

天有不测风云，孔增田万没想到送信人在赶往崖苦垛村的途中被早已埋伏在半道上的皮家枪手杀害，值得庆幸的是送信人临死前将信吞入了腹中。

午饭后，知事孔增田破天荒地没有午睡，此刻他焦烦地在屋内踱着步，并不时向窗外张望。按理说，送信人也该回来了，但为什么到现在还没有见到人影呢？难道发生了不测？正当他欲再派人前往崖苦垛村时，卫兵突然报告说崖苦垛村派人送来了一封信，孔增田接过信来急忙展开。

孔大人鉴：

感谢大人差遣信使履踏穷乡僻壤，崖苦垛全体村民叩拜大人，诚谢恩典。经族长安世昌与众人商议，决定留信使逗留几日，虽为先斩后奏之举，但实为诚意，望谅！

崖苦垛村自卫队队长：安天祥代笔

孔知事真是聪明一世糊涂一时，在未见到送信人的情况下，也没有对回信加以分析揣摩，竟然就轻易相信了，最终酿成大错。

5

会客厅。

皮敛金斜靠在太师椅上，摇头晃脑地哼着小曲。善解人意的三姨太站在他的身后，轻轻地摇着手中的芭蕉扇。今天，皮啸虎也显得尤为孝敬，不断地为父亲沏茶倒水。

保镖贾秀献计有功，得到了皮敛金的赏识和器重，并将密探崖苦垛村的重任交给了他。贾秀带领两名精干家丁化装成收购山货的商人，大摇大摆地走进了崖苦垛村。每年都会有不少收购山货的商人来崖苦垛村，村民对此早已习以为常，因此对贾秀三人也不起疑。虽然如此，贾秀三人还是提心吊胆，生怕露了马脚，引来杀身之祸。贾秀和两个家丁一边假装收山货一边打探消息，事遂人愿，仅花费了一天的时间便打探到了他们想要的消息，这令贾秀狂喜不已。

贾秀发现，崖苦垛村自卫队虽然昼夜巡逻，但由于人数有限，巡逻路线基本固定，主要集中在村口和祠堂附近，族长安世昌的家只设了两名固定岗哨，并无流动哨兵。猎户鹿醒民的女儿鹿觉敏则住在安豫侠的家中。

贾秀探得的消息令皮敛金喜出望外，终于可以出一出长期以来憋闷在胸中的恶气了，于是大声狂呼道："安世昌啊安世昌！你我前世无冤，今世无仇，何苦助他人灭我皮家军，冤有头债有主，今天，我就给你签发通往地狱的通行证，你的死期到啦！哈哈哈！哈哈哈！鹿醒民啊鹿醒民！你为什么协助乱党偷袭我的鸦片种植基地，毁掉我的烟土、烟膏和烟苗，抢我的枪和刀？你的死不足以解我的心头之恨，老天有眼，今日总算找到了你的女儿鹿觉敏，我一定要点她的天灯，以祭奠死去的弟兄们！"

要想铲除安世昌、杀死安翠霞，必须有周密的计划，而且要绝对保密。经过深思熟虑后，皮敛金终于做出了决定。

皮敛金安排三姨太去门口把风，然后压低嗓音道："贾秀，明日你带领五位弟兄依旧化装成收购山货的商人前往崖苦垛村，待天黑后秘密潜伏在村西的山林里，凌晨一时立即对安世昌、鹿觉敏实施暗杀，动作要快，不许开枪。崖苦垛村住的大多是猎户，家家户户都有猎枪，枪声一响我们的整个计划就宣告失败，不但杀不了安世昌、鹿觉敏，你们性命也难保。我希望你们全部活着回来，听清了吗？”

“是！听清了！”贾秀起身而立，连连点头。

“好吧！这个你拿去吧，这次行动会用得上。”语毕，皮敛金从怀中掏出金壳怀表递给了贾秀。贾秀两眼发直，喜滋滋地接了过来：“谢皮爷！小的一定完成任务。”

皮敛金随后又对皮啸虎说道：“明天凌晨，你率领弟兄们对崖苦垛村展开猛烈攻击，打得越狠越好，但不许进入村内。”

“爹！我怎么越听越糊涂，为什么不让打进村内？”皮啸虎用手胡噜着后脑勺，傻问道。

“叫你攻打崖苦垛村是为了掩护贾秀的暗杀行动，转移崖苦垛村自卫队的视线。你不要问这么多了，只需按我说的去办就成。”

夜已深，整个山林间一片寂静。贾秀等人蜷缩在潮湿的地上，哈欠连连。贾秀不时打开金壳怀表看看，他有些焦急，还有些兴奋。很显然，事成之后，皮老爷一定会重用我，到那时……

贾秀再一次打开表盖，此时时针已指向一点，时间已到。

安天祥、安翠霞、鹿觉敏等自卫队员刚开完会，突然听见村口方向响起了激烈的枪声，呼啸的子弹划破了崖苦垛村的夜空，守卫在村口的自卫队员与敌人展开了激烈的战斗。

面对敌人的偷袭，队长安天祥显得十分沉稳，他立即下达命令：“安翠霞，你马上带领村内的巡逻队员，火速赶往族长安世昌家，要确保他的安全。鹿觉敏，你立即赶回家，保护好安大娘。我带领其他队员增援村口，将敌人消灭在村外，绝不让他们跨进村内一步。”安天祥命令一名自卫队队员敲响了挂在老槐树下的警钟，他则带领其他队员冲向了村口。

正在家中休息的自卫队队员听到钟响，纷纷拿起枪冲出家门。训练有素的自卫队队员一部分扑向了村口，另一部分则加入了村内的巡逻队伍。

枪声就是信号，贾秀等人听到枪声后，便立即冲出山林，按预定分工，奔向各自的目标。暗杀鹿觉敏的三个家丁动作极快，来到安豫侠家中后，因未见到鹿觉敏，便逼问安大娘，因遭到安大娘的反抗，便将其杀死。三个家丁正待夺门而逃，正巧被鹿觉敏和几名巡逻队员撞见，交火中，三个家丁被击毙。

贾秀与另外两个家丁的暗杀行动就没有这么顺利了。村口枪声一响，守护在族长安世昌家门口的两名自卫队员便警惕起来，但还是死在了利刃之下。听到枪声后，安世昌急忙走出房间，手握短枪站在院中查看，院内的大黄狗也叫个不停。突然，院门被打开，大黄狗则猛地扑了过去。说时迟，那时快，安世昌见状抬手就是一枪，一名刺客应声倒地。他正待射击另一名刺客时，贾秀闯了进来，双方瞬间扣动扳机，贾秀左胸被击中，族长安世昌则再也没有站起来。

另一名刺客在杀死大黄狗后，搀扶起贾秀摇晃着走出院门。“抓住刺客！绝不能让他们跑了！”“要抓活的！留活口！”在一片喊杀声中，自卫队从四面八方拥了过来，贾秀苦笑了声，看了一眼金壳手表，毫不犹豫地把手枪对准了自己的头。最后一名刺客企图冲出包围，却被飞来的子弹击断了双臂，做了俘虏，最终交代了一切。

清晨，崖苦垛村的上空布满了阴云。祠堂前聚集了全村男女老幼五百多口人，知事孔增田身着黑色便装，站在人群的最前面。望着眼前用白布覆盖着的四名英烈的遗体，人们无不痛哭流涕，悲痛欲绝。

祭奠仪式由安豫侠主持，他高度颂扬了四位英烈生前所做的突出贡献，并对黄土岭一战全歼石人山萧天放杆匪和皮啸虎的二区民团，给予了极高的评价。在祭奠英灵的挽词中，安豫侠表达了对已故者真挚的爱，痛斥了敌人的卑劣行径，他说：

“崖苦垛村的父老乡亲们！皮氏父子阴险狡诈，作恶多端，人人得而诛之。血债要用血来还，我们一定要为死去的亲人报仇，为民除害。老族长虽然去世了，但勇敢坚强的崖苦垛人绝不会倒下，我们将继承发扬老族长的精神，昂首挺胸地活下去。”

人们为英勇牺牲的亲人举行了隆重的葬礼，祠堂后竖起四块新的墓碑，人们将永远铭记这段血泪史。

安豫侠是孙中山先生的忠实追随者，是三民主义的忠诚维护者，他无时无刻不在进行着讨袁斗争。如今，他认为成立一支农民自己的武装队伍的条件已经成熟，加之知事孔增田也愿辞官加入革命队伍。安豫侠当即决定成立豫西自卫大队，自任总指挥长兼大队长；安天祥、安翠霞、孔增田任副大队长，原南召县卫队营改编为豫西自卫大队骑兵分队，孔增田任骑兵分队长，负责骑兵分队的日常工作。鹿觉民仍为联络官，古天龙继续跟在安豫侠左右。

自卫大队成立后，安天祥、安翠霞继续坚守崖苦垛村，骑兵分队随大队进驻石人山，以便随时策应崖苦垛村。目前他们把石人山作为根据地，争取在近期内完善制度，加强整训，储备钱粮和军需物资，为今后的军事行动做好充分准备。

成立大会上，安豫侠郑重声明：豫西自卫大队是一支农民的队伍，是一支没有番号、没有军饷、没有军装的队伍。我们既不是土匪，也不是绿林好汉，我们是孙中山先生的忠实追随者。袁世凯乘时窃柄，专制自为；灭绝人道，暗杀元勋；弁髦约法，以兵威劫天下，实属全国公敌。时下，政府不良，政治不善，为巩固中华民国，图谋民生幸福，凡我国民，均应亟起自卫，与天下共击之。我们豫西自卫大队将为此斗争到底。

第五章　镖王出世

1

自从派人偷袭了崖苦垛村，皮敛金是夜不能寐，整日担心崖苦垛村村民前来报仇。提心吊胆的皮氏父子不仅增派了岗哨，加派了夜间巡逻人员，就连白天皮家大院的四周也出现了巡逻的家丁。皮氏父子为何如此害怕？

其一，虽然成功杀了族长安世昌，但自己作为幕后指使也暴露无遗，这岂不是自取灭亡吗？其二，大门上“血债要用血来还”几个血红大字更是令皮氏父子魂飞魄散。其三，野猫闹府。每到夜深人静时，十几只野猫，甚至几十只野猫同时发出哀鸣，似乎在为死去的人鸣冤。下人们私下里说这是“鬼魂袭府”，一时间整个皮家大院人心惶惶。

其实，野猫闹府并非如下人们所说“鬼魂袭府”，而是人为的。

豫西自卫大队成立后，安豫侠决心铲除皮氏父子，从根上彻底拔掉这个祸害四方的毒瘤，为今后在豫西更好地开展武装斗争创造条件。

古天龙曾潜伏在皮家多年，对皮家大院的一草一木都相当熟悉，因此安豫侠几次夜探皮家大院，都是由他跟随。但如今的皮家大院已不同于往日，戒备森严难以下手。

现在皮家在原有家丁的基础上，又增加了几十名来自宝天曼山的杆匪，这些土匪凶残彪悍、武器精良，他们在皮家大院内外加强了明岗暗哨的调配，防范十分严密。然而，百密总有一疏。安豫侠决定智取。

古天龙胆大心细，行事沉稳，嘴巴又牢靠，对安豫侠来说，无疑是一位难得的好帮手。根据皮家大院的现状，古天龙计上心来，当即将一个计划说给了总指挥长安豫侠听，得到了安豫侠的称赞和采纳，这也就有了后来的“野猫闹府”。

安豫侠、古天龙身穿夜行衣，腰插双枪，携镖囊、带利刃，巧躲明岗暗哨，越高墙入皮家大院，携野猫三闹看守严密的皮家大院，达到了预期目的，获胜收兵。第一次携30只野猫分别投放在皮啸虎、皮敛金和三位姨太太居住的小楼。30只野猫上蹿下跳、哀嚎不断。

听见猫叫，皮啸虎光着膀子，穿着裤衩，鞋子都没来得及穿就提着枪哆哆嗦嗦地跑了出来；皮敛金也在几个保镖的保护下来到了楼下，两腿一软便瘫坐在坚硬的鹅卵石通道上；而三位太太则战战兢兢地缩在墙角，抱成一团，大气也不敢喘。家丁、佣人及杂工们也都统统拥了出来，他们虽然很害怕，但更想看个究竟。

除了猫还是猫，并没有发现什么异常，皮敛金恍然大悟，这是野猫在作怪。对！是该死的野猫作乱皮家大院，是这群野猫在戏弄我皮家，连我这块老姜也被这群畜生给玩了。

“统统杀掉！一个不留！”皮敛金恶狠狠地吼叫起来。枪声大作，野猫们躺在血泊中，院内恢复了宁静。然而事隔一日，又跑来了15只野猫，搅得皮家大院彻夜难眠，吓得皮敛金连夜带着保镖藏进自家的大牢。到了第六天头上，虽然只跑来了3只野猫，但皮家上下一如惊弓之鸟，人人自危。

一连七天，皮家再也没有出现过野猫的哀嚎声，一切似乎又恢复了正常，笼罩在人们心头上的阴影逐渐散去。

2

又过了几日，确认再无野猫闹府，皮敛金才从牢房里搬回到小楼中。生活看似恢复了平静，但他的内心却充满不安。为提高皮家大院的安全性，皮敛金采纳了三姨太“破财免灾、稳定人心”的建议。三姨太的这一招虽说是笼络人心的雕虫小技，但很实用，皮敛金深知这个理儿，于是便举办了一次丰盛的宴会来犒赏府内的杆匪、家丁和佣人、杂工，并放他们三天的假。这样一来，皮家大院内是一片欢声笑语，外人认为皮家又发生了什么喜庆事。其实这只是表面现象，暗地里皮敛金已令皮啸虎布兵设防，加强警戒，他已编织好了一张大网，就等着对方上钩。

在这三天难得的假期里，佣人、杂工们在酣睡中做起了甜美的梦；家丁、杆匪们恣意寻欢，饮酒作乐；三位太太陪着老爷展开了麻将之战；皮啸虎趁机悄悄溜走，兴冲冲地跑到内乡县城找窑姐去了。

表面平静如水的皮敛金，内心却乱如麻。往事浮沉，幕幕再现。二区民团在黄土岭全军覆灭之后，都督张镇芳下令追查，如果真的调查下来，不仅身居要职的两个儿子要撤职查办，皮家恐怕也将遭遇灭门之灾，后经多方奔走，加之又送出了几件稀世珍宝，张都督这才下令停止追查，此事终不了了之。

在黄土岭上，武廷芳背后偷袭，后又派人多次暗杀皮啸虎，皮家与他已结下仇冤，谁又知道武廷芳何时再来骚扰？皮敛金一直视其为心腹大患，因此也将他列为重点防范对象。

另据可靠情报，南召县知事孔增田已率卫队营投奔了豫西自卫大队，如今崖苦垛村自卫队是兵强马壮，土匪都不敢攻打。皮家大门上的血字是何人所写？野猫闹府当真不是人为的？

一想到这些，皮敛金就头疼欲裂，脸上直冒冷汗，天旋地转地歪倒在太师椅上。身旁的三姨太见状慌忙大叫："快来人哪！快来人哪！老爷晕倒啦！"

佣人们听到叫喊声慌忙跑了进来，在三姨太的指挥下他们将皮老爷抬上了床，三姨太正准备唤人去请郎中时，皮敛金醒了过来，他无力地朝三姨太摆了摆手，示意不要去叫郎中，然后指着自己的喉咙说："渴！我要水！"聪明的丫鬟送来了淡盐水。三姨太搀扶着皮老爷坐回到太师椅上，轻轻捏着老爷的双肩，柔声细语地问道："老爷，您是不是有什么心事？能不能讲给我听？"皮敛金睁开双眼，攥住三姨太的手长叹一声道："唉！知我者红妹也。你是我的小乖乖，现在我身边最信任的人只有你了。最近发生的这些事搅得我心神不安，总是做噩梦，不但夜里做，他妈的大白天也做，你说我能不烦恼吗？你也帮我想想，看看咱们皮家的路今后该怎么走。"

听罢皮敛金的一席话，三姨太心中暗喜，忙不迭地说道："那就请老爷把心中的烦恼讲给我听听，看看我这个妇道人家能不能帮上忙。况且这是咱自家的事，我自然会尽力，老爷尽管放心。"

"哎呀！没想到娇妻你这么深明大义，难得，难得啊！今天我就把心中的烦恼讲给你听，你倒要给我出出主意。"于是，皮敛金就把自己所思所想一股脑儿端给了三姨太。

三姨太听后，思索了片刻，便对皮敛金说道："老爷今天既然给了我这个机会，那我可就说了。说对了您就采纳，说得不对就当我没说，只要是不怪罪，我就满意了。"皮敛金笑着点了点头。

"依我看不管是团总武廷芳，还是南召县知事孔增田，他们眼里根本就没咱们皮家，如今就连崖苦垛村那些穷得掉渣的山民的腰杆子也都硬了起来，居然敢拿起枪与土匪对着干，要我说咱大门上的血字肯定是这些人写的，老爷应当尽快派人去调查。至于野猫闹府，我倒不认为是人为的。可是，话又说回来了，团总武廷芳手握兵权，又是我们不共戴天的仇家，时刻威胁着我们全家人的性命，一定要尽快除掉他。现如今崖苦垛村自卫队不断发展壮大，他们要人有人，要枪有枪，而且还到处宣传保家剿匪，叫我看，这就叫头上长犄角——羊（扬）起来了。牢房内的5名革命党人为谁所救？小小的县知事为何敢辞官率队谋反？崖苦垛村的穷山民为何发展壮大得如此之快？把这些事情串起来看，他们的身后一定隐藏着一位狡猾的指挥者，我们一定要想法挖出这个人，否则很难取胜。

“思来想去，咱们之所以整日提心吊胆，都是因为树敌过多。为解燃眉之急，我想：一要加强防范。二要准备好退路，将皮家的财产秘密转移出去。三要派啸虎前往宝天曼拜见总杆架章自贡，招兵买马，重建武装队伍，有了枪有了人才能保住咱皮家啊！四要速派人去开封火药局，请大少爷、二少爷回来，共商对策。”

皮敛金听罢三姨太的话，像吸了大烟似的癫狂起来，淫笑着将三姨太一把搂在怀中，粗短的手指轻轻地捏了捏她那细嫩光滑的小脸蛋，笑嘻嘻地说道：“真没想到，爱妻不仅长得漂亮，还是位谋士。哈哈哈！天助我也。好，一切都按你说的办！老三回来了没有？”

“还没有。”三姨太回答。

皮敛金顿时怒吼道："这个败家子，脑袋都快保不住了，还有心思去寻花问柳。快传我命令，立刻派人赶往县城，把他给我捆回来。"三姨太不敢怠慢，立即把命令传了下去。

3

古天龙气喘吁吁地走了进来，身上穿的白坎肩和黑色长裤都已被汗水浸透，嗓子眼干得也快冒烟了。安豫侠见状，赶紧为他倒了满满一大碗水，古天龙捧起大碗便咕咚咕咚地灌了下去，一连喝了三大碗才缓过劲来。

古天龙奉安豫侠之命对皮家大院进行探查，白天他化装成卖烟的小贩探知了皮家大院外巡逻哨兵的人数、时间及交接时的暗语；夜间凭借对皮家大院的熟悉，他查明了院内所有的明岗暗哨。三天三夜的工夫总算没有白费，他兴奋得手舞足蹈，疲劳感也一扫而空。

听完古天龙的汇报，安豫侠感到十分欣慰。但他行事谨慎，并没有马上安排新任务。

"总指挥长，下一步我们怎么走？让我做些什么？您就下命令吧。"古天龙是个急性子，恨不得马上就有新任务。

每每此时，安豫侠都十分感慨。他不怕任务多，不怕任务重，不怕任务急，这股冲劲源于国恨家仇。为报父母之仇，他刀山敢上、火海敢闯、油锅敢下，称得上一位天不怕地不怕的硬汉。

安豫侠笑道："根据你的侦察，我们要注意两点：一是皮家人虽已从恐惧中走了出来，但恐惧症一时还不会消失，还要经过一段平稳期，人们的精神才会松弛，防御上才会松懈，这对我们的行动极为有利。但是，我们绝不能轻视皮敛金这只老狐狸。二是巨匪章自贡所派的杆匪已无心为皮敛金看家守院，他们想尽早回山，过那种大碗喝酒、大口吃肉的生活。

"虽然现在形势对我们有利，但目前还不是刺杀皮敛金父子的最佳时机。皮家大院的防范依然森严，皮敛金并未彻底解除戒备。面对武器装备都优于我们的敌人时，一定要谨慎。为确保这次行动成功，我们要出其不意，打他个措手不及。"

古天龙听得津津有味，频频点头，但还是不明白接下来要做什么，于是便心急火燎地问道："总指挥长，您倒是快说呀！我们接下来要做什么？"

"俗话说：心急吃不了热豆腐。"安豫侠看着急得满头大汗的古天龙笑道，"怎样才能做到乘其不备，出其不意呢？四个字——调虎离山。"

"我们要想法让章自贡撤回皮家大院里的那几十名杆匪，然后趁皮家空虚之际，掏他的狼窝，一举铲除皮敛金、皮啸虎父子。"安豫侠语毕，突然走了出去，站在院中观察了片刻才转身回到屋内。

天已破晓。在黎明之光的照耀下，山林草木、房屋土路、小桥溪水渐渐显现出自有的风貌。吱呀一声，两扇厚重的木门缓缓打开，门中走出一个人来。此人瘦长脸，尖下巴，眉毛稀疏倒立，面色黧黑，眼露凶光，正是皮家三少爷皮啸虎。

皮啸虎头戴黑色礼帽，上穿短袖黑色纺绸衫，下着黑色纺绸灯笼裤，足蹬黑色薄底靴，怒气冲冲地走出了大门。大门外早有家丁牵着一匹膘肥体壮的大青马等候着。他仰头看了看发白的天，毫无表情地蹬鞍上马。他扬起马鞭狠狠地朝马屁股抽去，大青马嘶鸣一声，两只前蹄腾空而起，朝着县城的方向狂奔而去。

皮啸虎缘何怒气冲冲，一大早就离家而去？究其缘由，乃是野猫闹府事件平息之后，皮家大院又恢复了太平生活。原本守护在三房太太居所的杆匪侯二也应立即撤离，但在三姨太的一再要求下，皮敛金又让侯二做起了三姨太的贴身护卫。侯二身高体壮，年轻英俊，能说会道，有人缘，又会些拳脚，因此深受皮敛金的器重。

英红妹本就是个水性杨花的女子，她之所以嫁给皮老爷，就是为了享用不尽的荣华富贵，但皮敛金年事已高，根本满足不了她的需求。作为一个需要男人的年轻女人，她时常愁楚悲伤。自打英红妹嫁给皮老爷的第一天起，就被皮啸虎这只馋嘴的猫盯上了。皮啸虎避着自己的老爹，明里暗里地挑逗自己的三姨娘，只是英红妹根本看不上他，对他是爱答不理。虽然一时得不了手，但这只馋嘴的猫并无罢手之意，反倒变本加厉。皮啸虎对三姨娘的占有欲压倒了一切，杆匪侯二的插入令他寝食难安。

杆匪侯二自从做了三姨太的贴身护卫，两人眉来眼去，出来进去形影不离。对此，皮啸虎气炸了心肺，他要想法扳倒侯二，并抓住三姨太的把柄逼其就范。但他一时又想不出办法，就这样皮啸虎只好又气又恼地离开了家，去内乡县城寻妓消火了。

内乡县城大大小小好几家妓院，最红火的当属街心的销魂院。这家妓院不仅环境优美，妙龄美女之多也居首位，达官贵人、富商巨贾、纨绔子弟、兵痞匪霸来往如云。

销魂院的老鸨名叫夏翠花，虽说已五十多岁，但风韵犹存。这天早上，夏翠花坐在镜子前梳妆打扮，瞧着镜中自己的婀娜身姿，犹如二八少女，她情不自禁地低声荡笑起来。今天，夏翠花之所以这么开心，是因为近日妓院来了一位大财主。

几天前，内乡县团总武廷芳带着几名兵丁，抬着一只大木箱来到销魂院。夏翠花见武团总到来，一开始是吓得双腿发软，忙请进贵宾厅，并亲自沏茶倒水。当她得知武团总的来意后，顿时又笑靥如花。其实，团总武廷芳此次前来并不是来找销魂院的麻烦，而是要长期包养销魂院的头牌彩蝶姑娘，为此他带来了一大箱子的金银珠宝。武廷芳严令：从今往后彩蝶不准接客，如若不然，先拿夏翠花开刀。老鸨夏翠花看着满箱的金银珠宝，诚惶诚恐地应道："一定全照武团总的意思办。”

彩蝶来自江南，不但相貌出众，而且吹拉弹唱样样皆精通，摸、爬、滚、翻……十八般“武艺”无所不能，勾住男人的魂、抓住男人的心、掏尽男人的口袋对她来说是易如反掌。连日来，团总武廷芳夜夜必来与彩蝶寻欢，彩蝶也使出浑身解数把武团总迷得是神魂颠倒，心甘情愿地为她花费大量金银。

黄昏，销魂院走进一位面目丑陋的汉子。此人腰插两枪，也不打一声招呼，就径直朝二楼走去。

“请问这位爷，您找谁？”一位年轻的伙计拦住了来人的去路。

啪啪啪！年轻伙计被来人重重地抽了三个耳光。莫名其妙地被人抽了耳光，小伙计哪堪忍受，正待发作，忽觉脑门被人用枪顶住。

“睁开你的狗眼看看我是谁！我是你爷爷皮啸虎，敢挡老子的路，不想活了是不是？”皮啸虎正待打开手枪保险，忽听后面传来一声娇笑：“哟！这不是皮三爷嘛！是什么风把您给吹来了，可把我这些闺女给想死了，三爷还不快把枪放下，小顺子快给三爷赔罪。”

顺子扑通一声跪在地上，小鸡叨米似的磕起头来。皮啸虎收起枪，冲着楼上的夏翠花抱拳施礼道：“得罪了！”便抬步上了二楼。夏翠花满脸堆笑地把皮啸虎请进贵宾厅，亲自沏茶倒水。凭借多年与人打交道的经验，夏翠花一眼就看出了皮啸虎心里憋着一股怒火，于是媚笑着说："三爷！您大人有大量，宰相肚里能撑船，别跟小顺子一般见识。您是我们的财神爷，您来了，我们销魂院可就蓬荜生辉了。三爷！您这次来一定要多住几日，我这儿的闺女任您挑，保证个个让您满意。"

"夏妈妈，今天除了彩蝶，三爷我谁也不要。刚才你不是说任我挑吗？那就把彩蝶给我叫来。如若不然……"皮啸虎瞪起贼眼，忽地起身将左脚踩在椅子上，拔出手枪重重拍在桌子上，冷笑一声说："我就用它来说话！"

夏翠花骤然紧张起来，事到如今也只能实话实说了。皮啸虎一听彩蝶被自己的仇人包下，心中顿时燃起了熊熊怒火，暗想何不趁此机会除掉武廷芳，以报我皮家之仇。想到此处，皮啸虎便抄起短枪命令夏翠花带路。

此刻，夏翠花反倒平静下来，鄙夷地看着皮啸虎，冷笑道："如果今天你拿这个玩意去杀武团总，就先摸摸自己的脑袋。"皮啸虎闻言一愣。夏翠花接着道："我告诉你，在彩蝶两侧的房间里武团总早就安排了20多名保镖，你要真的动手了，肯定是肉包子打狗——有去无回。你要是不信我可以带你去看看，但是丑话咱可要说在头里，一不许动家伙，二不许出声。"

皮啸虎听罢，二话没说，当即将两支短枪交到了夏翠花的手上，恨恨地说："这下子你总该放心了吧。"夏翠花抿嘴一笑，收好枪后，用白嫩的手指轻轻地杵了一下皮啸虎的软肋。

彩蝶的屋里灯火通明，一对男女赤身裸体地躺在床上，正在寻欢。皮啸虎看后，热血直冲头顶，两只贼眼瞪得发直，活像即将咽气的丑八怪。在老鸨夏翠花的催促下，皮啸虎返回到贵宾厅，过了好一会儿才缓过神来。突然，皮啸虎怪笑起来，他猛地将夏翠花拽到自己的身前。夏翠花惊呆了，这个杀人不眨眼的魔头想要干什么？

“三爷，您这是要干什么？”夏翠花惊恐地问道。

皮啸虎并没有回答，而是从口袋里掏出一根黄澄澄的金条，怪笑着说道：“这根小黄鱼从现在起就是你的了，但你必须帮我办一件事。告诉彩蝶姑娘明日中午到四海酒楼，我在那里等她。夏妈妈，明日中午我要是在四海酒楼没有见到彩蝶姑娘，就一把火烧了销魂院，拿你的人头当下酒菜，听清了吗？”

“三爷，听清了！一定照办。”夏翠花瑟瑟发抖地回答道。

“爹！爹！快开门！”夜深人静，熟睡中的皮敛金被突然的喊叫声所惊醒，他慌忙从枕头下抽出手枪。“是三少爷。”三姨太的话解除了他的疑虑，他迅速穿好衣服，打开房门。

“半夜三更的犯什么神经，正要派人去找你呢。我问你，你从什么地方回来的？啥事让你急成这样？”皮敛金怒气冲冲地质问道。三姨太赶紧出来圆场，父子之间的紧张气氛得以缓解。

“爹！您猜我在销魂院见到了谁？我见到了武廷芳！”

“啥？你见到了武廷芳？”皮敛金惊讶地问道，“接着说，快！”一看老爹来了兴致，皮啸虎就像吸足了大烟似的陡然来了精神，驴脸一晃，把销魂院所见以及除掉武廷芳的计划一股脑儿地说了出来。

皮敛金哈哈大笑道：“吾儿可教也，杀了武廷芳你算是为皮家立了大功。武廷芳这个王八蛋早就该死了，不仅毁了我皮家军，还派人暗杀吾儿，如今又接到密报，野猫闹府也是他的主使，既然他不仁，就别怪我们不义。吾儿切记，暗杀时，一定要避开武廷芳的保镖。暗杀地点就选在四海酒楼，要多带一些人，一律化装成食客，如遇搅局者，格杀勿论。事成之后，将武廷芳的人头割下来悬挂于城楼之上。彩蝶姑娘要给予重金酬谢，派人连夜送出城，走得越远越好。此事要严加保密，不得走漏半点风声。事不宜迟，明晚定叫武廷芳去见阎王。”

四海酒楼为一座木质结构的二层小楼，玉液佳肴远近闻名，慕名而来的客人络绎不绝。此时，酒楼通往二楼的楼梯口处站着四名壮汉，他们腰里插着抢，眼睛四下打量着。整个二楼一个食客都没有，所有房间都已被皮啸虎包下。

彩蝶准时来到四海酒楼，虽然她不知道皮家三少爷的真正目的，但“夺命鬼”皮啸虎的邀请谁敢不来。来到二楼包房，彩蝶顺从地坐到皮啸虎的腿上，任其抓摸啃咬。酒足饭饱后，皮啸虎猛地站起来，伸出鹰爪狠狠掐住彩蝶的下巴，横眉怒目道："你这个臭婊子，花着我的钱，竟敢陪姓武的王八蛋睡觉。三爷我本想结果了你，不过念在旧日情分上，今日就饶了你。只要你乖乖听我的话，按我说的去做，这一箱子的金银珠宝就都是你的。如若不然，那只有刀枪相见了。"说着，皮啸虎就拔出来手枪，啪的一声重重地拍在桌子上。

彩蝶吓得粉脸煞白。她心想我一个妓女，本就以皮肉为生，谁给钱我就跟谁睡，你皮啸虎管不着。不过，眼下保命要紧，眼前这位皮三爷可是杀人不眨眼的魔头，顺其意才是上策。

想到此，彩蝶便嗔怪地说道："哟！真不知三爷今日为何对小女子发这么大的火？是爱呢还是恨呢？"一看皮啸虎瞪起了贼眼，彩蝶急忙又说道，"当然是爱了。请三爷放心，我一定乖乖听您的话，照您说的做。谁不爱金银珠宝呢，还请三爷您把枪收起来，需要我办什么事，尽管吩咐。"

"好！彩蝶姑娘真不愧是明白人。"皮啸虎怪笑道，然后附在彩蝶耳边悄声说了除掉武廷芳的计划。

在皮啸虎的威逼利诱下，彩蝶把团总武廷芳骗至四海酒楼，饮毒酒身亡。皮啸虎割下了武廷芳的脑袋，便带着彩蝶匆忙离去。翌日，武廷芳的人头被人悬挂到城楼上。

对于武廷芳的死众说纷纭，一说积怨甚多被仇人所杀；一说风流韵事埋下祸根。贫苦老百姓则说天报应死有余辜。几天后，知事滕亚南接到报案，在城外密林发现一具年轻女尸，酷似彩蝶，但容貌已毁，无法辨认。在皮敛金的授意下，知事滕亚南宣布武廷芳被杀一案告破，为销魂院妓女彩蝶所为，今彩蝶已死，特将其尸游街示众，暴尸三日后竟也割下女尸的头颅悬挂于城楼之上。

4

武廷芳死了，皮家上下无不欢欣雀跃，免不了庆祝一番。在皮敛金眼里，儿子皮啸虎再也不是从前那个只知打打杀杀的莽夫，而是一个有勇有谋、能干大事的霹雳虎。然而，对于老爹的夸奖皮啸虎并不以为意。此刻，他满脑子想的都是如何把三姨娘搞到手，他知道这并非易事，稍不留神就会被老爹发现，轻则痛打一顿，重则掉脑袋。一定要把事做得天衣无缝，让老爹找不到把柄，只有这样才能如愿以偿地在暖帐中睡上朝思暮想的三姨娘。

一日，三姨太发现自己的一条手帕不见了。这条手帕做工精细，上面所绣的鸳鸯栩栩如生，是她的心爱之物。平常都是不离身的，怎么会突然找不到了呢？起初，她怀疑是下人偷去了，后经逐个盘查，也没个结果。就连形影不离的贴身护卫侯二也说未曾见过。

这天皮啸虎躲在暗处，看着心急如焚的三姨太带着下人在院中毫无目的地乱找，心中暗爽，他嘿嘿笑道：“三姨娘啊三姨娘，你怎么也不会想到，你的那条手帕已被我放进了侯二的包里，你的首饰盒里也被我放了一封以侯二之名书写的情书和一根金簪。我的小乖乖等着瞧吧，好戏还在后头呢。”

这几天，皮敛金的心情格外地好，天天喝着小酒，时不时地还哼几句小曲。武廷芳死了，皮家最大的威胁已除，前途可谓是一片光明。儿子皮啸虎在这件事上表现得有勇有谋，皮家后继有人了，此时此刻皮啸虎就是他心中最大的骄傲。皮敛金高兴之余也难免有一丝忧虑，三姨太身体不适，有好几天没来陪自己了。最近，下人们都在传言，三姨太与杆匪侯二有奸情，皮敛金也有所耳闻，但苦于找不到证据，无法惩治二人。

“爹！”正在自饮自乐的皮敛金被儿子的一声嚎叫搅没了兴致，他转过头看着嬉皮笑脸的儿子，不耐烦地问道：“啸虎，你又有什么事？”

“没，没什么事，就是想陪您喝一盅。”皮啸虎的脸上荡起了猥琐的笑容。从皮啸虎走进门的那一刻皮敛金就已猜出他一定有事，于是就说道：“好啦！你就别和我兜圈子了，有话就直说吧。”

“爹！那我就说了。不！我看还是不说得好。真要是说出来怕爹您承受不了，更怕爹您不相信，一怒之下剥了我的皮。”皮啸虎眯缝着一对小眼偷看着老爹，装出一副难以启齿的样子。

“瞧你这副熊样，哪像个大老爷们，我最看不惯有屎不拉憋着，有尿不撒存着的娘们相，不说就马上滚蛋！”皮敛金麻脸发青，他隐隐约约地感到儿子要说的事肯定与三姨太有关。

皮啸虎一眼就看穿了老爹的把戏，他要卖卖关子，引逗老爹继续追问，于是就说道：“爹！我不是不想说，是真的不敢说呀！”

皮敛金没有搭话，他怒瞪着双眼，手里紧紧地攥着酒盅。皮啸虎一见老爹要发怒，赶紧装出一副畏葸的嘴脸，说：“老爹！您别急！我说，我现在就说。想必三姨娘与侯二的事您也有所耳闻吧……”皮敛金一听，果然是关于三姨太的事，麻脸顿时变得铁青。见此情景，皮啸虎心中暗喜，忙说道：“看！我说不说，您非要我说，急了吧不是。”皮敛金喉咙里像是卡了一根鱼刺，指着儿子艰难地说道：“你，不要停……快说！”

“自从侯二当上了三姨娘的贴身护卫之后，两人就眉来眼去，刚开始听下人们议论我还不相信，但亲眼见到后才发现下人们说的都是真的。”皮啸虎瞧见老爹的麻脸变得青紫起来，像是贴了一块茄子皮，煞是难看。他略一停顿，接着又说道，“我还听说俩人的关系已非同一般，这该死的侯二竟然背着爹您偷偷给三姨娘写了一封情书，还送了一根纯金的金簪，三姨娘也把她心爱的手帕送给了侯二。爹，您要是不信，就随我去搜一搜。”皮啸虎的一席话，彻底点燃了皮敛金心中的怒火，本来他就有所怀疑，一直苦于找不到证据，如今证据确凿，他如何还能坐得住。

三姨太的屋里传出哭喊声、叫骂声、厮打声、瓶罐碗碟的碎裂声，花瓶的残骸碎片、梳妆台镜子的碎片散落得到处都是，一地狼藉。

仆人都被赶了出去，三姨太披头散发地坐在地上，扯着嗓子叫骂道："皮敛金，你这个挨千刀的老混蛋，竟敢打老娘，你凭什么说老娘我偷汉子，今天你要不把事情说清楚，就有你没我，有我没你！"三姨太顺手拾起一块碎瓷片朝皮敛金掷去，接着她又转向皮啸虎，咬牙切齿地骂道："皮啸虎，你是满肚子坏水啊，竟敢骑在老娘的脖子上拉屎撒尿，真他妈的不是东西，找打的货！"骂完，三姨太又拾起一块带尖带棱的锋利瓷片朝皮啸虎掷去，正中皮啸虎的右耳。

三姨太的强硬态度反倒使皮敛金泛起了嘀咕，他看着嘴角流血、披头散发、状若疯狂的三姨太，脸上露出了几分悔意，面对三姨太的质问，他竟无言以对。

皮啸虎用手擦去耳朵上的血，冷笑道："三姨娘啊三姨娘，哭闹是没有用的，这正说明你做贼心虚，我们怎么会冤枉你呢？你看看这是什么，这是一封情书，是侯二写给你的；你再看看这个，这根金簪也是侯二送给你的，这就是货真价实的证据，你还有什么话可说？"

三姨太算是全明白了，这都是皮啸虎所为。他捏造罪证，陷害我，就是为了达到霸占我的目的。事到如今，就别怪老娘心狠，今天也要做一回毒蝎，毒一毒不讲情面、毫无人性的爷儿俩个！

"哟！臭老三，你手里拿的两件法宝是用来镇邪的，可不是用来压正的。对女人吹胡子瞪眼那是没用的男人干的事，有胆量你就当着全院的人读一读这封情书，让大家伙都听听，借这个机会也学学怎么写情书，你有这个胆量吗？

“这张纸你连看都没看怎么就知道它是情书呢？侯二写给我的情书你又是怎么知道的？情书是什么时间写的？又是什么时间给我的？

“何以证明这根金簪是侯二给我的？什么时间给的？在什么地方给的？有证人吗？

“你怎么知道这两件东西在老娘的首饰盒里？”

皮啸虎被三姨太连珠炮似的发问搞得晕头转向，一时语塞，只好耍起了无赖，厉声道：“你不招是不是？好！你等着！侯二招了看你怎么办。爹，咱们走！去提审侯二。”皮啸虎拉着皮敛金忙不迭地走了出去。

“去！提审了侯二，看你们还怎么有脸活在这世上！”三姨太扯着嗓子大喊道。

侯二虽是三姨太的贴身保镖，但他也不知三姨太为何与皮家父子发生了激烈吵闹。此刻，他正站在人群中，静听着人们的议论与猜测，可他怎么也不会想到一场大祸即将要降临到他的头上。

但见皮敛金、皮啸虎带领家丁怒气冲冲地直奔侯二而来，没等侯二做出反应身上的枪就被下了，与此同时皮啸虎手中的枪也顶在了侯二的头上。

“二位爷！你们这是干什么？”

“干什么？你侯二的心里最清楚，别他妈的说废话，再说老子就崩了你。快走！到你的屋里走一趟就什么都清楚了。”皮啸虎杀气腾腾地押着侯二走了。院子里的人都愣住了，他们对这场突如其来的变故感到困惑。

皮啸虎从侯二的包内拿出绣有鸳鸯戏水的白手帕，阴笑着说道：“看清楚了侯二，三姨太最心爱的物件怎么跑到你的包里了？”

“三姨太最心爱的物件怎么会跑到我的包里来，这个问题只有三少爷你才能解释得清。”侯二的回答柔中带刺。

“什么？你和三姨太干的好事谁不知道。老实交代，三姨太为什么要将她的心爱之物送给你？你又送给过三姨太什么东西？说实话既往不咎，就当放了一个臭屁，臭味一过啥事没有。要是不说实话，老子今天就崩了你！”皮啸虎举起手枪，企图强迫侯二就范。

侯二是章自贡的一员虎将，颇受章的器重，在众杆匪中他慷慨仗义，被兄弟们称之为“善友”。军阀地痞他见得多了，压根就没把皮敛金、皮啸虎父子放在眼里，之所以为皮家看家守院是受总架杆章自贡之命，是迫不得已。皮家大院就像个囚笼，没有在山里当土匪痛快，兄弟们早就腻歪了这里的生活，都盼望早日回到山里去逍遥快活。侯二早就忍受不下去了，更何况如今又遭皮家父子的诬陷，真是祸从天降。“是时候下决心了，对！我侯二定要借机大闹一场，让皮家父子难以收场，也好让弟兄们早日回到山里去。”侯二暗暗下了决心。

侯二已经被关进皮家私牢三天了，任刑具加身，他除了破口大骂还是破口大骂，皮啸虎反被整得焦头烂额，疲惫不堪。三天来，皮家大院内可谓是闹翻了天。最让皮敛金头疼的是三姨太竟像疯婆子一样，把白嫩的脸蛋涂成大花脸，外衣也被撕成一条条，整日披头散发地拉着人哭诉。而杆匪们为了声援侯二，也乱了起来，一到夜间便在院中放枪，还不停地叫喊着有刺客！抓刺客！皮家大院的内乱一发不可收拾。皮敛金一时陷入了进退两难的境地。

难道三姨太与侯二之间真的什么事都没有，是被人冤枉的？这一切都是老三的蓄意诬陷，可他为什么要诬陷三姨太与侯二呢？皮敛金陷入了沉思之中。

现在看来当日三姨太的厉声质问，并非为掩盖事实。皮敛金觉得自己真是老糊涂了，为何当时不详查一番呢，怎么就轻信了老三的胡说八道？都是因为这头蠢驴，酿成了今日这难以收拾的局面。现在好了，三姨太闹绝食，侯二愤愤不平，杆匪借机捣乱。看来，现在只有惩治这头蠢驴一番才能缓解众怒，挽回脸面。

皮啸虎被自己的亲爹关进了牢房。连日来，皮敛金都是亲自审问，可皮啸虎总是支支吾吾地不肯说出实情，皮敛金被气得浑身颤抖，咬牙怒斥，但毕竟是自己的亲儿子，虎毒还不食子呢，他又不能动用重刑，最后只能象征性地抽了皮啸虎几鞭子，饿了两天，并责令其向三姨太、侯二赔礼道歉。

皮家大院对面的街上，一个身着粗布短衣、粗腿肥裤，头戴破草帽的汉子正在叫卖大枣。但见这个卖枣的汉子每隔一会儿，便向皮家大门的方向瞅上一眼。原来这个卖枣的汉子是古天龙所装扮，他奉安豫侠之命，特意来此监视皮家。外面的游动哨怎么都不见了？难道皮家又发生了什么事？古天龙从皮家下人口中探得因皮家父子诬陷三姨太、侯二一事，引发杆匪们不满，杆匪们便自行撤了岗。

古天龙暗喜，前不久遵照安豫侠的指示，飞刀传书给皮敛金告知他野猫闹府系武廷芳所为，成功地利用皮、武之间的矛盾，借皮家父子之手杀了武廷芳，为当地百姓除了一害。鉴于皮家正处于混乱状态，古天龙决定实施第二套方案。

晚饭前，古天龙装扮成皮家家丁大摇大摆地进入伙房，将身上携带的泻药放入了饭菜之中，然后又大摇大摆地走了出去。

这天夜里，皮家上下都闹起了肚子，茅厕外人头攒动，哀声一片。

两天后，章自贡派来的杆匪全部撤回。

5

杆匪们撤走了，皮家大院的防卫陷入空虚。无奈之下，皮敛金只好将院内的巡防重新做了部署。他后悔当初轻信了儿子的一面之词，为此多次重责儿子。他还多次向三姨太认错求饶，派人买来昂贵的胭脂水粉讨好三姨太，得了好处的三姨太也就与他和好如初了。皮啸虎在自导自演的戏剧中惨败，他自觉没趣，便整日饮酒作乐，或去内乡县城寻花问柳，赌博抽大烟。

成片成片的乌云笼罩了整个夜空，阵阵狂风卷起沙尘拍打着门窗，皮家大院在狂风暴雨的猛烈冲击下显得摇摇欲坠。巡逻的家丁早已钻进屋内以期躲避暴雨的袭击，皮啸虎的屋内漆黑一片，几天前他就离开了家到城里找窑姐寻欢去了。熟睡的皮敛金被炸雷声惊醒，紧紧地搂住怀中的三姨太。在这电闪雷鸣的漆黑之夜，皮家大院显得越发恐怖狰狞起来。

暴雨终于停了。安豫侠、古天龙二人身穿夜行衣，悄无声息地翻进了皮家大院。

大院内参与巡逻的家丁共有10人，每两人一组，分别在庭院和四栋小楼之间巡视，皮敛金还在自己所住的小楼外加派了两个岗哨。这对于安豫侠、古天龙二人来说，构不成什么威胁。他们灵巧地绕过巡逻家丁来到皮啸虎的住处，古天龙在外警戒，安豫侠悄然进入室内。他搜遍了整间屋子都未发现皮啸虎，方知皮啸虎不在家中。

暴雨停后，月亮露出了头。皮敛金被噩梦惊醒后，再也无心睡觉。他穿衣下床，把桌子上的蜡烛点亮。须臾间，一股寒风冲进来，蜡烛顿灭。月光下，忽见窗外有人影一闪而过，皮敛金惊恐万分，大喊道："快来人！有刺客！"

皮敛金毕竟是行伍出身，顺手从墙上摘下大刀，硬着头皮走出了房门。他一眼便看见了倒在血泊中的两名家丁，顿时被吓得面无血色，两腿发软，寸步难行。

“好汉爷！饶命！只要您饶了我这条狗命，整座皮家大院全是你的！”皮敛金的哀嚎是徒劳的。但见亮光一闪，一支缨镖飞来，他后脑勺上的辫子被牢牢地钉在了门柱上。紧接着亮光又是一闪，第二支缨镖飞来，辫子被从根切断。亮光再次闪起，第三只缨镖飞来，正中咽喉，皮敛金瞬间毙命。

皮敛金死后，皮家大乱。大太太被吓傻了，二姨太被吓疯了，三姨太被吓瘫了，家丁们趁乱偷抢财物，佣人们提着包袱溜之大吉，只有个别较忠心的家丁还死守在皮家，焦急地等待着三少爷皮啸虎的归来。另有一聪明伶俐的家丁已骑着快马奔赴开封火药局给大少爷皮耽虎、二少爷皮牙虎报信去了。

火红的太阳照亮了东岭沟村的沟沟坎坎，金黄色的光芒洒向东岭沟村的每一个角落，这座破败的村庄重新焕发出勃勃生机。皮家大门敞开着，院内不断传出哭声，大街上站满了看热闹的村民，无论是大人还是小孩，脸上都绽放着笑容，他们大声议论着皮家所发生的事。皮敛金死了，压在村民们身上的大山被搬开了，这无疑是一件天大的好事。

皮啸虎终于回来了，还没进村他便已听到了三姨娘那撕心裂肺的哭喊声，难道是家里出事了？皮啸虎不由得心慌起来，他一路策马狂奔，街上看热闹的村民纷纷让开路来。来到家门口，不等大青马停稳他便跳了下来，跌跌撞撞地朝院中跑去。皮敛金的尸体停放在大厅内，三位太太正跪在尸体前高声痛哭着。

皮啸虎跑到老爹的尸体前，扑通一声跪了下来。他已从家丁口中得知，老爹是被缨镖穿喉而死，辫子也被人割了下来，一张脸因惊吓过度而扭曲变形，一双眼圆瞪着，死状可谓极惨。

这日晚间，大少爷皮耽虎、二少爷皮牙虎也赶了回来，兄弟三人跪地祭拜，痛哭不止。

哭了一会儿，皮啸虎便让家丁把杀死老爹的缨镖拿来，给两位哥哥看。杀死皮敛金的缨镖非同一般，此镖5寸余长，镖头好似红缨枪之枪头，纯钢打造，锋利无比。镖头一侧铸有“豫西镖王”四个大字，镖尾有一圆孔，孔内系着一绺红缨，因此又称红缨镖。

皮耽虎、皮牙虎、皮啸虎兄弟三人跪在老爹的尸体前，手托带血的缨镖对天发誓：杀死豫西镖王，为老爹报仇。

第六章　引爆火药局

1

南召县净水源茶馆。

“煮酒放言世事，烹茶细味人生。感谢各位贵客的光临，今天我们又一次有幸请来了著名评书艺人赵天放老先生。赵先生今天给大家带来的是最新的段子，让我们以热烈的掌声欢迎赵先生。”

在茶客们热烈的掌声中，赵先生喜眯着一对小眼睛走到桌子前坐下，开口说道：“茶馆宾客多，前来听我说。与君论古今，奇事多多多。”说罢四句定场诗，便恭敬地朝着茶客们深鞠三躬。

“列位客官，我赵天放虽不是时政评论家，但今天我要为正义而唱，为逝者讴歌，只有如此，方能对得起那些为正义而死去的人。咱们今天就来说一说农民英雄讨袁之壮举。请各位客官猜一猜，我要说的这个农民英雄是哪一位？”顿时，众茶客便猜了起来，可猜来猜去竟无一人猜中。

见无一人猜中，赵天放便接着说道："今天我要说的这位英雄名叫白朗，白朗何许人也？他是咱们宝丰县一个普普通通的庄农。1911年秋，他投身绿林。初起时，在宝丰、鲁山一带活动，当时手下不过二三十人。武昌起义后，他与革命党人孙豪取得了联系，参与了攻打鲁山县的战斗。各位宾客请听之，民国成立后，这些绿林武装并没有被政府收编，仍有学界数人潜谋其间。学界，就是革命党人的代称，咱们河南的革命党人大都厕身学界，包括学绅、教习和学生，他们想以此为凭借，参与河南政事。都督张镇芳上任后，先后派袁克成、张锡元率军赴宝丰、鲁山地区镇压。这些官军毫无人性，烧杀抢掠无恶不作，以至地尽焦土，墙尽徒壁，连即将成熟的小麦也被他们一把火给烧了，这是为渊驱鱼，结果绿林武装更加壮大。1912年夏，这些绿林武装还到各处张贴告示，说明起事原因：一是官府、官军遇农民则打杀，农民倾家荡产；二是地主、商人明消暗扣，钱币聚于一门而不流，田产归于一家而不通。在此者任意骄奢淫逸，在彼者常年颠连无告。这些绿林武装绝不是一般的杆匪，他们在学界的影响下，已演变为农民起义队伍。他们不仅打出'中华民国豫南军政府'的旗号，还制定了一套制度。当时在鲁山县各地活动的绿林武装已达4000多人，他们推张金兰为首领，白朗一众亦在其中。

"白朗性豪爽，仗义疏财，在众人中脱颖而出，成为了这支队伍的领袖。各地绿林豪杰、散兵游勇，以及不满张镇芳黑暗统治的革命党人和青年学生，纷纷前来投效，声威日盛。1912年5月31日，在白朗的率领下，他们攻克了唐县。随后，越方城，西围鲁山，折而西北，于6月15日突袭禹县，缴获了大批的武器弹药，队伍也扩展至六七千人。白朗还被任命为'湘鄂豫三省联军先锋司令'。不过，这支队伍现仍以'中原扶汉军'为名，'扶汉'即救国之意，扶汉军也就是'讨袁军'。"

白朗义军战绩振奋人心，赵天放高奏赞歌。说完农民英雄白朗，赵先生面对众茶客深鞠一躬，以表谢意。为满足众茶客的要求，他再一次拍响醒木，说起了另外一位传奇英雄——豫西镖王。

豫西镖王的故事在民间广为传颂，他侠肝义胆，惩恶扬善，深受老百姓的爱戴。但豫西镖王姓甚名谁，长什么样，无人知晓，为此茶客们急切盼望赵先生为他们解惑。

"众位客官听我言，若问镖王何容颜，未曾谋面亦茫然，顶天立地一好汉，管他长得啥模样，只要心中有了他，保管啥事都不怕。"赵先生确实没有见过豫西镖王安豫侠。今天，只好通过说书的嘴，借用巧妙的措辞，含蓄而又婉转地告知茶客。

"豫西镖王威震中原，铲匪灭霸除暴安良。追随国父保共和，兴大军讨伐袁世凯。豫西镖王故事多多，且容我慢慢道来。

铲烟苗焚烧大烟膏，夺刀枪建立自卫队；

出神镖怒杀二恶徒，虎口中救下年轻娃；
皮敛金寿宴闹风波，众革命党牢中逃脱；
施巧计灭匪萧天放，设埋伏全歼皮家军；
县知事明正义起事，举义旗自立农民军；
收重金彩蝶放毒酒，反间计诛灭武廷芳；
施计谋野猫闹皮家大院，发缨镖斩杀皮恶煞。

“列位客官，豫西镖王的故事，如要细说，那真得说上几天几夜。因时间有限，今日就为大家说上一段‘施计谋野猫闹皮家大院，发缨镖斩杀皮恶煞’。

“话说夺命鬼皮啸虎设计毒杀了武廷芳，大仇得报后，便开始飘飘然，又惦记起了那位娇滴滴的三姨太。为了威逼三姨太就范，他栽赃诬陷三姨太与杆匪侯二有奸情，不料偷鸡不成蚀把米，反被其父打入大牢。三姨太不肯善罢甘休，闹得皮家鸡犬不宁。趁皮家大乱之际，豫西镖王派徒弟潜入皮家伙房，将泻药倒入饭菜之中，当夜皮家人无不上吐下泻，屋里院外屎尿横流。最终，几十名杆匪忍无可忍，盛怒之下撤出了皮家。

“皮家大乱，铲除皮敛金、皮啸虎父子的时机已经成熟。在一个暴雨之夜，豫西镖王与徒弟身穿夜行衣，飞檐走壁，悄无声息地进入皮家。皮啸虎离家未归躲过一劫，皮敛金被缨镖刺喉，结果了性命。”

书说到此处，赵天放喝了一口茶，正欲往下接着说，忽然，一个小男孩慌慌张张地跑了进来，将一张纸条交给了他。赵天放展开一看，只见上面写道：“赵先生，您已被官府的鹰犬盯上，请速离开。”

孔增田辞官后，都督张镇芳就委派心腹霍栾政为新一任南召县知事。霍栾政上任之后，谨遵张镇芳的旨意四处抓捕革命党人。为此，他派出了大量的密探。当密探们获悉说书艺人赵天放在净水源茶馆说书时便密谋逮捕他，他们想从这位说书艺人的身上获得革命党人的信息。

此阴谋恰被安豫侠获知，于是他就写了一张纸条，让一名在茶馆门口玩耍的小男孩送给正在说书的赵先生。

2

1914年9月初，石人山豫西自卫大队指挥部。

风和日丽，野果飘香，石人山的秋天充满了诗情画意。然而，这里却见不到采野果的小姑娘，也见不到骑着牛吹着横笛的小牧童。这里只有曲折险峻的石径，长满青苔的山崖和姿态奇异的参天大树。

豫西自卫大队的指挥部原为石人山杆匪萧天放的居所，这里的房屋全部为木质结构。指挥部内的摆设非常简陋，一张长条木桌、几条长凳、几把椅子和一张单人床，但胜在整洁干净。此刻，安豫侠正坐在桌子的主位，安天祥、安翠霞、孔增田、鹿觉民、内乡五谷粮店联络站站长梁实、南召棉纱布店联络站站长麦沙、洛阳百姓大药铺联络站站长姚菁、洛阳松鹤居饭店联络站站长水液、洛阳当铺联络站站长靳利分别坐在桌子的两侧，豫西自卫大队第一次军事会议在此召开。

“各位兄弟姐妹！今天我们在此召开豫西自卫大队成立后的第一次军事会议，商讨下一步的行动计划，会后大家一定要严格保密，千万不能向外人透露一字半句。”

“明白！”大家异口同声地回答道。

“既然大家都明白保密的重要性，我也就不再强调了。

“袁世凯当上临时大总统后，为建立独裁统治，公然背弃誓言，一再破坏责任内阁制。同盟会会员宋教仁等在征得孙中山先生的同意后，以同盟会为基础，联合其他几个政党，组成国民党，在随后一届的国会选举中占绝对优势。袁世凯大为惊恐，在拉拢宋教仁先生不成后，就派人在上海火车站杀害了宋先生。

“宋教仁遇刺后，孙中山先生非常痛心，他认为法律不可靠，应以武力反袁，逐发动二次革命。

“然而二次革命以失败告终，孙中山先生受到通缉，被迫逃亡日本。……我们在悲痛的同时，也要寻找失败的原因。”

指挥部内阒寂无声，大家听得都非常认真。

“白朗率领的农民起义军遭到了北洋军、镇嵩军的重重围困，突围中起义军首领白朗不幸遇难。白朗实为我辈之楷模。白朗起义虽然失败了，但我相信一定会有成千上万个白朗站出来，掀起更大规模的农民起义。

“上个月，河南都督张镇芳指斥国民党河南交通部为‘叛党机关部’，并宣布全省戒严。一时间，省城各街巷，军警荷枪林立。又发布公告，晚上10点后，居民一律不许外出。此外，在各县城和交通线上，也分派了军警，日夜盘查行人。23日，张镇芳发布公告取缔国民党，并组建军警联合会，四处捉拿革命党人和进步青年，稍有可疑之处，即捕送‘阎王审’（警察厅长阎济宽、督署参谋长王灿章、审判官沈德本），不问青红皂白，一律枪毙。于是，省城无日不杀人。短短数天被枪毙者已多达4000余人，这还不包括外府县被杀害者。据我得到的情报，截止到目前，被关押在省城监狱中的囚犯不少于2000人。

“袁世凯是要把革命党赶尽杀绝，以图专权。我们必须认清当前的形势，时刻保持警惕，在与敌人作斗争的同时也要保护好自己。接下来，大家都谈一谈各自的想法，尽情畅所欲言。”

安豫侠所讲所述，让与会的人看清了当前的形势。于是乎大家纷纷发表了各自的看法，会议气氛达到了空前的高度。为了达到全员步调一致，安豫侠决定集合豫西自卫大队的全体队员，讲大课，宣讲当前形势。

3

讨论过后，会议继续进行，安豫侠对下一步行动作了部署。

“作为袁世凯的心腹爪牙，张镇芳始终是悬在人民头上的一把刀。因此，我们下一步打击的目标锁定在开封火药局。开封火药局是张镇芳的武器弹药的重要供给地，端掉了它，便可在短期内使张的部队处于瘫痪状态。在摧毁开封火药局的同时，我们还将营救关押在那里的无辜百姓和国民党人。

“知己知彼方能百战不殆。会后，我将派侦察小组对开封火药局实施侦察，同时还会派人设法与被关押的革命党兄弟取得联系。当攻打火药局的战斗打响后，张镇芳肯定会派部队增援，届时，省城的兵力大减，狱中的革命党兄弟便可趁机发动暴动，我们的人则在外接应。关于这次行动的总体方案，大家看看还有什么问题？”安豫侠主张集思广益，他把这种讨论的方式称之为诸葛亮会。

“开封火药局戒备森严，外人很难进入，我们只能进行一些外围的侦察，里边的情况怎么办？”联络官鹿觉民抢先说道。

“这个问题提得好，前期我们只做外围侦察，主要了解火药局的地形、兵力、武器配备、布防情况等，而后再定具体的行动计划。”安豫侠答道。

“火药局的内部情况也十分重要，我们应尽快拿到火药局的布防图，以便准确掌握武器弹药的存放地。”副大队长安天祥也提出了自己的意见。

看到在斗争中逐渐成熟的安天祥，安豫侠感到高兴，他笑道：“我看这个问题就交给咱们的孔队长吧。”

"是！总指挥长。不过，我这可是关公面前耍大刀啊。"孔增田谦虚道。

"哎！孔队长，你就不要过谦了，请讲。"安豫侠举手示意。

南召县知事孔增田自从加入了豫西自卫大队，就像换了一个人似的，他觉得自己进入了一个崭新的世界，在这里他活得自由、痛快、酣畅。

"火药局的布防图非常重要，没有它，我们就像瞎子一样。但想要拿到火药局的布防图绝非易事，首先要进入火药局，然后找到皮耽虎、皮牙虎兄弟，只有这两个人知道布防图的存放地。那么，谁能说动他们兄弟二人交出布防图呢?他就是张镇芳的联络官周顺。周顺留过洋，加之又聪明干练，深受张镇芳的器重，因此，都督府内的官员自然对他恭顺有加了。此人有个致命的弱点就是贪财，且又胆小如鼠，这就为我们提供了可乘之机。当初，皮敛金就是通过此人为两个儿子谋得官爵。皮耽虎、皮牙虎两兄弟见到周顺，就像见到亲爹一样毕恭毕敬。据可靠情报，周顺在为皮敛金转送珍宝时，私藏了一件宝贝，此事如若被张镇芳获知，周顺的脑袋肯定搬家。我们只需抓住他的这个把柄，同时控制住他的妻儿，他一定会乖乖听命于我们，助我们拿到布防图。"

听孔增田这么一说，大家顿时来了精神，纷纷赞同这个方案。

这时，安翠霞站起来，红着脸小声地说道："我也有两个问题，说出来大家不要笑话。一个问题是：皮耽虎、皮牙虎这两个恶棍，我们是直接打死，还是抓活的？另一个问题是：我们要不要接纳监狱里面的革命党人？”

安翠霞说完，大家伙都愣住了，谁都没想到她考虑得如此细密，一时间夸赞声一片。到底还是脸皮薄，听到这么多的赞美声，安翠霞很是不好意思，头都快埋到桌子下面了。

安豫侠为有这样的妹妹感到高兴，他笑道：“翠霞讲得好，对于皮耽虎、皮牙虎这两个恶棍，若能活捉，拉到内乡县交群众公审，然后就地处决，最好；若二人拒不投降，企图逃跑，应当场击毙。监狱里关押的革命党人，等成功营救出他们后，让他们自己选择，如愿意加入我豫西自卫大队，我们双手欢迎。

“现在，我来安排一下具体的任务。副大队长安天祥带领古天龙、鹿觉敏二人，执行火药局外围的侦察任务。鹿觉敏是猎户的女儿，练就了一手好枪法，是名百发百中的神枪手。我相信，战斗中她定会大展神威，让敌人闻风丧胆。

“孔增田带领鹿觉民、安翠霞二人秘密潜入开封，抓住周顺，并控制住他的老婆和儿子，逼其就范。任务艰巨，难度大。要见机行事，果断处理。

“内乡五谷粮店联络站站长梁实、南召棉纱布店联络站站长麦沙、洛阳百姓大药铺联络站站长姚莆、洛阳松鹤居饭店联络站站长水液、洛阳当铺联络站站长靳利，你们五人带领各自的组员随大队隐藏在洛阳城外的秘密仓库内待命。”

4

豫西自卫大队的临时指挥部就设在洛阳城外的秘密仓库内，两组侦察人员都已返回，他们分别就各自侦察到的情况作了汇报。

黎明时分，林间六匹快马扬蹄狂奔，唤醒了沉睡中的石人山。六人六骑，英姿飒爽，一路向东狂奔而去。

两组人越过贾鲁河，便分手告别。孔增田、鹿觉民、安翠霞三人直奔开封，安天祥、古天龙、鹿觉敏三人则留在了贾鲁河东边的黄岗村。黄岗村只有几十户人家，村民穷得连盗匪都不来光顾。从这里向东走两里路就是开封监狱，再向东走两里路就到了开封火药局。安天祥他们之所以选择住在黄岗村，一来是这里距侦察目标较近，二来是便于藏身，进退自如，利于脱身。

黄岗村的东头住着一位老汉，村里人都叫他马大爷。马大爷直到四十岁才娶了老婆，但好日子没过几年，老伴患肺痨死了。一夜之间，马大爷的眉毛、胡子全白了。现今，马大爷已经六十多岁了，但他身体壮实，黝黑的脸上布满了皱纹，镌刻着人世沧桑。

这一日，三个骑着马的年轻人来到马大爷的院门前。马大爷早已站在门外等候多时，看到古天龙时，他沉郁的脸上绽开了笑容。说起来，古天龙还是他的救命恩人。几年前，古天龙跟随父亲来此收购山货，见到穷困交加的马大爷后便伸出援手，不仅给了他一笔钱，还给他买来了粮食，送了一套新衣服。

马大爷把三人让进屋内。古天龙见马大爷的背已经驼了，面容苍老了许多，不由得心中酸楚，他急忙打开挎包，取出一双新布鞋交给马大爷。马大爷双手颤抖着接过布鞋，不觉中两行热泪夺眶而出。在众人的劝解下，马大爷终破涕为笑。接下来，古天龙向马大爷述说了他们此次来黄岗村的目的。马大爷听后，高兴极了，由于他对这一带的地形十分熟悉，于是主动要求加入侦察小组。

第二天，四人吃罢早饭便前去观察地形。他们爬上开封火药局对面的一座山头，居高临下地观察着火药局。只见火药局占地10余亩，四周筑有高墙，墙上布满了电网。

火药局地处开封西南20公里处，西面是自西北流向东南的贾鲁河，东面是自西北流向东南的运粮河，地理位置极佳，而且易守难攻，这也是张镇芳当初选择此地建造火药局的原因。开封火药局是张镇芳的秘密军火库，里面存放了大量的武器弹药以及军需物品，一旦装备成军，将对革命队伍造成极大的威胁。

“副大队长，给！火药局的地形图已绘制完成。”安天祥放下手中的望远镜，接过古天龙递过来的图纸。

看过图纸后，安天祥赞赏地点了点头。这份地形图绘制得极为详细，瞭望台、仓库、营房、食堂等都做了标注，就连厕所和排水沟也都一一作了标注，图纸上还详细地记录了火药局守军的大致人数、武器装备、岗哨以及运输车等。

安天祥他们的侦察所得，为引爆火药局的计划提供了有力保证。

孔增田、鹿觉民、安翠霞三人与安天祥他们分别后，便沿着大道直奔开封城。

他们没有选择直接进入开封城，而是住在了开封城南门外的南开村。鸡上窝、鸟入林，猪入圈、鸭进门，南开村人已进入了梦乡。夜已深了，在村子里唯一一间亮着灯的屋内，孔增田、鹿觉民、安翠霞三人满脸忧愁地默坐着，此刻他们的心境犹如眼前这盏忽明忽暗的油灯，迟迟不能平静。

晚饭后，他们便去了开封南门外执行侦察任务，但结果并不如人意。

要说对开封城熟悉的莫过于曾做过县知事的孔增田。他曾多次出入开封府衙，对开封城内外的人、地、物多有了解。应该说三人中最有发言权的就是他，但此时，他却双眼盯着油灯，默不作声。

“我任南召县知事期间，曾多次来开封。但开封现在的形势与过去大不相同，前不久张镇芳血腥屠杀了4000多名革命志士，制造了震惊中外的大惨案。侦察时我发现南门外的岗哨人数是以前的两倍，加派了军警，城楼上架着机枪、小炮，还有两道关卡，武器肯定是不能带进城了，更何况我现在还是名通缉犯，城门前贴着我的画像。大家想想，我们要怎样进城？”孔增田思考良久，黯然说道。

“根据目前的情况来看，我们只能乔装进城，干脆我们装扮成卖药的……”不等鹿觉民把话说完，性急的安翠霞便反驳道：“我同意鹿大哥乔装进城的想法，但不同意装扮成卖药的。我们几个人都没有卖过药，敌人盘查起来很容易露馅。要我看，不如根据我们自身的优势，装扮成耍把式走江湖的卖艺人，携带的刀枪棍棒，进城后也可以作为防身的武器。另外，我们自身的行头也要符合卖艺人的身份。孔队长，你只要粘上胡须，再在脸上画一道刀疤，肯定没人认得出来。”

“真没想到，翠霞姑娘不但有胆，而且有识。我看此计可行。”孔增田点头笑道。

“我完全赞同军师的决断，在下愿听军师的调遣。”鹿觉民调皮地晃着脑袋看着满脸羞红的安翠霞。

次日清晨，依照安翠霞的主意，三人顺利进入了开封城。

城内有一条名为相国寺的后街，街上有一家老字号中药铺——葆豫堂。葆豫堂的掌柜姓李，四十岁出头，秃顶，戴着一副圆形细腿的黑边眼镜，倒也符合他药铺掌柜的身份。

这一日，李掌柜正在前台与伙计们清点药物，忽听有人呼唤，抬头一看，不由得大吃一惊。尽管来人将帽檐压得很低，可还是被李掌柜认了出来，来人正是他的同乡好友，现被通缉在案的前南召县知事孔增田。李掌柜当即吩咐伙计在前台照应，他便将孔增田一行三人带进里屋落座叙谈。

“哎哟！我的孔老兄！不！孔大人！你难道忘记自己是

通缉犯了吗？你真是吃了豹胆熊心，竟敢在光天化日下进入开封城，这不是小鸡跳进狐狸窝，羔羊给狼祝大寿，自投罗网吗？”李掌柜担忧地说道，不难看出他对老友的深切关爱。

“多谢老弟的关心，南门外军警林立，戒备森严，我们不也大摇大摆地进来了吗？狐狸既没认出小鸡，豺狼也未辨出送到嘴边的羔羊。有道是，越是危险的地方越安全。”孔增田泰然自若地说道。

“听说孔兄投奔了农民军，又因何故冒险来到开封城？”李掌柜不解地问道。

“现如今天下大乱，劳苦大众揭竿而起，纷纷举义旗，讨伐袁世凯。老弟，不瞒你说，现在我们急缺的就是枪支弹药，这次冒险进入开封就是冲着这事来的。”李掌柜有点不敢相信：“怎么？就凭你们三个能搞到枪支弹药？不是大白天说梦话吧。”

李掌柜对当今的统治者非常不满，孔增田最是了解。但受纪律约束，他不能透露太多行动的细节。这次来开封他之所以找李掌柜，一来是想通过他了解一些情况，二来是请他帮忙安排住所。如今李掌柜既然有此疑惑，那就只能耐心解答了。

“说句实在话，单凭大刀长矛是打不赢张镇芳的，更谈不上讨伐袁世凯。因此，我们急需一批枪支武装自己。张镇芳的联络副官周顺，想必你也知道吧。这次我们就是来找周顺的，我们获悉他曾背着张镇芳倒卖军火，贩卖烟土，又将别人送给张镇芳的稀世珍宝窃为己有。仅凭这几件事，就能让他人头落地，就连他的家人也难逃一劫。我们这次就是想通过他买一批枪，如果他不答应，我们再将他的违法事实曝光于大庭广众之下。周顺一方面见钱眼开，全然不顾后果；另一方面又胆小怕事，害怕东窗事发，脑袋搬家。这恰恰是他的软肋，只要抓住了他的这个软肋，就可逼其就范。”

“你们的胜算有几成？”李掌柜仍有些担心。

“百分之百。”孔增田自信地说道。

李掌柜深知行动的保密性，因此也不再多问。只要能消灭张镇芳，推翻袁世凯，他愿意献出一切。“听孔兄所言，找周顺买枪一事，已胜利在握了。我李某人愿助孔兄一臂之力，我有一处闲置多年的院子，在惠家胡同28号，你们三人现在就去那里，绝对安全。找周顺并不难，此人每天都骑自行车上下班。下班后，会先去相国寺茶馆品茗。喝完茶后，再回到曹门大街自己的家中。他的夫人姓马，是位虔诚的佛教徒，每逢相国寺三、八两日开放时，不管刮风下雨，还是暴雪酷寒，必携幼子前往焚香许愿。这些情况但望有助于你们。现在的开封到处都是军警特务，外出一定要多加小心。有什么事如需帮忙，尽管说，我李某义不容辞，绝无二话。”

孔增田三人对李掌柜的深明大义深表感谢，当晚就住进了惠家胡同28号。

夜幕降临，乌云笼罩在开封城的上空，风携着雨呼啸而来，像鞭子一样无情地抽打着行人。几只饿红了眼的野狗在争抢一块没有肉的骨头，一对骨瘦如柴的父女站在风雨中吟唱着小曲，几个衣衫褴褛的小乞丐在屋檐下躲避风雨，这群处于社会最底层的生物，苦苦地在死亡线上挣扎着。

一位戴着眼镜的矮胖男人从相国寺茶馆走了出来。他悠闲地哼着小曲，慢腾腾地跨上自行车，晃晃悠悠地向前骑去。当他拐进一条胡同时，一辆人力三轮车忽然出现在他的前面，堵住了他的去路。

胖男人差点从车上摔下来，他怒吼道："让开！快点让开！怎么？你是聋子吗？没他妈听见叫你让开了吗？在这开封城里还没有人敢挡周爷我的道，我看你是活腻了，再不让道，我他妈的现在就毙了你。"不管胖男人如何恐吓，对方都毫无反应。这可把胖男人气坏了，他怒不可遏地拔出手枪。突然，他的头部遭到一记重拳，瞬间失去了知觉，肥胖的身躯重重摔倒在地上。

蹬人力三轮车的正是孔增田，一拳击倒胖男人的是鹿觉民，安翠霞则在胡同口警戒。三人合力把胖男人抬上人力三轮车，在绕了几条街巷后，便返回了惠家胡同28号。

胖男人从昏迷中醒来，眼前有模糊的灯光。眼镜呢？我的眼镜呢？他想用手去摸，才发现手被绑着。我这是在哪儿？他坐在椅子上定了定神，努力回忆着发生的事。在遍布军警、密探的开封城居然有人敢对我下毒手，下手的人绝非等闲之辈，那会是些什么人呢？对！一定是不怕死的土匪，定是为财而来。这时，有人为他戴上了眼镜，视力恢复了。眼前出现了两男一女，他们横眉怒目，手持寒光闪闪的利刃，难道他们真的要杀了我吗？我要是死了，我这些年积攒的钱财怎么办？我的老婆孩子怎么办？一想到这儿，胖男人顿时脸色煞白，腿肚子抽筋。

“好汉爷饶命！饶命！饶命！我周顺有眼不识泰山，今天冒犯几位爷，小的该死！绝对该死！看在我上有老下有小的份儿上，请几位爷饶了我这条狗命，下辈子愿做牛做马伺候几位爷，今天只要不要我的狗命，在下愿效犬马之劳，叫我干什么都行。”

“只要不丢狗命，叫你干什么都行，这可是你说的，姓周的，说话可要算数！”安翠霞手中的匕首几乎戳到了周顺的鼻子。

吓得周顺扑通一声跪倒在地，结结巴巴地发起了毒誓：“我周某人对天发誓，若有半句谎言，定遭天打雷劈，万箭穿心，五马分尸，不得好死。”

“行啦！我看毒誓你就不用发了，只要你按照我们说的去做，我们不但不会要你的狗命，你的家人也会毫发无损。”鹿觉民的话，让惶恐不安的周顺松了一口气。

“几年不见，周老弟可还认得我？”孔增田笑着说道。

周顺在心里打起了闷鼓，听声音倒觉得耳熟，但就是想不起来是谁。他慢慢抬起头，推了推眼镜，这不是南召县前知事孔增田吗？他不是参加了豫西农民军吗？长期以来，这支农民军与官军为敌，闹得是天翻地覆，张都督虽曾多次派重兵围剿，均惨败而归。张都督对其可谓是恨之入骨，今日竟敢在光天化日之下将我绑架，难道是……周顺不由得再一次跪倒在地。

“孔知事！不！孔老兄！孔义军！孔头领！恕我周顺眼拙，有眼不识泰山，请恕罪。”

看到不可一世的周副官如此狼狈，孔增田哈哈大笑道：“起来吧！起来吧！只要乖乖与我们合作，保你性命无忧。更何况你还是张都督的联络官，我们怎舍得杀你。但今日既然用这种方式把你请来，可不是为了叙旧。你虽是张都督器重之人，但背地里却贩卖烟土，倒卖枪支，更为严重的是竟将皮敛金献给张都督的稀世珍宝窃为己有。此等事若被张都督得知，你可知后果如何？”

听了孔增田的一番话，周顺心跳骤然加快。他做梦也没有想到这要命的事竟然被农民军知道了，是我身边有他们的卧底，还是他们有未卜先知之能力？

事到临头，还是保命要紧。周顺再次跪倒在地，泪流满面地乞求道：“孔老兄！不！三位爷！小人罪该万死，日后，定当痛改前非，重新做人。现愿将家中所藏珍宝悉数献给农民军，以表资助之诚意。孔义军但有什么吩咐，我周顺莫敢不从。”

孔增田说道：“既然周老弟如此坦诚，那我就有话直说了。谁都知道，皮耽虎、皮牙虎兄弟二人是在你的帮助下坐上了开封火药局局长和副局长的位置。这两人对你可谓是比对亲爹还亲，言听计从。我们农民军对开封火药局颇感兴趣，现在需要你去弄一份火药局的布防图，以此来证明你的诚意。”

此时，周顺完全明白了孔增田的意图，心中暗想：原来是在打火药局的主意，弄一份火药局布防图也不是不可能，但也绝非易事。

眼珠一转，周顺弓身答道：“孔老兄交办的事，小弟定当尽力而为。只不过，皮耽虎、皮牙虎兄弟二人奸诈狡猾，诡计多端，我若明着去问他们要布防图，他二人定有所怀疑。不若我们智取。据我所知，火药局布防图放在皮耽虎办公室的保险柜里，打开这个保险柜需两把钥匙，兄弟二人各自拿着一把。我想法灌醉皮家两兄弟，拿到钥匙后，你们的人去拿布防图。不过到时还需派人看住这两人，以防不测。”

“周老弟不愧是张都督器重之人，做事缜密，考虑周全，令人佩服。但若皮家两兄弟并未将布防图放于保险柜中，那该怎么办？”孔增田充满疑虑地问道。

周顺暗骂孔增田老到，略微一思索，便笑着回答道：“假如真如孔兄所料，那也无大碍。届时，我将以张都督的名义前去视察工作，一切活动安排将以我为主。请孔兄放心，定将万无一失。”

“请问周老弟，皮家两兄弟认识贵夫人吗？”孔增田又问道。

周顺疑惑不解地回答道：“不认识。怎么？这事儿和我太太有关？”

“此事与她无任何关系，你最好不要告诉她。给你两天时间，好好考虑考虑，两天后我们在相国寺茶馆相见。”说完，孔增田便给周顺重新戴上眼罩，并将其送回。

回到家时已是深夜，周顺没有叫醒熟睡的妻子。他摸索着爬上床，却怎么也睡不着，真的要答应农民军去火药局偷布防图？张都督知道后自己的脑袋还能保得住？可如果不答应，家人性命难保，这可该怎么办？实在不行，就拖它两天。直到天快亮时，周顺才昏沉沉地进入梦乡。

两天时间过去了，一直未见周顺身影，孔增田三人不得不执行第二套方案。

相国寺内，孔增田、鹿觉民、安翠霞三人事先隐藏在大殿内，等待目标出现。

一位衣着华丽的女人牵着一个小男孩走入相国寺，孔增田低声说道：“来啦，按原定计划，准备行动。”

这位衣着华丽的女人正是周顺的太太。这两日，她见丈夫坐卧不安，一副心事重重的样子，心中不免有些惊怕。为此，今日一大早，她便领着儿子小宝来到这相国寺内烧香拜佛。

周太太来到八角殿内点燃三炷香，叩头礼佛后，便将随身携带的布袋打开，里面装的是布施灯油费的铜钱，平日里只需三十枚铜钱。今日为保丈夫和儿子的平安，她足足带了一百枚铜钱。她毫不吝啬地将这些铜钱倒进神案边上的竹筒里，随即拉着儿子虔诚地跪在蒲团上。

她微闭双目，反复默念着："望菩萨显灵，保我丈夫、儿子一生平安。"

"周太太请起！"一个女子的声音突然在她耳边响起。

周太太大惊，匆忙抬起头，见一位漂亮的大眼睛姑娘和一位身着黑皮大衣、头戴黑色礼帽的男人正站在自己的面前，她惊慌地问道："你们是什么人？找我有什么事？"

"夫人请不要害怕，我们是周联络官的下属。周联络官有要事与夫人相商，我们是专程来接夫人回去的，车就停在外面，请！"原来是丈夫的属下，周太太悬着的一颗心放了下来，她向来人道了声谢，便牵着儿子小宝走出寺院上了汽车。

鹿觉民开着汽车在开封城内兜了几个圈子，之后便开进了事先准备好的一处仓房内，周太太和儿子小宝被安置在一间干净的屋子里，由李掌柜的人看守。

两天过去了，一直未见孔增田有什么动作，周顺有些侥幸。这天下班后照例去品了茶，然后一路哼着小曲回了家。进入院子，连叫几声，均无人应答。屋内没有灯光，漆黑一片，周顺深感不妙。他急忙推开屋门，打开灯，赫然发现桌子上插着一把明晃晃的匕首，匕首旁放着一张纸条，上面写着：明日上午九时得意楼见。真诚合作是唯一出路，否则娇妻爱子性命难保。周顺忙跑进卧室，希冀妻子、儿子正在熟睡，但卧室内空空如也。他颓然坐到床上。

5

安豫侠听取了两组侦察人员的汇报，十分满意。仓库内一时间充满了欢声笑语。

安豫侠决定让自己的妻子丛娜假扮周顺的夫人，前往火药局盗取布防图。届时，孔增田、安翠霞带人埋伏在火药局外，以应对突发事件。鹿觉民则充当周顺的司机与丛娜一起进入火药局。

丛娜祖籍广东香山，是一位文武双全的奇女子。在南洋槟榔屿华侨学校执教期间，她加入同盟会，并结识了安豫侠。不久，两人相恋并结婚。此后，他们全身心投入到革命的洪流中。辛亥革命的胜利令他们振奋，但最终结果又让他们痛心，于是丛娜跟随丈夫安豫侠回到了老家河南，他们决定在中原竖起一面反袁大旗。

火药局铁门大开，两侧分别站立着10名荷枪实弹的士兵，局长皮耽虎、副局长皮牙虎身着笔挺戎装翘首以盼。一辆黑色轿车由远及近飞驰而来，扬起一路烟尘。小汽车并没有在大门前停下，而是直接开进了火药局院内。皮耽虎、皮牙虎小跑着来到车前，打开车门。

接到周联络官要来视察的通知后，兄弟二人高兴得彻夜未眠。二人深知没有周联络官就没有他们的今日，为了让周联络官高兴而来，满意而归，二人做了精心准备。

此刻，办公楼一层贵宾接待室内正在举行欢迎宴会，名茶名酒、美味佳肴的醇香溢满席间。在皮耽虎、皮牙虎的殷勤劝说下，周顺频频举杯。不愧是官场老手，周顺酒量惊人，皮家两兄弟敬佩不已。

开怀畅饮之余，周顺始终没有忘记自己此行的目的。只有拿到布防图，才能换得家人的性命。

周顺打了个饱嗝，笑言道："实在不好意思，又让两位老弟破费了。"

"您太客气了，晚辈孝敬长辈是应该的。"皮家两兄弟连忙起身倒水点烟。丛娜见这皮家兄弟二人一脸的奴才相便觉好笑，可又不敢出声。不过她的心倒是放下来了，预感这次任务会顺利完成。

"二位，这次奉张都督之命前来检查火药局的安保工作，原因有二：其一，开封火药局存放了大量的武器弹药及药品，是我军之根本，不容有失。其二，近期治安形势不容乐观，匪患骤增，这些刁民聚众谋反，专门与官府作对。鉴于此，张都督亲令，火药局要严加防范，不得发生任何纰漏。否则，将军法处治。我看，事不宜迟，先听取你们的汇报，接下来再去实地检查。"

皮家两兄弟连连称是。

依例，外人不得进入火药局的库房，但准许参观其他地方。丛娜和鹿觉民趁机对院内的守军、岗哨、换岗时间以及武器配备等情况做了侦察，其结果与安天祥他们所探得的情况完全一致。

从娜和鹿觉民在火药局办公楼二层的西侧停了下来，这是一间没有门牌号的房间，里边传出说话声。

“大哥，头儿让咱们俩白天黑夜守在这儿，不让出房门一步，吃喝拉撒睡全在这间屋内，这臭气熏天的可怎么待下去呀？”“我说老弟！咱们俩可是百里挑一的神枪手，说不定哪天真有胆大的来咱们火药局找麻烦。到那个时候，我们在暗处不是如鱼得水吗？来一个咱们消灭一个，来一对咱们消灭一双。不是我说你，钻牛角尖没用，凡事都要想开一点，到时立功受奖咱们可是头一份。”

从娜、鹿觉民不由得倒吸一口冷气，这处暗藏的火力点如不被及时发现，将会给豫西自卫大队带来重大伤亡。

周顺在皮家两兄弟的陪同下，检查了火药局的库房。回到休息室，周顺向从娜、鹿觉民作了汇报，并根据记忆绘制了一份火药局的布防草图。但从娜、鹿觉民对周顺不大放心，坚持按原计划拿到真正的火药局布防图。

当晚，皮家两兄弟举办盛宴款待周顺。席间，兄弟二人被周顺灌醉。从娜顺利拿到保险柜钥匙，尔后溜进皮耽虎的办公室，打开保险柜，取走了火药局布防图。

洛阳城外秘密仓库内。安豫侠聚精会神地盯着桌子上的火药局布防图，他用铅笔在图纸上画了几个圈，高兴地大喊了一声：“好！”接着又挥起拳头重重地砸在桌子上。

“弟兄们！明日凌晨三点我们将引爆火药局。现在我来安排一下具体任务，安天祥、古天龙，你们二人负责炸毁火药局西面的围墙，并用最短的时间消灭兵营内的全部守军。鹿觉敏，你负责消灭瞭望塔上的哨兵以及暗藏在办公楼二楼的两名枪手。梁实、麦沙、姚菁、水液、靳利，你们五人负责炸开火药局大门，消灭仓库外的巡逻士兵，打开仓库，搬运武器弹药等，能运多少是多少，剩余的全部炸毁。孔增田，你率领骑兵队埋伏在火药局东北方向二十公里处的运粮河一侧，阻击来自开封的援兵。鹿觉民，你负责保护院内的两辆卡车，战斗结束后，我们将乘坐卡车撤离。丛娜、安翠霞，你们二人今晚就去找李掌柜，他会派人协同你们去开封监狱通知在押的国民党人撤离。任务完成后，我们在开封监狱外会合。

火药局的战斗比预想中结束得更快，火药局守军做梦也没想到会遭到突然袭击。西围墙在两声巨响中轰然倒塌，从睡梦中惊醒的守军像惊恐的兔子般从床铺上跳起来，争相朝房门跑去，可刚出屋就被子弹击中。瞭望塔上的哨兵和暗藏在二楼的两名枪手，也被鹿觉敏射杀。皮耽虎、皮牙虎拼命抵抗，皮耽虎右胸受伤，皮牙虎左臂被安豫侠的缨镖刺穿，两人见大事不妙，趁乱钻入密道逃跑了。

开封火药局在爆炸声中化为灰烬。1914年3月，河南都督张镇芳被解职。

第七章　联庄会

1

净水源茶馆。

恰逢集市，人来人往，好不热闹。净水源茶馆内座无虚席，就连通道上都挤满了人，人们只为来此听一段赵天放老先生的评书。

今日之赵天放绝非昔日之赵天放，如今他已是豫西自卫大队的一员。听从安豫侠的安排，坐镇净水源茶馆，借说书之名宣传农民军的正义主张。除此之外，他还肩负着搜集情报的任务。

“感谢列位客官前来捧场，赵某不才，愿揭世事阴霾，知会天下，唤醒民众，誓灭国贼，复我民族之自由。”今日，赵天放依旧是往日装扮，一袭灰布长衫，唇留三绺长须，神态儒雅。

“列位客官，二次革命惨败，意味着什么？意味着革命党人挽救共和、完成辛亥革命未竟之业的努力彻底落空。为复辟帝制，1914年1月10日，袁世凯宣布解散国会。2月3日，下令停办各级地方自治。2月28日，又下令解散各省议会。6月30日，令裁各省都督，在京师设立将军府；又将各省民政长改称巡按使。为牢控河南这块战略要地，9月20日，袁世凯任命赵倜为将军府将军，督河南军务。

“赵倜何许人也？列位有所不知，此人乃袁世凯的忠实走狗，是当之无愧的杀人魔王。为聚敛钱财，他巧立税目：烟酒厘金、烟酒专卖税、印花税、屠宰税等，数不胜数。首创亩捐，强令土地不分好坏，每亩加征60文，次年再增90文；田赋则实行废两改元，把原额地丁银一两，改征现洋2.2元；漕米1石改征现洋5元，不久，又改征8.25元。

“贪官肆虐，百姓遭殃，靠土地生存的农民完全陷入‘如水益深，如火益热’的悲惨境地。处在千钧重压之下，人们连大声说话都不敢，怕一不小心冲犯了哪位有权势的大人物。

“常言道，哪里有压迫，哪里就有反抗。就在前不久，我们豫西的一支农民军在镖王的率领下炸毁了开封火药局。”

“好！真是大快人心。”净水源茶馆内响起一片雷鸣般的掌声。

2

石人山豫西自卫大队指挥部。

“弟兄们辛苦了！火药局这一仗打得漂亮，打得痛快，打得过瘾。在这次战斗中，我豫西自卫大队无一伤亡，并获得了前所未有的战果：缴获卡车2辆，长枪500支，短枪80支，子弹25000发，服装、被褥各200套，全歼敌军一个营，接收逃离开封监狱人员123人，进一步壮大了我们的队伍。取得了如此辉煌的战绩，大家说，值不值得庆祝一番？”

闻言，指挥部响起一片欢呼声，大家同时问道：“总指挥长拿什么给我们庆功啊？”

“瞧把你们给馋的，等不及了吧。今天是好酒好肉敞开了喝敞开了吃。”安豫侠大笑道。

“举办庆功宴之前，我们先讨论一下我省当前的形势。如今，省内很多地方都设立了红枪会，到处设‘学’（设立神坛的处所叫作学）。

“我们豫西也要组建红枪会，并联合其他富有正义感的组织，建立联庄会，共同反袁讨赵，抗匪御官。要扭转乾坤，单凭我们几百号人无济于事，只有天下穷苦百姓都联合起来，革命才有希望。”

“是啊！现在这世道是豺狼当道，百姓遭殃。”鹿觉民颇有感慨地说道，“赵倜的宏威军完全就是由地痞、流氓、恶棍聚合而成，饷银完全由地方筹措。名为剿匪安民，实则勒索扰民。老百姓称其为‘官杆’‘官匪’。我看，还是总指挥长说得对，咱们要团结所有穷苦人，拧成一股绳，只有这样革命才能成功。”

孔增田愤然道：“觉民老弟说得对！赵倜自任督军以来，

紧步袁世凯之后尘，在河南实行‘专制帝政’，卖官鬻爵，任人唯亲，从省府到各县，大小官员都由他派任，‘不问学问，不问品行，但以荐主之势力为衡’。就连省议会议员都是出价高者方可得，还必须宣誓：不附督军，天诛地灭。搜刮民脂民膏一刻不闲，派出大批的‘买田使’，见有土地肥沃者，即插一白旗，象征性地付点钱，就算是赵家田产了。此人不除，百姓忧悒。”

“此类行径人神共愤，这样的烂官必须除掉。”安翠霞站起来愤怒地说道。

从娜站起来说道：“开封火药局已被我们炸毁，接下来我们要执行一项新任务——抢粮焚库。抢谁的粮？焚谁的库？抢的是赵倜的粮，焚的是赵倜的粮库。据悉，赵倜在距南召县城北10里的地方建了一座粮仓，存粮50万斤。要想抢粮焚库，就得先摸清粮库的情况。”

“好！有些日子没打仗了，手都痒痒啦！”

“俗话说，救人一命胜造七级浮屠，更何况我们是把这50万斤粮食发放给穷苦大众。这是天大的善举，这一仗一定要打。”

“要我看，拿下粮仓不仅能救人，同时也解决了我们粮食短缺的难题，还能打击赵倜的嚣张气焰，削弱其宏威军的战斗力，真可谓是一举三得。”

“总指挥长，您就下命令吧，我们已经做好了随时出击的准备。”

“依我看，要想拿下赵倜的粮库，还需群策群力。不知哪位兄弟愿献良策？”安豫侠面带微笑地看着众人。

南召县棉纱布店联络站站长麦沙抢先说道：“丛娜说得对，我们首先得摸清粮库的情况，然后才能制订作战计划。我倒知道一名粮库守卫，此人是个胖子，名叫王二狗，因脸上长满了麻子，又被别人叫作王麻子。王麻子常来布店里买布，在县城里有个姘头，是个小寡妇。每隔七天，王麻子必回城与小寡妇厮混。此人虽说吃喝嫖赌样样不落，但没有发现有其他恶行。我们可借其回城之机将其抓住。”

孔增田对麦沙的主意表示赞同：“麦沙老弟的主意可行。但保险起见，还应另行派人去县城走一遭，抓一个巡缉队员，两相印证，确保所得信息绝对准确。”

“好！现在我宣布：麦沙带领手下的弟兄，伺机抓住王麻子，对其晓之以理，进而摸清粮库的详情。孔兄可前往南召县城，巡缉队里有一个叫马武能的人，是我们的内线。他常去孔顺酒店，你可以在那里等他。”

安豫侠再次强调：“一直以来，我们豫西自卫大队都是赵倜的眼中钉、肉中刺。我们千万不能被一时的胜利冲昏了头脑，一定要保持清醒，做好应对一切的准备。同时还要提高警惕，严防奸细潜入。”

为适应当前形势，更加有力地开展军事斗争，安豫侠对豫西自卫大队做了新的调整。第一小队的队长、副队长分别由安天祥、安翠霞担任；第二小队的队长、副队长分别由丛娜、鹿觉敏担任；骑兵队队长、副队长仍由孔增田、鹿觉民担任；五个联络站仍然保留，站长不变，联络站不仅肩负着搜集情报的任务，还是豫西自卫大队的重要经济来源。

3

南召县棉纱布店，大门紧闭。

麦沙焦急地在店内来回踱着步子，负责在小寡妇家蹲守的队员还没有传回消息，难道王麻子今晚不会来？

小寡妇名叫夏美美，穷苦人家出身，丈夫是个木匠，结婚不到一年，丈夫暴病而亡。夏美美年纪轻轻就守了寡，也没了经济来源。王二狗与夏美美住在一条巷子里，自打夏美美的丈夫死后，他就打起了小寡妇的主意。不是送钱就是送吃的，时间一长，王二狗可就耐不住性子了，小寡妇为了生活无奈地屈服了，但断然拒绝改嫁于他。王二狗之前没碰过女人，不能忍受与小寡妇的长期分离。据此，麦沙断定王二狗今晚一定会来。晚上9时，一名蹲守队员急匆匆地跑回店内，说王二狗进了小寡妇家。麦沙大喜，当即带领剩余队员出了店门，直奔小寡妇家而去。

王二狗一把将小寡妇搂在怀里，狂吻乱亲，直到小寡妇告饶，方才罢手。脱身后，小寡妇慌忙把王二狗带来的吃食摆上桌子，又拿来碗筷、酒盅等。然后又面带笑容地为王二狗斟了一盅酒。正当她往自己的酒盅里倒酒时，忽闻咣当一声，木门被人踹开了，几个手握短枪的蒙面人闪进屋内。受到惊吓，小寡妇手一松，只听啪的一声，酒壶掉在地上摔得粉碎。但她并没有失声尖叫，只是用手紧紧地捂住自己的嘴巴。而此时王二狗也被吓傻了，面对乌黑的枪口，他连忙跪倒在地，磕头求饶。

麦沙冷笑一声道："王二狗，你可知南召县知事霍栾政与巡缉队队长皮耽虎？此二人，一个是老百姓痛骂的贪官污吏，另一个则是老百姓心中的土匪恶霸，人人得而诛之。你却当他们的忠实走狗，助纣为虐，若还不改邪归正，小心你的脑袋！"

"几位爷，还请饶了我的狗命。我也是为了讨口饭吃，我其实没有做什么坏事。几位爷如果不信，尽管问。"王二狗惊恐地说道。

"那好，我现在就有一事问你。你可知守护粮库的兵力以及武器装备？快说，如若隐瞒，小心你的狗命！"

王二狗一听原来是冲着粮库来的，心里顿时踏实了许多。于是回答道："几位爷，粮库现由县巡缉队的两个小队守卫，共240人，全部配备长枪。粮库四角设有岗楼，上面装有探照灯和一挺机枪，院内昼夜有人巡逻。我知道的情况就是这些，不敢有任何隐瞒。"

"粮仓内现存粮多少？"

"50万斤。"

"你在粮库里干什么？"

“我是粮库保管员，专管粮库钥匙。别看官小，但权力可大着呢，我要是不开门，粮就运不进来，更别想运出去。”

“赵倜什么时间派人来提粮？

“7天后。”

“需要什么手续？”

“得赵倜赵都督手令。”

“看在你这么配合的份儿上，就饶了你。记住，不得把今晚之事告诉任何人，否则，我定来取你狗命。记住了吗？”

“记住了，我一定不会告诉任何人。”说罢，王二狗又回头狠狠瞪了一眼小寡妇。小寡妇也连忙说道：“各位爷，我也不会乱说的。”

孔增田从马武能那里了解到的情况与此相同。

总指挥长安豫侠当即下达命令：“安天祥、安翠霞率第一小队围攻南召县县衙；丛娜、鹿觉敏率第二小队埋伏在南召县城外，阻截粮仓增援县城之敌。待城外的战斗打响后，第一小队立即撤出县城，与第二小队会合后，赶往粮库。内乡五谷粮店联络站站长梁实带领手下弟兄设伏在省城通往粮库的公路上，阻击赵倜的运粮队。孔增田、鹿觉民组织运粮。待守卫粮库的巡缉队去增援县城后，我和麦沙会秘密潜入粮库，迅速拿下岗楼，占领制高点，控制粮库。七天后行动，务必速战速决。”

凌晨4时，一声枪响打破了南召县衙的宁静。紧接着，南召县内枪声四起。县知事霍栾政被枪声惊醒，急忙派人找来巡缉队队长皮耽虎。正当二人不知发生了何事时，“活捉霍栾政！活捉皮耽虎！”的叫喊声传来，县衙内顿时乱作一团。皮耽虎命令驻守县衙的巡缉队守好大门，他又打电话到粮库，让其赶紧派兵救援。

接到皮耽虎的电话后，粮库派出了一个小队的守兵。不承想，这支援兵刚到县城边就遭到了伏击，折损大半。按原定计划，安天祥、安翠霞率领第一小队迅速撤出了县城，与第二小队会合后，快速向粮库赶去。

安豫侠、麦沙等人也已秘密潜入粮库，控制住了岗楼，切断了粮库向外联系的电话线。而赵倜的运粮队也被成功拦截，押粮士兵全部被消灭，不但缴获了三辆卡车，还拿到了赵倜的手令。梁实一行人换上宏威军的军装，开着卡车赶到粮库。一切都在按照计划进行，可不巧的是，正当车队离开之际，一名巡缉队员发现情况可疑，开枪阻截，随即战斗爆发了。但因兵力悬殊，短短的几分钟后，战斗便结束了。

临行前，安豫侠下令放火。最终，这座耗费了赵倜无数心血的粮库在浓浓烈火中轰然倒塌。

正当霍栾政焦头烂额之时，皮耽虎向他说出了自己的看法：“首先这肯定是一次有预谋的袭击；其次这些人是怎么知道此时县衙守卫空虚，巡缉队里一定有内奸。据我手下的人说，七天前，粮库的王二狗回了趟县城，此人专管粮库钥匙。依我看，这里面大有文章。”

“立即抓捕王二狗，只要重刑伺候，不怕他不招。”霍栾政瞪圆了双眼，气鼓鼓地吼叫道。

“不好，霍大人！我们中敌人圈套了。”皮耽虎双眉紧锁，倒吸了一口凉气。

“什么圈套？”

“这是敌人的调虎离山之计，他们的目标是粮库。我的天哪！50万斤粮食，我可如何向赵督军交代？”此时，皮耽虎像一匹饿红了眼的狼。恰在此时，一名巡缉队队员报告说王二狗已被带到县衙。

王二狗头缠绷带，满脸血污，一瘸一拐地走了进来。然而，他的这副惨相并未得到他人的怜悯和同情，霍栾政怒目而视，怒火中烧的皮耽虎更是大吼道：“来人！给我狠狠地打！往死里打！打死这个吃里爬外的狗东西！你真是狗胆包天，竟敢勾结贼人，袭击县衙！今天你要是不讲实话，我就扒了你的皮，抽了你的筋！”

王二狗的屁股被打开了花，一五一十全招了。

皮耽虎喜出望外，只要抓住了豫西镖王，便是大功一件。因此，他连忙扶起王二狗，说道：“二狗兄弟，只要你帮我抓住这帮乱党，我保你当上巡缉队的小队长。这一袋子银元，你先拿着，回去好好养伤。”说着就递给了王二狗一袋子银元。王二狗虽然被打得遍体鳞伤，但好歹保住了命，又得到了一袋子银元，便没了任何怨言，哼着小曲回了家。

小寡妇见王二狗一瘸一拐地走进来，好生奇怪，几经询问，终得知了实情。她觉得王二狗坏了良心，要想法尽快去棉纱布店报信，才好。

于是，她借给王二狗打酒之机，急急忙忙向棉纱布店奔去。此时，皮耽虎正带人守在棉纱布店的外面，见到一个漂亮女人朝棉纱布店走来，他有些纳闷不解。

马武能也守在棉纱布店，他心急如焚，小寡妇的出现让他大吃一惊。情况越来越严重，他不能再等了，一定要想法通知麦沙他们。

马武能悄悄来到最后面，掏出枪朝天开了一枪。突如其来的枪声打乱了皮耽虎的部署，他转身怒吼道：“是哪个混蛋开的枪？”

与此同时，夏美美突然扬起手臂，将酒壶砸向棉纱布店的大门，紧接着她又大喊道：“里面的人赶快跑啊！巡缉队抓你们来啦！”

皮耽虎彻底明白了，这他妈的一定是王二狗使的计，自己躲在暗处放枪，还让姘头前来送信，这是成心和我过不去，我皮耽虎今天就叫你们统统下地狱。气急败坏的他大吼一声：“打！给我打死这个臭娘们！棉纱布店里的人一个都不能放跑！”顷刻间，小寡妇身中数弹，倒地而亡。

听到马武能和小寡妇的示警，麦沙等人在有限时间内做好了战斗准备。

小巷内枪声大作，弹雨如飞。麦沙的几个弟兄先后阵亡，他自己也身负重伤。正在危难之际，巡缉队的身后突然响起了枪声。前来救援的不是别人，正是南小巷酒店老板孔顺和酒店伙计。听到棉纱布店方向响起激烈的枪声，他便知大事不妙，麦沙肯定是出事了，于是抄起枪，领着酒店伙计，疾步赶去救援。

马武能趁机大喊道："豫西镖王来了！我们中了王二狗的奸计！赶快往回撤，要不然就没命了！"听到镖王来了，巡缉队员们再也顾不得什么，转眼跑得无影无踪。

自小寡妇走出家门的那一刻，王二狗心中就一直不踏实，总觉得要大祸临头。他听到第一声枪响便冲出院门，朝棉纱布店奔去。王二狗呆呆地抱起倒在血泊中的小寡妇，眼中滚落两行热泪。他把小寡妇重新放到地上，然后举起枪瞄准仇敌，大喊一声："皮耽虎，去死吧！"枪响了，王二狗重重地摔倒在小寡妇的身旁。皮耽虎收起手枪，对着王二狗狠狠地呸了一口。

如今粮库被焚，皮耽虎深知罪责难逃。为了保命，他决定去宝天曼山，向章自贡讨教良策。

4

青蛇洞内，灯火通明，匪首章自贡与皮家三虎正开怀畅饮。这位人见人怕的"阴鬼头"，头发已经花白，身体状况和精神状态都大不如以前。看着眼前大碗喝酒、大口吃肉的皮家三虎，章自贡心里生出一股阴郁，心道："这三个成事不足、败事有余的东西，真该被枪毙。但自己多年的苦心经营岂不要随之毁于一旦。”章自贡无奈地叹了一口气。

开封火药局被炸毁后，为逃避罪责，皮耽虎、皮牙虎来到宝天曼山投靠干爹章自贡，以图东山再起。1914年，赵倜任河南督军。阴险狡诈的章自贡并未急于投靠，他对河南省内的各系军阀作了长期观察，几经权衡，最终才选择投靠赵督军。当时，群匪蜂起，抗捐抗税、袭击官军的农民武装搅得赵倜日夜不宁，而又无力剿灭，他早就有意收编一股强盛之杆匪，以为己用。此时，章自贡带着厚礼来投，正合赵倜之意，两人一拍即合。章自贡夸下海口“定会剿灭匪患，彻底消灭各地的农民武装”。赵倜大喜，为其调拨了大批枪支弹药，并发放了足够多的粮饷。

章自贡见时机成熟，便令二虎下山。临下山时，他对二虎直言道：“如今，张镇芳已被革职，火药局被炸毁一事就不会再有人追究了，你二人尽管放心下山。另外，赵督军提出要收编我们宝天曼山杆子，我没有拒绝。我们现在需借助赵倜的权势，铲除仇敌，扩充队伍。据我所知，赵督军正在组建巡缉队，此时要你们下山，就是为了争夺南召、内乡两县的巡缉队大权。”

就这样，在章自贡的大力支持下，最终皮耽虎、皮牙虎两兄弟分别当上南召、内乡两县的巡缉队队长。

二人当上巡缉队队长后，不但没有打探到镖王的下落，现如今皮耽虎还捅了这么大的娄子。这如何不令章自贡恼恨？

章自贡苦思良久，终于想到了应对之法。他授意皮耽虎将此次粮库被焚、县衙被袭一事安在豫西镖王的头上，并说已经成功摧毁了镖王设在南召县内的秘密联络站。还要上报赵督军，在崖苦垛村发现了镖王余党，他们正以红枪会之名联合附近村庄，组成了联庄会。奏请赵督军批准南召、内乡两县巡缉队合力攻打崖苦垛村，活捉镖王及其党羽。

赵督军明示务必要活捉镖王，戴罪立功。

但皮耽虎、皮牙虎兄弟二人带领巡缉队两次围攻崖苦垛村，均惨败而归。

青蛇洞内，章自贡脸色铁青地坐在高座上，他刚刚训斥完皮耽虎、皮牙虎，此刻还怒气冲冲。皮家二虎低着头，战战兢兢地站立在下面，大气也不敢出一声。最终，章自贡压下心头怒火，让皮耽虎、皮牙虎各自回县，没有他的命令，不许擅自行动。

在安天祥、安翠霞的领导下，崖苦垛村连续两次击溃巡缉队的围攻，被南召县各联庄会誉为“打不垮的联庄会”。

崖苦垛村祠堂内欢笑声不断，这里正在召开庆功会。总指挥长安豫侠诙谐而富有哲理的战绩总结，让大家乐开了怀。然而，这样愉悦的氛围并没有维持多久，紧急报告接二连三地传来，庆功会不得不终止。

崖苦垛村联庄会共涉及周边七个村：大王庄、红叶岭、李家庄、三道岭、五棵树、花子岭和白水河。紧急报告就是从这七个村传来的，内容相同。

今日上午，一伙歹徒闯入南召县城，抢劫了店铺，还绑走了十二个女人，最可恨的是他们竟敢打着崖苦垛村联庄会的名号，说是安天祥的手下。临走时还放话说：每人赎金500大洋，三日内送到野王山老虎洞，逾期撕票。所幸没有人相信这一恶行是联庄会所为，大家一致认为这是杆匪干的。

“我看今天我们这个庆功会要改为诸葛亮会了。针对今天发生的事，大家说说看，想到啥说啥。”

“要我说，这一定是皮耽虎、皮牙虎、皮啸虎三个大坏蛋干的。”

“这不是明摆着给咱们崖苦垛村联庄会抹黑嘛！想把咱们搞臭，这一招可真是损啊。”

“他们的目的，不仅是要损毁我们的名誉，还要挑起联庄会与广大人民群众的矛盾，实在是阴毒。”

“要我看，这件事情不会那么简单，里面肯定有什么阴谋。”

“我看，你这个被人点了名的主角也该出场了。”安豫侠笑着对安天祥说道，引来一片笑声。

不善言辞的安天祥满脸通红，他转头看了一眼安翠霞。安翠霞则狠狠地瞪了他一眼。

“其实总指挥长不点名，我也要唠叨几句。”安天祥擦了擦额头上的汗说道，“大家说的都对。这群人既然点了我的名，也就等于将了我的军，目的就是想让我带领第一小队去解救那十二名被绑架的妇女，借机围歼我们。这就是个圈套，是个大阴谋。”

“对！这的确是个大阴谋，但其目的绝不仅仅是消灭第一小队，而是想全歼我豫西大队。”安豫侠补充说道，“要我说，这次他们干了一件蠢事。虽然人民群众不相信这是我们农民军干的，但我们一定要给群众一个交代。刚接到赵天放送来的情报，已证实此次恶行是皮啸虎所为。这几年，皮啸虎一直躲在宝天曼山，可以肯定幕后的策划者不是别人，定是巨匪章自贡。不过，这盘棋下得有点蹩脚，可以说是盘死棋。我们可将计就计，借机歼灭野王山老虎洞的土匪。

“安天祥、安翠霞，你们二人立即出发去野王山老虎洞侦察，注意安全。古天龙将协助你们，他会跟在你们的身后，以保证你们的安全。待摸清情况后，再制订下一步行动计划，解救人质的行动暂定于后天。”

野王山老虎洞地处内乡县东岭沟村北部的茂林中，安天祥对这里的环境相当熟悉。安天祥家是猎户，小时候他就好奇老虎洞到底有没有老虎，他曾瞒着家人多次来老虎洞，可惜一次都没碰到老虎。

安天祥与安翠霞化装成采药人穿过低谷河沟，顺着山脊小路，悄悄向老虎洞赶去。

危险无处不在，正当两人在一处山泉旁喝水时，忽然身后传来一声冷喝：“不许动！转过身来！老实说，你们俩干什么的？”

“我们是山民，上山采药的。”安天祥转过身，见对面站着一个秃头、满身横肉、端着长枪的黑脸汉子。他低声对安翠霞说道：“这就是土匪设下的暗哨。”

“老子看你们不像是上山采药的，倒像是上山探路的。识相的就跟老子走一趟，有话跟我们当家的去说，要不然就叫你们当狼食。”土匪狞笑着端起长枪，突然一把飞刀刺穿了土匪的脖颈，土匪倒地身亡。安天祥、安翠霞两人心知这是古天龙所为，可四处观望，却不见古天龙的踪迹。

安天祥、安翠霞的侦察结果证实了低谷河沟两侧山林中隐藏着土匪暗哨，老虎洞前设了固定岗哨，每隔两个小时换一次岗。洞的两侧有游动哨，洞前的密林中埋伏有一百多号土匪。根据侦察到的情况，安豫侠对这次行动做了详尽部署。安天祥负责歼灭低谷河沟两侧山林中的土匪暗哨，然后原地待命，直到听到枪响，立即率领第一小队向埋伏在老虎洞前的土匪发起进攻；安翠霞、古天龙从后山绕道至老虎洞，消灭老虎洞两侧的游动哨，救出人质，然后鸣枪发出进攻信号；丛娜、鹿觉敏率第二小队埋伏在厉鬼谷，伏击溃逃至此的土匪。切记不得恋战，穷寇莫追。为防止皮牙虎派内乡县巡缉队前来增援，又令骑兵队长孔增田设伏阻击；为防止被解救的人质在转移途中发生意外，又令鹿觉民带人前去接应。

老虎洞一仗打得十分漂亮，不但成功解救了被绑架的十二个女人，还歼灭了老虎洞内的大部分土匪。可恨的是皮啸虎又一次逃脱了。

皮啸虎惨败老虎洞，其二哥皮牙虎不但不同情，还有些幸灾乐祸："想在章自贡面前逞英雄，最后还不是被打成了狗熊。"其实，皮牙虎只知其表不知其里，皮啸虎是在章自贡的授意下行事，老虎洞一败另有文章。

5

崖苦垛村。

清晨，一轮红日从东方冉冉升起，朝霞洒满了祠堂前的小广场。此时，小广场上已站满了人，既有崖苦垛村的村民，也有周围村庄的村民。为了庆祝老虎洞一役的胜利，为了揭露皮啸虎的罪行，崖苦垛村联庄会决定在此召开大会。

大会由安天祥、安翠霞主持。先是让一名被绑架的妇女叙述被绑架的全过程，然后由被俘土匪马三驴揭露皮啸虎的阴谋。最后，安天祥作大会总结，他铿锵有力地说道："……我们是农民的儿子，是大山的子孙，为保护家园，为保护父老乡亲不受欺凌与压迫，我们将不惜牺牲一切，坚决铲除作恶多端的皮家三虎，消灭罪恶，为正义而战，并将战斗到底！"

被绑架的妇女被家人一一领走。安天祥他们也没有为难马三驴，给了他路费，让其回家。马三驴做梦也没想到，一时感动得涕泪横流，发誓再也不做坏事了。

大会结束，人们散去，崖苦垛村恢复了往日的寂静。

“这个女人怎么还没走？走！过去看看。”经安翠霞的提醒，安天祥才注意到祠堂前还站着一个女人。这是一位年轻的女子，看上去也就二十三四岁，脑后留着一条乌黑的辫子。此刻，她俊俏的脸上布满了愁云，就像是一只受伤的小鹿，显得那么的孤独无助。

“你叫什么名字？为什么还不走？”安翠霞不解地问道。

听安翠霞这么一问，年轻女子再也控制不住自己，热泪夺眶而出。性格爽直的安翠霞顿时来了脾气，大声道：“哭！哭！就知道哭！现在可不是哭的时候，快说实话。”

“好啦！你就别哭了，说说为什么不回家。”安天祥语气柔和地说道。年轻女人止住了眼泪，瞬间变得乖巧起来。安翠霞善于观察，能从细微动作中捕获别人的心理。她从年轻女人的眼睛里，捕捉到一丝不祥，是女人那双灵活诡谲的眼睛，引发出的不祥之兆。

“我也是穷苦人家出身，你们一定不要赶我走。”听到此处，安天祥、安翠霞便把她带到祠堂内的议事厅。安翠霞为她倒了一大碗清水，端起碗的那一刻，年轻女子鼻子发酸，眼泪又掉了下来。安翠霞见状无奈地敲了敲桌子。年轻女子赶紧用手抹了抹眼泪。

原来年轻女子姓孟名雅淑，家居杭州郊外，靠走江湖卖艺为生。十三岁时，母亲受辱而死。父亲杀死了侮辱母亲的军官，遭到官府通缉。从此，父女二人便开始了逃亡生涯，这一逃就是十年。才刚来南召县没几日，就遭皮啸虎匪队打劫，父亲为救她与众匪打斗，被乱枪射死。

“如今，我已无家可归，无亲可投，求你们收留我吧。如果不答应，我就永远跪在这里。”孟雅淑声泪俱下，扑通一声跪在地上。

最终孟雅淑留在了崖苦垛村。但对于她的身世，安翠霞提出质疑。她认为，虽然有人见孟雅淑趴在一名老者的身上，哭喊着叫爹爹，但这也不能证明她说的就是真的，而且她的说话口音也不像杭州人。如果这真的是她编造的故事，那么这个女人就十分可疑了，她有可能是皮啸虎安插进我们崖苦垛村的奸细。初时，安天祥认为安翠霞的分析过于偏激。但静思过后，他也认为不排除这种可能。

孟雅淑被安天祥安排进第一小队的后勤部，因其懂得治伤，又临时肩负起了队医的职责。之所以做出这样的安排，主要是出于对其身份的怀疑，在没有查明其身份之前，坚决不能让其参加军事行动，以免泄露军情。总指挥长安豫侠对安天祥的安排予以肯定，他也同意安翠霞的分析，要求第一小队务必提高警惕，查明其真实身份。

一大早，第一小队后勤部的姐妹们便来到厨房忙活着给大伙做饭。孟雅淑因要去村外买盐而没有去厨房帮忙，此刻她独自一人坐在茅草屋的小桌子前，双手摆弄着胸前那条乌黑发亮的辫子。她用手紧了紧系在发辫上的红头绳，又从衣兜内拿出一个蝴蝶发卡放在嘴边狠狠地亲了一口，然后轻轻地插在头顶上。今天，她的心情好极了，就像一只在花丛中飞来飞去的蝴蝶。

半个月过去了，孟雅淑已没了初来时的紧张，也不再害怕别人的猜疑。在后勤部的这些日子里，她任劳任怨，洗衣做饭、上山采药、治病疗伤，样样表现出色，她自信已经取得了安天祥的信任，特别是当安天祥亲手将一只精美的蝴蝶发卡插在她头顶时，她内心的喜悦无以言表。

当初孟雅淑之所以答应章自贡来崖苦垛村，其实是一种无奈之举，她的一切都被皮啸虎所控制。她对策反安天祥、查找镖王的任务其实并无信心，可一路走来，她又充满了信心。如今，她已取得安天祥的信任，不过安翠霞确是个麻烦。安翠霞一直不信任她，外出时会派人跟着她，不准她单独行动。她一直在寻找隐蔽的联络方法，以便及时把情报传递给皮啸虎。

“雅淑姐，这些天看把你美的。该去买盐了。”安晓雯悄悄来到孟雅淑的身后，调皮地拍了一下孟雅淑的肩膀。

“你这个小丫头片子，吓我一跳。你再这样无声无息地进来，我可要生气了。”孟雅淑轻轻地拍打了一下安晓雯，然后背上竹篓，牵着安晓雯的手走出了茅草屋。二人有说有笑地出了村子。孟雅淑认为安晓雯是安翠霞安排在她身边监视她的，虽经多方试探，终未能获取任何有用的信息。

因为常年有人进山收购山货，一些脑子灵光的人瞅准商机，在崖苦垛村外的土路旁开起了客栈酒馆。一个月前，这里又开了一家粮油店，店里没伙计，只有一个四十岁左右的秃顶男人，既是老板又是伙计。此人待人和善，脸上常挂着笑容。

其实，这家粮油店的幕后老板是皮啸虎。为了监视崖苦垛村，皮啸虎命人在此开设了这家店铺，也作为与孟雅淑联络的秘密站点。买了盐，二人便返回了村子。一路上，孟雅淑得意地哼着小曲。在粮油店的时候，趁安晓雯不注意，她迅速地将一张纸条塞进了店铺老板的衣兜里。

几日后的一个清晨，孟雅淑、安晓雯各自背着竹篓去仙草岭采草药。仙草岭位于崖苦垛村的北边，中间隔着几个小山包。这里自然条件优越，中药材极其丰富。

二人来到仙草岭北坡时，便已采了半竹篓的药草。安晓雯高兴地唱起了山歌。突然，身边传来百灵鸟的鸣叫声，安晓雯赶紧停止了唱歌，扭头一看，原来是孟雅淑在模仿百灵鸟的叫声。安晓雯惊讶地望着孟雅淑，相处这么多天，她还不知道孟雅淑竟然有模仿鸟叫的本事。或许是孟雅淑模仿得过于逼真，山林中又响起了另外一只百灵鸟的叫声，二者遥相唱和，犹如一对谈情说爱的男女。二人循叫声寻去，原来是一个头戴草帽的老翁。

在宝天曼山时，孟雅淑与一个年轻杆匪相识并相恋。年轻杆匪能模仿各种动物的叫声，最拿手的是模仿百灵鸟的叫声。在年轻杆匪的指点下，孟雅淑很快就学会了模仿百灵鸟的叫声，后来，其模仿水平更是超过了师傅。二人经常用百灵鸟的叫声表达情意，互诉衷肠。

而此时出现在二人面前的这位头戴草帽的老翁正是年轻杆匪所扮，他受皮啸虎之命前来与孟雅淑接头。上次，皮啸虎收到孟雅淑的情报后，同意了她提出的撤销粮油店联络站，接头地点改在仙草岭北坡的提议。

因为孟雅淑与年轻杆匪之间的鸟语对话无人能破解。

孟雅淑："收到情报了吗？"

小杆匪："收到了。三爷很高兴，不仅同意了你的提议，还说要嘉奖你呢。又有新的消息吗？"

孟雅淑："暂时还没有。目前我已取得安天祥的信任，过不了多久就一定会有收获。倒是那个安翠霞很难对付，她的存在会影响我们计划的实施，甚至会让我们的计划失败。你对三爷说这个女人一定要除掉。还有，今后不管我来不来，你必须每天都来这里等我。我爱你！"

年轻杆匪："我也爱你！"

几天后，粮油店连同秃顶老板都突然消失了。

又过了几天，孟雅淑让年轻杆匪带信给皮啸虎，说翌日上午安翠霞将去南召县，这绝对是一次除掉她的好机会。

次日清晨，一匹青鬃马冲出崖苦垛村向南召县城方向奔去。这几日，安翠霞心乱如麻，她有一种不祥的预感，可思前想后又理不出个头绪。为此，她决定去找自己的哥哥安豫侠。

为防范敌人的渗透，顺藤摸瓜找出豫西自卫大队的驻地，总指挥长安豫侠命令今后接头议事均在南召县城南小巷酒店内。自从棉纱布店被皮耽虎捣毁后，安豫侠便把南小巷酒店设立为新的联络站，酒店老板孔顺担任联络站站长。

距南召县城不到五里地处有一片杂草丛生的坟地，四周被树林包围着。这里便于隐蔽，是土匪打劫首选之地。此时，十几个杆匪正潜伏在树林内，像一群饿红了眼的狼在静候着猎物的到来。

领头的是个大胖子，眯缝着一对小眼睛，言辞猥亵地说道："今天，我们在此截杀的这个小娘儿们，据说长得又白又嫩，还是个黄花大闺女。虽说三爷有令不留活口，可俗话说得好，'将在外君命有所不受'，可不能便宜了她。兄弟们，待会儿一定要抓活的，等兄弟们快活够了，再杀不迟。一会儿听我号令，先射杀她的马，然后活捉她。"

"胖哥，你看，那个小娘儿们来了！"

待安翠霞走近，胖子杆匪大喊一声："打！"

于是，长枪短枪一齐开火，密集的子弹顷刻飞向青鬃马。安翠霞扬鞭策马，本想尽快穿过这片危险之地，可为时已晚。青鬃马身中数弹倒地身亡，安翠霞也从马背上跌落下来。她迅速起身，然后伏在马尸后还击。双方激烈交火，几名杆匪被击毙，余匪不敢近前。

危急时刻，土匪身后突然传来枪声。原来是赵天放恰好经过此地，听见前面枪声大作，又听见有人大喊道："活捉这个小娘儿们！她没有子弹了，谁先抓住她，她就归谁。"

面对此种情况，赵天放对身边的两名弟兄说道："不好！

前面一定是土匪在干坏事。你们两个立即前去支援，我则绕到土匪身后，打他们一个措手不及。”说完，他便策马向杆匪身后奔去。

杆匪受到突如其来的袭击，难免慌乱，不消片刻，除胖子杆匪受伤被活捉外，余者全部被消灭。安翠霞左臂被子弹擦伤，赵天放为她做了简单的包扎。两人当下便对胖子杆匪进行了审讯。

“说！是谁派你们来伏击姑奶奶我的？”安翠霞端起长枪顶在胖子杆匪的脑壳上。

胖子杆匪跪在地上求饶道：“千万别杀我，我全说，我全说。我是奉三爷，不，是奉了皮啸虎之命。”

“你们怎么知道姑奶奶我今天会经过此地？”

“这个我真的不知道。”

“那好！我今天就不杀你，回去带话给皮啸虎，就说他的一举一动，都难逃我们的眼睛，如若再干坏事小心他的脑袋。”

“是是是，小的一定把话带到！”

待胖子杆匪走后，赵天放吩咐两名弟兄将缴获的马匹和枪支送往崖苦垛村，然后赶往净水源茶馆会合。

南小巷酒店，安豫侠在包间里来回踱着步子，他不时从口袋里掏出怀表看看。离约定的时间已经过去两个小时了，翠霞怎么还没来，难道是出了事？他正要走出包间，门开了，孔顺领着两个人走了进来。走在前面的正是自己的妹妹安翠霞，后面跟着的是赵天放。

安豫侠见妹子翠霞左臂受了伤，忙问道："发生了什么事？"

听了安翠霞的遭遇后，安豫侠深感自责。如若不是赵天放恰巧经过，翠霞定遭匪徒毒手。

安翠霞说了她的担忧："其一，安天祥已打消了对孟雅淑的怀疑，还送给了她一支精美的发卡。其二，孟雅淑经常去的那家粮油店，突然人去屋空。其三，孟雅淑去仙草岭北坡采药的次数增多，还经常与一位头戴草帽的老翁用鸟语交流。因此，我怀疑，这次遇袭可能与孟雅淑有关。"

安翠霞反映的这些情况引起了安豫侠的高度重视，他思虑良久，作了如下安排：即日起赵天放暂停在净水源茶馆说书，带人密切监视这位在仙草岭采药的老翁，紧盯他的行踪。安翠霞则暗中调查孟雅淑，可有意放出一些情报，趁机抓住她的狐狸尾巴。

天渐渐地黑了下来，安天祥给油灯加满了油，又换了一根崭新的灯捻，屋里顿时光亮了许多。房间里只有他和孟雅淑两个人，此时二人面对面地坐在桌子的两侧，桌子上摆着四碟小菜和一壶酒。"今晚安队长把我叫到他屋里来所为何事，难道是向自己表白？"孟雅淑在心里窃喜道。

来前，孟雅淑特意换上了蜡染套裙，还在水润的双唇上涂了浅浅的红色，此刻她的脸在灯光下显得那样别致。今晚，她要施展女人的特有技能，让安天祥乖乖躺在自己的怀里，成为她的俘虏。面对猎物，她一改以往的羞怯，目光妩媚。她起身拿起酒壶为安天祥倒了一杯酒，又为他夹了一块酱野兔肉，然后轻飘飘地来到安天祥的身后，猛地抱住了安天祥的脖颈，将浑圆挺硕的乳房紧紧挤压在安天祥的背上，紧接着又将香腮贴在了安天祥的面颊上。只听她嗲声嗲气地问道："安大哥，今晚为什么请我吃饭？你是不是喜欢上我了？快说嘛！急死我了。"

这本是他与安翠霞设的一个局，没想到孟雅淑竟如此热烈，安天祥一时不知所措。借助门缝安翠霞目睹了屋内的一切，她开始后悔设这样的局，她真怕安天祥拜倒在妖女的石榴裙下。

"哎哎！雅淑，快点松手，回到你的座位上去，保证让你满意。"

孟雅淑噘起嘴，不满地坐回自己的位置，然后用挑逗的腔调问道："安大哥，你说话可一定要算数啊。那么，你到底爱不爱我。"

见此，安天祥忙安慰道："今晚单独让你来，难道你还不懂我的心吗？"

孟雅淑闻听此言开心不已，忙又追问道："安大哥，喜欢我什么？"

"你聪明、美丽、善良，特别是你模仿百灵鸟的叫声，惟妙惟肖，令我佩服得五体投地。"

"快说，还喜欢我什么？"

“没了，都说了。”

“什么！没了，难道就这些吗？那我问你：你为什么偷偷地送给我发卡？为什么在夜深人静时把我叫到你的房间里喝酒？这万一要是被别人发现了，我的清白名声就毁了，你可得对我负责啊。如若不然，我就对外宣称，我们二人已同床共枕了。”

“俗话说，听话听声，锣鼓听音。你这是在要挟我吗？”安天祥生气地说道。

“不！不！安大哥你误会了，我是一时性急说走了嘴。如若你不相信我的情意，那我今天就把自己交给你。”说着，孟雅淑就站起身来，解开了裙带。

门外的安翠霞看在眼里，恨在心中。她在心里默念道：“安天祥，是个爷们儿你就给我把持住。在你的心里只能有我，绝不许有第二个女人。”

“停！快停住！赶紧把衣服穿好。”安天祥转过身说道：“你知道这样做的后果吗？你这样做，崖苦垛村的父老乡亲会如何看我。我只是个穷山沟里的小人物，不值得你喜欢。”

“我已没有亲人，是安大哥你救了我的命。当你送给我发卡时，我就已决定嫁给你，把发卡当作了你给我的定情信物。”

“我已经有喜欢的人了。”

“我不管，我就是要嫁给你，做小都行。我要和你们一起打土匪，替我爹报仇。你就是我心目中的大英雄——镖王。”

“你弄错了，我可不是镖王，更没有镖王那么大的本事。镖王才是顶天立地的大英雄，我一直想找机会拜见镖王。说来怕你不信，就在几天前，镖王派人送来口信，约我三天后在南召县城外的城隍庙相见。”

“安大哥，这是真的吗？能不能带我一起去，我也想见一见传说中的豫西镖王。”

“镖王的徒弟古天龙只说让我一人前往。不过，雅淑你放心，我一定会向镖王提起你的。”

终于探得了镖王的信息，孟雅淑欣喜万分。翌日，她便来到仙草岭北坡与化装成老翁的年轻杆匪接头，暗暗把这一情报传递了出去。对于这一切，安晓雯似乎毫无知觉。其实不然，表面上安晓雯一无所知，内地里却在注视着她的一举一动。

而赵天放则早已带着两位弟兄埋伏在仙草岭北坡，遵照总指挥长安豫侠的指令，他们一直在跟踪、监视这位化装成老翁的采药人。

年轻杆匪带回的情报对章自贡等人而言无疑是一剂兴奋剂，此时青蛇洞内，碗碟狼藉。章自贡右手拿着鸡腿，左手举着酒杯，踉踉跄跄地走到皮啸虎跟前，说道：“三儿啊！雅淑这次可是立了大功，咱们可要好好犒赏犒赏她。这次只要抓住了镖王，赵督军定会奖赏我们，不仅为你父报了仇，还能升官发财。为防走漏风声，三儿，这次就由你亲自带队，定要生擒镖王。”

"干爹所言极是，这次三儿定会捉住镖王，为我皮家报仇雪恨。"说罢，皮啸虎将手中酒杯狠狠地摔在地上。

三天后，南召县城外，城隍庙。

这里荒草丛生，大部分建筑物已经坍塌，唯有主殿还算完好。天黑沉沉的，一阵大风刮过，天空下起了雨，十几个本想去县城卖货的小贩一窝蜂地拥进了主殿。

雨越下越大，十几名杆匪埋伏在城隍庙附近的树林中，个个成了落汤鸡。皮啸虎气急败坏地骂道："他妈的！怎么一下子蹦出来十几个小贩，究竟哪个是镖王？实在不行，你们都给老子冲进去，把这些小贩都他妈的给老子抓起来，我就不信抓不住镖王。"

"三爷，您千万不能着急。您看这些小贩个个身强体壮，一看就不是普通人，而且腰里鼓鼓囊囊的，可都别着家伙呢。弄不好是哪个山头的杆子，要是弄砸了，就咱们这十几个人恐怕不是人家的对手……"没等身边的小杆匪说完，皮啸虎就不耐烦地打断道："那你说怎么办？"

"三爷，要我说咱们再等一等。等这些小贩都走了，咱们再冲进去也不迟。三爷您看，天空已经放亮，过不多久，雨就停了。"

皮啸虎只好耐着性子等下去。一个时辰后，雨终于停了，小贩们一窝蜂地出了城隍庙，朝县城方向赶去。皮啸虎率领众杆匪冲进城隍庙主殿，但里面空无一人，但见一支雪亮的缨镖牢牢地钉在大殿的柱子上，缨镖上还插有一张纸条。皮啸虎拔下缨镖仔细观看，发现上面刻有“镖王”二字，又拿起纸条：

设埋伏，投靠杆匪；无诚意，安天祥必杀。

古天龙

皮啸虎的心里像浇了一碗滚油般疼痛，他暗自思忖道：“古天龙怎么会知道我们设下了埋伏？难道是我们暴露了？难道安天祥与镖王是同伙？可这纸条上明明写着‘安天祥必杀’。如果不是同伙，安天祥为什么不来接头？难道这是一个局？是安天祥为了试探孟雅淑设的局？”皮啸虎一拍眉头，大叫一声：“不好！孟雅淑怕是已经暴露，我们中了安天祥的计。”

“三爷快看，有几十匹快马朝我们这里来了。”皮啸虎闻言，抬头一看，果真有十几匹马向着他们驰来，于是他大喊一声：“兄弟们！赶快上马，镖王来了，快跑！”

城隍庙活捉镖王失败，孟雅淑并不知晓，此时她还沉浸在自己的美梦中。只要今晚俘获了安天祥，她的任务就算完成了，就能与情郎双宿双飞了。

月儿挂上枝头，溶溶的月光似水，崖苦垛村像是沉浸在水里。孟雅淑亲自下厨炒了四个菜，还特意买了一瓶上好的高粱酒，她要为安天祥接风洗尘。

“安大哥，为庆祝你与镖王相会，小妹我特意做了几道菜，不知合不合你的口味？”安天祥鄙夷地看了孟雅淑一眼，心里暗暗说道：“看你还能演戏到几时。好，今晚就陪你演到底。”

“雅淑妹子，你的心意，安大哥领了！来，安大哥给你斟酒。”安天祥笑容满面地说道。孟雅淑喜极而泣，端起酒杯与安天祥碰杯，然后一饮而尽。

安天祥似乎不胜酒力，一会儿便醉了。“安天祥，今晚你可是老娘的一道美食啊！”孟雅淑淫荡地大笑起来，她把安天祥搀扶到床上，急不可待地解开他的上衣，又急速地解开自己的衣扣。

忽然，门外响起脚步声，孟雅淑赶紧跳下床来，打开屋门查看。门外空无一人，正在惊愕之际，她听到不远处有人低声呼唤：“雅淑妹妹！快过来！”孟雅淑听声音已辨别出是相好的杆匪孟想，确定四下无人后，她快速来到孟想身边。

“你怎么来了？”孟想的突然到来，让孟雅淑预感到大事不妙。

孟想道：“情况紧急，三爷命我连夜来找你。他怀疑你的身份已经暴露。刚才我发现有人在你门外窥视，此人动作极快，转眼间就不见了踪影。由此可见，你已经成为他们监视的对象。三爷让你寻机杀了安天祥，得手之后，以响箭为号。届时，三爷、大爷和二爷将带领人马围攻崖苦垛村。雅淑，时间紧迫，我还得回山寨向三爷复命，你可一定要保护好自己啊。”二人的对话被隐藏在暗处的赵天放听得一清二楚。

安豫侠当夜召开了作战会议，作如下布置：第一，暂时不对孟雅淑实施抓捕，待她放了响箭后再行抓捕。第二，安天祥、安翠霞做好崖苦垛村的布防工作，力争全歼皮啸虎及其杆匪。第三，立即派人通知大王庄、红叶岭、李家庄三村的红枪会，于后天清晨设伏阻击皮耽虎的巡缉队。第四，立即派人通知三道岭、五棵树、花子岭、白水河四村的红枪会，于后天清晨设伏阻击皮牙虎的巡缉队。

第二天一大早，安天祥、安翠霞便秘密召集第一小队骨干开会，紧接着又检查了各个布防点。几乎一天一夜不曾合眼，此刻安翠霞感到四肢无力，又饥又渴，回到家后她给自己到了一碗白开水，可刚端起便又放下。她实在是放心不下安天祥，于是关了家门，匆匆向安天祥家走去。

用什么方法来杀安天祥呢？孟雅淑想了整整一夜，自己已经被安天祥怀疑，这个时候去接近他可谓不明智，那何不借助安晓雯之手。一个阴险的计划逐渐在她心中形成。

知道安天祥已回屋后，孟雅淑便去厨房做了一大碗面汤，搭配两个馒头和一碟咸菜，然后托安晓雯给安天祥送去。安晓雯并不知晓孟雅淑已在面汤里加了剧毒物。

安晓雯端着饭菜来到安天祥的门外，恰好与匆匆赶来的安翠霞相遇，两人一起进屋。

此时安天祥是又饥又渴，见安晓雯送来饭菜便准备吃，却被安翠霞制止了。她让安晓雯拿面汤去喂屋里的猫，猫食后七窍流血，在哀鸣中死去。

面对这可怕的一幕，安晓雯脸色瞬间变得惨白，她结结巴巴地说道："不是我下的毒，是孟雅淑叫我送过来的。"

"小点声，谁说是你下毒了。下毒的人不是明摆着的吗？"安翠霞用手指了指门。透过门缝，安晓雯隐隐约约发现门外站着一个人。

安天祥总算明白了，孟雅淑原来是想毒死自己啊，要不是翠霞及时赶到，恐怕此刻躺在地上的就不是猫了。安天祥本想说几句感激的话，却被安翠霞嘘声制止："你现在是身中剧毒，不能说话，一会儿你还得装死，马上躺到床上去。"安天祥听了安翠霞的话，乖乖地躺到床上。

"安大哥中毒了，你还愣在那儿干吗？还不快去喊人，都是你害的。"安翠霞冲安晓雯大声嚷道。紧接着屋门猛地打开，安晓雯哭着跑了出来，又过了一会儿便见赵天放领着大夫急匆匆赶来。

大夫进去不久，便听屋内响起了哭声和劝慰声："翠霞啊，你就不要再哭了。人死不能复生，天祥的后事还需你来料理呢。"

过了一会儿，安翠霞停止了哭泣，只听她吩咐道："晓雯妹子，你替我去送送大夫，顺便叫几个弟兄过来给安大哥守灵。"

时间不长，安晓雯便带着四个弟兄返了回来。安翠霞命其中两人守在门外，另外两人随她进屋。待屋门关上后，只听她厉声说道："安大哥死了，你安晓雯高兴了吧，你的目的达到了吧，你这个杀死安大哥的凶手，把她给我押下去。"安晓雯被押着走出门外，嘴里不停地叫喊着："晓霞姐，真的不是我，我没有下毒啊！"

这一切，孟雅淑是听得明明白白，看得真真切切，她在内心里狂喜不已。天刚放亮，三支响箭从仙草岭北坡腾空而起，发出刺耳的尖啸声。

"你的把戏该结束了，你们的阴谋是不会得逞的，这里就是你们的葬身之地。"赵天放带着几名自卫队队员突然出现，团团围住了孟雅淑。

对于赵天放和自卫队队员的到来，孟雅淑并未感到丝毫惊惧，她早有思想准备。她朝着宝天曼山深深地望了一眼，可惜未能见到自己的情郎。她发出尖厉的狂笑声，七窍流血而亡，原来她已服下了毒药。

皮耽虎、皮牙虎所带领的巡缉队在途中遭到各村红枪会的伏击，伤亡惨重。皮啸虎率领100多名杆匪围攻崖苦垛村，被安天祥、安翠霞带人前后夹击，几被全歼。皮啸虎带领十余名杆匪落荒而逃，在逃往宝天曼山老巢的途中，又遭到红枪会的伏击。最终，皮啸虎凭借对山路的熟悉，带着寥寥几名杆匪逃往了东岭沟村。

逃到东岭沟村时已近黄昏，此时已是人困马乏，几名杆匪躺倒在地上，任凭皮啸虎如何打骂，就是不愿起来。无奈，皮啸虎只好一个人向村子里走去。他刚来到村口，便见自家大院的上空浓烟滚滚，火光耀天。他三步并作两步地跑到大院门前，只听得轰隆一声巨响，皮家大院瞬间变成了一堆瓦砾，皮啸虎一屁股坐倒在地上。

原来当皮啸虎率领杆匪围攻崖苦垛村时，豫西自卫大队骑兵队队长孔增田、副队长鹿觉民则带领一队骑兵飞速赶往东岭沟村，将皮家大院团团围住。

皮家大院如今只是个空壳子，只有十几个老弱家丁。自从皮敛金死后，三位太太每天都过得提心吊胆。大院突然被围，三位太太着实吓了一跳，以为是有人前来寻仇，后仔细一听，方知是农民军。家丁慌忙打开大门，皮家人全部集中在院内，镖王大声说道："我们农民军只杀与人民为敌的官匪，绝不伤及无辜。"随后又命人将搜出的钱财分发给下人和家丁，就地遣散，自谋生路。最后，镖王一把火烧了皮家大院。

第八章　真相大白

1

宝天曼山青蛇洞内，豫西巨匪章自贡心情大悦。他一只手拿着任命书，一只手拿着酒壶，嘴里时不时地还嘿嘿地笑上两声。章自贡之所以如此忘乎所以，是因为他的美梦终于成真，河南督军赵倜任命他为洛阳保安大队大队长，即刻赴任。

皮啸虎攻打崖苦垛村损失惨重，2000余众的宝天曼杆匪如今只剩下100多人。但在老奸巨猾的章自贡眼里，这根本算不得什么，此刻他正在精心策划一个更加庞大的阴谋。

为了积蓄力量，章自贡决定将皮啸虎留在宝天曼山，成立一支红枪会，借此招兵买马。他还要皮啸虎冒充联庄会成员，打家劫舍，嫁祸给农民军，企图损害农民军在老百姓心目中的地位。

为实现自己的阴谋，在去洛阳的前夜，章自贡给皮啸虎写了一封密信：

吾儿啸虎：

干爹走后，你须带领剩余弟兄固守山寨，成立一支红枪会。今后一切行动，均采用“以会制会”的手段，冒崖苦垛村红枪会之名，仿镖王之所用缨镖，剪除仇敌。如此，方能使矛头指向镖王及其领导下的红枪会。到那时，镖王的下场将会与白朗一样。

我们最大的仇家是孙殿英。现在，只有让他刀刀见血，才能迫使他像饿狼一样追杀镖王。

当年，为了扩充队伍，我和浚县的一心会联手做了两笔大买卖。第一笔大买卖是抢劫鸦片烟。我获知一贩卖鸦片的商人从漯河前往洛阳，如若得手，可获暴利，但押运人员个个持枪，防备甚严，当时我们的实力还比较弱，故与一心会陆起福联手，事成之后，五五分成。不料孙殿英也得知了此事，三方人马混战在一起。最终，一心会损失100多名弟兄，我们也伤亡过半。从此便和孙殿英结下梁子。

第二笔大买卖是抢劫奉军。我探得冢上村驻扎着奉军一个旅，实际上这个所谓旅还不到一个团的兵力，战斗力极差。这次还是和一心会联手，我们精心策划，在一个月黑夜偷袭了冢上村的奉军。一切都很顺利，奉军死伤惨重，我们缴获步枪400多支。不料半路又被孙殿英派重兵劫走。一心会败走，我也只好暂时隐藏在宝天曼山。

后来，孙殿英部在陕州哗变，东窜洛阳、开封、滑县一带，趁机收容一大批杆匪，孙自封旅长。现如今被孙视为主力的第七团就驻扎在滑县梁村。啸虎吾儿，当你实力壮大之后，便可与一心会联手，借崖苦垛村红枪会之名，对孙殿英的主力第七团发动袭击。切记，此事不得走漏半点风声。我会提前知会陆起福会长，为你们联手铺好路。

争口气！莫辜负了干爹的厚望。

2

为组建红枪会，皮啸虎用重金从滑县请来了一位法师。此人姓陈名安身，自称是红枪会创建人皮秀山的弟子。陈法师口若悬河，说红枪会是由金钟罩、大刀会演变而来，分玄门、坎门、离门、乾门等诸多派系……皮啸虎听后佩服得五体投地。

东岭沟村皮家大院的废墟上搭起了一座高台，台前摆放着一张神案，案上放着一碗香油和一把宝剑。台子正中竖着一面大旗，旗上有一杆红缨枪。大旗前摆放着几把椅子，正中坐着的是皮啸虎，法师陈安身、皮耽虎、皮牙虎及知事滕亚南分坐两旁。台子下站满了围观的群众，赵天放带着几个弟兄也混在人群中。

“开坛仪式现在开始！”法师陈安身高声喊道。接着，他又命令200多名会员跪在台前，接受盟誓。

台上台下顿时鸦雀无声，人们好奇地观看着陈法师的精彩表演。但见焚香礼神后，陈法师又领着众人大声念道："天灵灵，地灵灵，过往神祇听得清。弟子今日来入会，大圣是咱保护神。日后如若有异心，五雷轰顶火烧身。"盟誓毕，陈法师又口念一段咒语，左手拿起宝剑挑起一张符纸点燃，右手端起神案上的香油猛吸了一口，然后对着点燃的符纸猛喷而去，台前顿时火光大盛，他紧接着又猛喷数口，火光像一条火龙般从跪在地上的会员头顶上猛蹿过去，引得人们连连叫好。他洋洋得意地将护身灵符分发到每一个会员的手中，并口授咒语："天护身，地护身，黑虎灵官急罩定。"

仪式最后，皮啸虎走到台前，扯开嗓门宣布：坎门红枪会即日成立。他自封团长，任命法师陈安身为教练，负责传授会员神法。紧接着又任命了两名营长、三名连长。

仪式结束后，皮啸虎便带着坎门红枪会的全体成员钻进了宝天曼山，在陈法师的指导下操练起"排刀排枪""刀枪不入"的"真功夫"。

两个月后，皮啸虎自认实力大增，便带领杆匪们下了山。他冒崖苦垛村红枪会之名，在豫西大肆烧杀抢掠。一时间闹得人心惶惶，豫西自卫大队的行动陷入了极其被动的局面。然而真相很快就大白了。一次皮啸虎带领坎门红枪会去宝丰县抢粮，遭到当地红枪会的反击，从俘虏口中人们得知这一切都是皮啸虎所为。事后，皮啸虎懊恼不已。

在接下来的行动中，经干爹章自贡周密策划，皮啸虎与陆起福取得了联系。两家人马合二为一，对孙殿英的主力第七团发动了突袭。此一战，孙殿英的主力第七团被彻底打垮。孙得知详情后大怒，誓要找镖王报仇。

孙殿英有一参谋，名叫霍瘟，曾是山东单县红枪会的法师。霍瘟投靠孙殿英后，短时间内便将滑县二十多个红枪会整合成一个联合体，令孙殿英刮目相看。

现如今，主力第七团已被镖王率领的农民军打残，镖王的下个目标可能就是自己的旅部。为此，孙殿英感到不安。

一日，在孙殿英旅部。“俗话说，养兵千日，用兵一时。霍瘟啊，现有一项非常重要的任务需要你去完成，完成得好定有重赏。”孙殿英说道。

“不知是什么任务，还请旅座示下。”霍瘟说道。

“前几日，我军驻扎在梁村的第七团遭人偷袭，损失惨重，此事乃豫西镖王所为。都说这个豫西镖王了得，我孙殿英今天就破这个例，定要活捉镖王，枭首示众！现在，你立即带领手下人员，血洗崖苦垛村联庄会下辖的七村红枪会，活捉镖王。”

一夜之间，七村红枪会被屠杀殆尽，首领无一幸存。霍瘟人马所到之处烧杀抢掠，无恶不作。

红叶岭村村民彭振起，当夜辗转反侧，就是睡不着。当外面传来脚步声时，他迅速起身来到院墙边，然后悄悄地爬上墙头向外看，他发现街巷里有很多右臂上系着白毛巾的人。此时，他心中唯一的念头就是杆匪来了。可此次匪徒人数众多，不能硬拼，只能去搬救兵。他连忙跑回屋找出一条白毛巾系在自己的右臂上，冒充劫匪，待溜出村后便想去崖苦垛村报信。但因几处道口均有匪人把守，彭振起只好绕道驰往宝丰县寻求堂兄彭振彪的帮助。

彭振彪自幼家贫，其父不慎落井而亡，孤儿寡母常遭村中地主恶霸的欺凌。彭不甘，奋而拉杆，成立了红枪会。

深夜，熟睡中的彭振彪被敲门声惊醒，他翻身起来。这里是他的一处秘密住所，隐藏在县城里的一条深巷中，只有极少数亲近之人知道。他打开院门，彭振起闪身而进。听彭振起说罢，他心中一沉，这些人并不像是普通的杆匪，难道是有人假扮？突然，彭振彪大叫一声"不好"，他拉起彭振起就匆匆向门外走去。

二人快马加鞭往回赶，一路所见均是惨状，有怀抱妻女痛不欲生的汉子，有泪眼凝望家园的妇人，还有趴在双亲身上痛哭的孩童。悲痛的泪水模糊了二人的眼睛，他们不忍再看下去，发疯般地驰向崖苦垛村。

一大早，崖苦垛村便迎来了两位不同寻常的客人。他们不是别人，正是彭振彪、彭振起兄弟二人。说来也巧，镖王安豫侠也是昨日刚回到村里，他对彭振彪所做之事非常敬慕，早有收揽之心。

兄弟二人讲述了这一路所见的惨状，当得知是孙殿英派手下霍瘟所为后，众人无不为之震怒，发誓要为死去的人报仇雪恨。

安豫侠认为当前迫切需要做的事有两件：一是帮助七村重建家园，重组红枪会。二是为死难的同胞报仇，消灭霍瘟及其红枪会。

彭振彪向安豫侠提出了加入豫西自卫大队的请求，安豫侠表示欢迎，并当即把彭振彪及其红枪会队员，统编为第三小队，彭振彪任队长。至此，豫西自卫大队已拥有三个步兵队和一个骑兵队，人数近700人。

“要想尽快铲除霍瘟，我们需先制定一个万全之策。”彭振彪说道，“根据以往经验，大多数为匪的红枪会队员在抢得财物后都会各自回村。由此可以判断目前霍瘟领导下的二十多个红枪会队员正处于高度分散的状态，而霍瘟本人并没有卫队。但狡兔三窟，想找到这个老奸巨猾的悍匪绝不是易事，但也不是没有机会。”

“振彪，你说说看，怎样才能除掉霍瘟？”

“俗话说：再狡猾的狐狸，也逃不过猎人的眼睛。只要找准霍瘟的死穴，还怕他不乖乖束手就擒。”彭振彪胸有成竹地说道，“我曾说霍瘟在滑县三坰村有个姘头，此女子原是地主家的小妾，因不守规矩被赶了出去，走时携带了大量金银首饰，潜居在三坰村。如果我没有猜错的话，此时霍瘟极有可能在这个女人的家中。干这种事，他从来不会带任何人。”

“振彪兄弟提供的线索极其重要，我们可以从中大做文章。现在，我们需要一个人前去打探情况，这个人不仅能接近该女子，还得不暴露身份。振彪，你可有合适的人选？”

“请总指挥长放心，一切包在我身上。”彭振彪拍着胸脯说道。

两天后，被派往三坰村的人员传回了消息。

潜居在三坰村的地主小妾被霍瘟霸占后，慑于其淫威，平日里很少出门，油盐酱醋、米面蛋菜等生活必需品全部委托给本村开豆腐坊的罗锅老王头代办。

巧得很，去三坰村打探消息的这名队员正是罗锅老王头的侄子。油灯下，老王头与侄子面对面坐着喝酒，如今他只剩下侄子这么一位亲人。侄子加入红枪会后，跟着彭振彪打土匪，抵抗官府，老王头是打心眼里高兴。因此，当侄子向他表明来意之后，老王头二话不说就同意了。

翌日，老王头让侄子装扮成豆腐店的伙计，与他一起去送豆腐。女人见老王头领着一个年轻的小伙子来送豆腐，颇感意外。当听说此人是豫西镖王的人后，女人吓得一屁股坐倒在椅子里，她想不明白为何镖王的人会来找她，难道是来杀她的吗？她连忙哀求道：“求你不要杀我，屋里值钱的东西随便拿。”看到女人如此害怕，老王头的侄子微微一笑，温和地说道：“我不是来杀你的，只是我们镖王想让你帮忙做件事。”“只要不是来杀我的就好。”女人拍了拍自己的胸口，定了定神问道，“不知镖王让小女子做何事。”于是，老王头的侄子向她说明了来意，希望得她相助以便铲除霍瘟。“原来是要我帮忙杀霍瘟，正合我意。”女人略一转念，便声泪俱下地诉说起被霍瘟霸占的经过。

一天晚上，她正与相好的小白脸在床上缠绵，突然屋门被人踹开了，霍瘟拿着枪闯了进来。小白脸当时就吓尿了，光着屁股跪在地上求饶，可霍瘟不由分说对着他的双腿就是两枪，又用尖刀挖去了他的眼睛，最后还割下了他的头。女人早已吓瘫，霍瘟对她实施了极其残忍的性虐待。她对霍瘟可谓是恨之入骨，可又反抗不得。如今脱离魔爪的机会就在眼前，因此她毫不犹豫地答应了。

黑夜吞噬了三坰村，远处传来狗的吠声。不一会儿，一个身材瘦小、贼头贼脑的身影出现在村子的东头，只见他来到一户人家的大门前，观察了一会儿，然后又绕着院墙转了一圈，这才翻墙进入院内。此人正是霍瘟。

进入院内后，他照例先查看厨房（西厢房），而后又查看了存放杂物的东厢房，确定无疑后才开了卧室门。因与孙殿英商议军务，霍瘟已有七日没见到女人了，心里十分痒痒，今夜得了空，便心急火燎地赶来寻欢。

卧室里，女人已经睡下。霍瘟像头饿狼般扑向女人，把女人压在身下，疯狂地发泄着兽欲。

纵欲过后，霍瘟心情大好，他拿起桌上的酒壶，一口气喝光了里面的酒。女人早已在酒里加入了迷药，霍瘟死猪般躺倒在地上。见霍瘟已被迷倒，女人赶紧打开卧室门。早已等候在门外的彭振彪、彭振起领着十余名弟兄蜂拥而入，他们把霍瘟装进准备好的麻袋连夜运到镖王事先指定的地点。

这里是一处乱坟岗，距三圳村约五里地，安豫侠让人用水把霍瘟浇醒，当众宣布了他的罪行，然后由彭振起对其执行了死刑。

几天后的清晨，滑县孙殿英旅部。

两名士兵慌慌张张地跑进来报告，紧接着一队士兵向大门外走去，走在最前头的正是孙殿英。原来这天天刚亮，这两名士兵发现大门前突然多了一个大盒子和一条麻袋。出于好奇，二人打开了盒子，发现里面放着一颗血淋淋的人头。麻袋里装着的则是一具无头男尸。

孙殿英让士兵把人头和尸体搬进旅部大院。人头已经腐烂，难以辨认。孙殿英捂着鼻子绕着尸体转了一圈。

突然间，孙殿英怒喝道："是谁吃了熊心豹子胆，竟敢杀害老子的霍参谋。"士兵们这才知道原来死的是霍参谋。

"旅座您看，这张纸条压在霍参谋的头下，可能是凶手所留。"士兵将纸条递到孙殿英的手中。

孙殿英：

你这个杀人不眨眼的魔鬼，霍瘟的下场就是你的归宿。下一个千刀万剐的不是别人，正是自掘坟墓的你。你的杆子旅也将被彻底埋葬！

豫西镖王

啪啪啪啪！一连串的子弹射向天空。孙殿英高举着手枪怒不可遏地狂叫道："镖王，你给我等着，有朝一日，我定将你碎尸万段。"

3

洛阳保安大队。

近日来章自贡的心情好极了，剪除异己已初见成效。现如今，豫西镖王已与孙殿英结怨，双方正斗得你死我活。

半个月过去了，还没有寻到镖王的踪影，孙殿英暴跳如雷。

"报告！"

"进来！"孙殿英正躺在榻上抽大烟，于是不耐烦地应道。

只见杨副官小跑着进来，欣喜若狂地说道："旅座！旅座！有消息了！刚密探来报，两日后，镖王将率领农民军突袭驻扎在道口镇的安锡碬部。这个是除掉镖王的绝佳时机。"

孙殿英扔掉手中的烟枪，一跃而起，对杨副官说道："杨副官，你马上去把孙团长叫来。"

宽大的办公桌上摊着一张地图，地图前站着三个人，分别为旅长孙殿英、杨副官、孙团长。此刻，他们正在商讨伏击镖王队伍的各种细节。

"道口镇驻扎着安锡碬的一个旅，这是一支杂牌军，多是些流氓混混，毫无战斗力可言。安锡碬和我有约定，各不干扰。道口镇位于滑县西北方，野草滩是镖王队伍的必经之地。这里林深草密，是伏击镖王的理想之地。孙团长，你们一团所在地距离野草滩最近，因此，消灭镖王队伍的任务就交由你来完成。”

“旅座高见，此战定能除掉镖王。不过，以我之愚见，此战不仅能除掉镖王，还能……”杨副官故意卖了一个关子。

孙殿英是个急脾气，他啪的一下把手枪摔在桌子上，大声说道：“杨副官，你敢在我面前卖关子，小心我的枪走火。”

“旅座，您不要急，我这就说。此战不仅能除掉镖王，消灭他的农民军，还可以夺了安锡碬的地盘。我们可派人告知安锡碬镖王要袭击他，这个胆小如鼠的家伙定会卷起铺盖逃之夭夭。借别人的打狗棍撵走自家门前的疯狗，我们岂不是白白捡了个便宜。”

孙殿英拍着杨副官的肩膀说道：“好！杨副官真乃我的高参。打赢这一仗，老子就提拔你当副旅长。一切按计划行事，杨副官负责给安锡碬通信，孙团长即刻带领一团去野草滩埋伏。这次一定要除了镖王。”

杨副官、孙团长当即领命而去。

七村联庄会惨遭屠戮，为帮助受害群众重建家园，安豫侠等人做了大量工作，农民军在群众心目中的地位飙升。很多人争着要加入农民军，安豫侠当即决定扩大农民军的活动范围，以便与敌人展开更加激烈的斗争。

由于队伍扩大，豫西自卫大队放弃了石人山的基地。安天祥、安翠霞带领第一小队坚守崖苦垛村，继续领导七村联庄会的工作。第二小队、第三小队、骑兵队则迁至洛阳城西的红山岭，活动范围扩展至洛阳、开封、滑县、浚县、汤阴一带，并在滑县设立秘密联络站，以便及时掌握奉军、安锡碬部及孙殿英旅的动向。

镖王安豫侠之所以做出突袭安锡碬部的决定，正是基于滑县秘密联络站送来的情报。但这样一项绝密的军事行动怎么会泄露呢？原来是彭振彪手下一位弟兄喝醉了酒无意间说出，被章自贡的眼线听得。章自贡得知后，又让人故意泄露给孙殿英的密探。

早年为了混口饭吃，杨副官常混迹于赌场。一次偶然的机会，杨副官在赌场中遇到了孙殿英，二人一场大战，最终“麻将英才”孙殿英输给了杨副官。杨副官也因祸得福，得以跟随孙殿英，日常工作就是陪孙殿英搓麻将。这一搓，就搓成了孙殿英的副官。杨副官也是农民出身，对孙匪烧杀抢掠的暴行，极为不满。他和彭振彪是老乡，非常钦佩彭振彪的为人。如今听说彭振彪投靠了豫西镖王，当上了队长，就更加钦佩了。他私下里与彭振彪交往甚密，曾向彭振彪提起过想加入镖王队伍的想法，彭振彪当即便答应了。不过彭振彪让他继续留在孙殿英身边，以便监视孙殿英的动向。

孙殿英预谋在野草滩伏击镖王队伍，杨副官可谓是心急如焚，他必须立即赶至县城通知彭队长。可即便是彭队长知道了，也来不及把消息传给远在红山岭的镖王。为了最大限度地减少伤亡，杨副官急中生智，向孙殿英提出了借镖王之名吓跑安锡碬的计谋。在他看来只有这样才能阻止孙殿英与安锡碬联手围攻镖王，同时还可借机去县城与彭队长秘密碰头。

收到消息后，安锡碬已退走道口镇。彭振彪也已带领第三小队赶往野草滩，到时与镖王所带人马前后夹击，争取全歼孙殿英的一团。

此时，镖王安豫侠与古天龙、孔增田、鹿觉民等一行人，正扬鞭策马驰往滑县。

当地人是这样形容野草滩的：野草滩荒险恶，野林荒草泥塘多。有钱人不敢过，吃人野兽常出没。可见，野草滩确实是打伏击的好地方。

安豫侠一行人来到野草滩后，并没有贸然前进，而是先派出两名侦查员前去侦察。孙殿英的一团早已埋伏在小路两侧的荒草丛中，孙殿英本人更是亲来督战。此时，见有人已走进他们的包围圈，其中一位连长没有忍住，慌忙中开了一枪，其他不明就里的士兵也跟着开起枪来。听到枪声，两名侦察员急速后退。

孙殿英暴跳如雷，大骂道：“一群蠢货，赶紧停止射击。”但他的骂声被密集的枪声淹没了，为了控制混乱局面，他当场打死了那位乱开枪的连长。突然，一团的后方传来了枪声。

当第一声枪声响起时，镖王安豫侠便已知前方有埋伏。当他看到敌人后方大乱，便猜到肯定是彭振彪带领第三小队赶到了。于是他当即向敌人发起进攻。一团腹背受敌，顿时大乱，士兵死的死，逃的逃。混战中，孙殿英腿部中弹，被人背着逃出了野草滩。

战斗中安豫侠的左臂被子弹擦伤。孙殿英的一团几被消灭殆尽，已名存实亡。

后来古天龙秘密潜入青蛇洞，取来了章自贡写给皮啸虎的绝密信，至此真相大白。

第九章　农民协会

1

天色晦暗，天空飘起毛毛细雨，一阵秋风吹来，透出丝丝的凉意。

此时，洛阳城清幽巷一家刚开张不久的茶馆内座无虚席，连过道里都站满了人。再看这家茶馆的名字，与南召县净水源茶馆同名，连老板都是同一个人。

净水源茶馆为何从南召迁至洛阳？原来因豫西自卫大队的基地北迁至洛阳城西红山岭，根据形势需要，安豫侠决定在洛阳城内建立秘密联络站。又因净水源茶馆老板为人正直，颇有正义感，于是赵天放提议吸收净水源茶馆老板为自卫大队队员，并以净水源茶馆之名建立洛阳联络站，这一提议得到安豫侠的认可。洛阳联络站建立后，赵天放任站长，因孔顺的身份已暴露，安豫侠便把他调来当副站长，协助赵天放工作。

连日来，一部《杨家将》吸引了众多听客前来茶馆。

“馆小宾客多，前来听我说。与君论古今，奇事多多多。”赵先生说完了四句定场诗，便精气神十足地扬起手臂，重重拍响醒木。

“风云变，军阀战，人间怨，黄粱现。我中原早已成军阀混战的重灾区，劳苦大众苦不堪言。常言道：若问古今兴废事，请君只看洛阳城。

“列位客官，今天我要说的两个人，一个是河南都督赵倜，一个是赵倜的把兄弟吴佩孚。

“从1914年起，赵倜已祸乱我河南长达八年之久。老百姓评说，赵倜老儿好事无一件，坏事数不完。今赵倜被冯玉祥赶出中原，实乃我河南之幸事。

“赵倜老儿已滚出中原，那么接下来就是他的把兄弟吴佩孚了。

“吴佩孚乃北洋军阀直系的首领，拥兵数十万，虎踞洛阳，可他带给我们河南人民的是什么？

“一是吏治腐败。吴卖官鬻爵，横征暴敛，各县知事，半为各县之富户拿钱赎买；另一半为吴佩孚的亲族戚友。二是暴虐统治，盘剥苛重。吴佩孚疯狂扩军，军备支出巨大，沉重的负担自然全部转嫁到人民的头上。现在有许多地方，钱粮竟已预征到1934年。三是兵祸极其酷烈。战火所及之地，人民的生命财产遭受极大损失。一到调防或开拔，地方上更是鸡犬不宁。四是匪祸极其深广。全省几乎无一县无匪，村庄一旦遭匪，往往是寸椽不留，来不及逃走的村民，还被绑作肉票。五是自然灾害极其严重。灾害连年，乡民流离转徙，十室九空。田地荒芜，糊口无资，耕种无具，典质无物，告贷无门。

“常言说得好：哪里有压迫，哪里就有反抗；哪里有剥削，哪里就有斗争；哪里有屠戮，哪里就有诛凶。如今，我们河南不仅有农民军，据说还来了共产党。虽说我也不知道什么是共产党，但1923年京汉铁路工人大罢工，就是在共产党的组织下举行的。这说明什么？说明共产党也和农民军一样，是为解救咱们劳苦大众而来的。我相信，斗争火焰将会越来越旺！”

2

洛阳城南门里唐寺门松鹤居饭店。

松鹤居饭店是安豫侠在洛阳城内设立的四大联络站之一。站长姓水名液，刚二十岁出头，身材高大。别看水液年纪不大，可机智聪敏，办事沉稳老练，一向被镖王看好。

今天一大早镖王就差人来，告诉他明日暂停营业，因为明日上午镖王要在此招待一位重要客人。这一整日，水液都在琢磨什么样的客人能让镖王如此重视。

翌日，镖王安豫侠与妻子丛娜早早来到饭店。在水液的引导下，二人来到二楼的雅间。饭店的警卫工作则由古天龙负责。待镖王与妻子落座后，水液又亲自为二人沏上好茶。

“好茶！真是好茶啊！大文学家苏轼曾称赞‘淮南茶，信阳第一’。今天水老板可真是慷慨解囊啊！”安豫侠笑道。

别看水液打起仗来是拼命三郎，可平日里却像个大姑娘，别人一表扬就脸红。然而这会儿他却顾不得脸红，因为他心里想着的都是那个神秘贵客。

“人生无物比多情，江水不深山不重。”安豫侠踱至窗前，忆起与战友并肩作战的岁月，心潮起伏，不由得吟出两句诗来。

“总指挥长，我才疏学浅不懂得什么诗文，你就别难为我了。”水液满脸疑惑地说道。

安豫侠哈哈一笑，朗声说道：“这第一句说的是，人生中没有任何事物能与同志情、战友谊相比；这第二句嘛，说的是江水不如它深厚，高山也不如它沉重。”

丛娜接着说道：“是啊！这正如宋代诗人万俟咏在《别瑶姬慢》中所云：‘人生能几许，细算来何物，得似情浓。’细细思来，在短暂的一生中，什么事物都不如人的情感深厚。水液兄弟，今天的这位客人就是我和豫侠生死与共的战友。十多年前，我们日夜奋战在一起，她叫麦娇娇。”

麦娇娇祖籍浙江山阴（今绍兴），早期参加同盟会，袁世凯篡权之后心灰意冷，逐隐居潜研学问。后与共产党人萧毅山相识，逐渐接纳了共产党的政治主张，经萧毅山介绍，加入中国共产党。二人还组建了革命家庭，成为一对志同道合的革命伴侣。

中共豫陕区执行委员会成立后，书记王若飞指派萧毅山夫妇来河南开展工作。萧毅山的公开身份是一名商人，他也是麦娇娇的直属领导。为了便于开展工作，二人暂时不能生活在一起。根据上级指示，麦娇娇在洛阳城内租下了一座小院作为秘密联络站，她的公开身份是梳头老妈子，当地俗称卖婆儿。梳头老妈子并不是谁都能干的，凡是干这种活儿的人，一是要长得漂亮，二是要心灵手巧，更重要的是能说会道。按照本地习俗，已婚妇女需将头发编成辫子，然后盘于脑后，俗称盘辫髻。发髻盘好后还需套上黑色网罩，别上一根金簪子。麦娇娇以独创的“蝴蝶髻”“元宝髻”等发髻博得了姨太太好评，与她们成为了无话不谈的好姐妹。从这些人口中，麦娇娇获取了大量有价值的信息。

自从来河南后，麦娇娇一直在打探安豫侠和丛娜的消息，但人海茫茫，想要找到此二人实属大海捞针。在与富家太太们的交往中，麦娇娇听闻了很多关于豫西镖王的传奇故事，这个人与她所认识的安豫侠实在是太像了，难道豫西镖王就是安豫侠？可自己该去哪里找豫西镖王呢？

骄阳吐焰，尘土飞扬。

洛阳城南门驰来一匹枣红色的高大骏马，马背上端坐着一位男子，身着浅灰色西装，头戴米黄色鸭舌帽，鼻梁上架着一副墨镜，鼻下蓄着短须。此人正是女扮男装的麦娇娇。只见她扬鞭策马穿南门而过，直奔关林镇而去。

关林镇距洛阳城南十里之遥，乃是方圆较大集镇。此地人口密集，人员身份复杂，是买卖情报之地。镇上有家关林客栈，老板乃豫西巨匪李万如。自老窝被彭振彪端掉后，李万如便潜至关林镇，用所得的不义之财开了这家关林客栈。多年基业毁于一旦，李万如对彭振彪可谓是恨之入骨，发誓要手刃彭振彪。为此，他暗暗招兵买马，在小镇里布满了眼线。

“客官，里面请！”

客栈伙计殷勤地招呼着女扮男装的麦娇娇。

此次麦娇娇之所以来关林镇，正是为了探寻镖王的消息。她被小伙计引至一雅致单间，勤快的小伙计为其端来洗脸水，而后说道：“客官，请先休息，等用餐时间到了，我会来通知客官。”

麦娇娇洗完脸，正坐在桌边喝茶歇息。突然听到隔壁房间隐约传来两个男人的说话声，其中一个似乎是刚才的那个小伙计，另外一个不知道是谁。两人交谈了好一会儿，但因隔着一堵墙，麦娇娇并没有听清二人所交谈的内容，只是隐隐约约听到彭振彪这个名字。

彭振彪？这可是大名鼎鼎的剿匪英雄，听说巨匪李万如、戴民权、李老末都是被他剿灭的，又听说他加入了豫西自卫大队。如果他真的是那个彭振彪，那就可以通过他找到镖王了。

就在此时，交谈声突然停止了。隔壁的房门吱呀一声被打开了，麦娇娇赶紧来到门口，正好看见小伙计从隔壁房间里出来，她悄悄地跟在小伙子的身后。只见小伙计疾步如飞，转眼之间便来到了客栈二楼西侧的一间小屋前，轻轻敲了敲门，便推开门进去了。麦娇娇警惕地朝楼梯处看了看，见无人上来，便贴身于窗外侧耳静听。

“司令！”还没等小伙计往下说就被人重重地打了耳光。

“你这个不长记性的东西，你的脑袋叫驴给踢了，我说过多少次了，不许再叫司令了，只能叫老板。如若再叫错，看我不一枪崩了你，记住了没有？”

“老板，记住了。”小伙计捂着腮帮子龇牙咧嘴地道，“老板，我刚才发现了咱们的仇人彭振彪。”

“真的是彭振彪吗？”李万如顿时怒气全消。

“千真万确，我与彭振彪是老乡，绝不会看走眼。”

“那他现在在哪儿？”

“我已将他安排在楼上的雅间。”

李万如听罢，大喜，狂笑道：“真乃天助我也！彭振彪啊彭振彪！你毁我山寨，杀我弟兄，今日就是你的死期。”

李万如命令小伙计赶紧通知弟兄们严把通往二楼的楼梯，不许任何人进出。并让小伙计将下了迷药的饭菜端入彭振彪所住的雅间。待彭振彪晕倒后，将其大卸八块，以报前仇。

李万如的毒计，被麦娇娇听得一清二楚，时间紧迫，她来不及多想便飞奔至彭振彪所住雅间，叩开房门后闪身而进，用最简短的语言向彭振彪说明了情况。

午饭时间到了，小伙计先通知麦娇娇去饭堂用餐，尔后又亲自将酒菜送到彭振彪所住雅间。“爷，您请慢用。”说完，小伙计便转身欲离开，却不料被一声“站住”吓得双腿颤抖起来。

随即一只铁钳般的大手掐住他的脖子，像老鹰抓小鸡般将他抓到桌前。“不要急着离开啊！来，陪爷喝两杯。”说话间，彭振彪拿出一把雪亮的匕首，抵在小伙子的咽喉上，怒喝道：“快说！为什么要在饭菜里下药？是要杀你家彭爷？”小伙计吓得直冒冷汗，颤声哀求道：“彭爷！彭爷！千万别杀我，我全说。”

听罢小伙计的叙述，彭振彪用绳子将他牢牢绑住，然后丢入木柜之中。此时，麦娇娇也已来到彭振彪的房间，躲在门后，彭振彪则假装被迷倒趴在桌子上。

李万如感觉时间差不多了，便拿着一把尖刀，一脚踹开彭振彪所住雅间的房门，狞笑着刺向趴在桌子上的彭振彪。只听砰的一声，尖刀刺透了桌面，可彭振彪却不见了。李万如大吃一惊，顿感大事不妙，他用力想拔出扎在桌面上的尖刀，可未能成功。就在此时，他突感脑后生风，急忙缩头闪过。一把锋利的短刀紧贴着李万如的头皮扫过，持刀之人正是彭振彪。

李万如知道自己不是彭振彪的对手，照这样打下去，用不了几个回合，自己定会死在彭振彪的刀下。弟兄们都守在楼下，即使现在呼救，等弟兄们赶来时，自己也死了。忽然，他想到自己腰间别着的短枪，于是借着被彭振彪一脚踢飞的时机，拔出了腰间的短枪。千钧一发之际只听一声脆响，一记鞭子抽在李万如的手腕上，短枪哐当一声坠地。李万如惨叫一声，捂住手腕退后数步。出鞭之人正是麦娇娇。待看清偷袭之人后，李万如恼羞成怒，飞腿踢向麦娇娇。麦娇娇轻易就躲了过去，而后一脚踹在李万如的心窝。李万如疼痛难忍，在地上不断翻滚。彭振彪赶过来，一刀插在他的胸口，结束了他罪恶的生命。

麦娇娇、彭振彪并没有从客栈大门离开，而是从房间的后窗跃下。然后骑马离开了关林镇。二人来到一片小树林停了下来。彭振彪翻身下马，抱拳拜谢道："多谢仁兄的救命之恩，彭振彪无以为报。"

麦娇娇立马说道："振彪兄弟，不必如此客气！我可不是你的仁兄，而是大姐。"说着，她便撕掉了鼻子下的假胡须，然后摘下米黄色鸭舌帽，一头乌黑的秀发瞬间披散开来。见此情景，彭振彪被惊呆了。

麦娇娇向彭振彪说了她与安豫侠、丛娜之间的关系，希望彭振彪能带她去见豫西镖王。彭振彪当即应允见到镖王后一定在第一时间转告麦大姐的来意。

一大早，两个骑着自行车的人穿过幽深的巷子，一路向松鹤居饭店驶去。这两人正是彭振彪与麦娇娇。

负责在饭店外警戒的古天龙一眼便望见了彭振彪，他立即迎上前去。三人一起来到饭店二楼的雅间。

安豫侠、丛娜见麦娇娇到来，连忙起身相迎。三双手紧紧相握在一起。席间，麦娇娇详细地向他们讲述了中国共产党。安豫侠、丛娜、古天龙、彭振彪、水液听得都很认真。

“1921年7月23日至31日，中国共产党在上海召开了第一次全国代表大会。由于受到干扰，最后一天的会议转移到浙江嘉兴南湖举行。

“1922年1月至1923年2月之间，全国工人罢工次数达100多次，参加罢工的工人达30余万人。其中影响较大的有香港海员大罢工、安源煤矿工人大罢工、开滦煤矿工人大罢工、京汉铁路工人大罢工等。

“中国共产党在领导工人运动的同时，始终坚持领导农民运动。如今，共产党员彭湃已在广东海丰组建了农会，会员多达几十万人。他们领导农民进行减租和反勒索斗争。虽然这些斗争遭到了军阀地主的残酷镇压，但在共产党的坚强领导下，在反压迫反剥削的斗争中，农民兄弟已成为一支坚不可摧的力量。”

安豫侠说道：“京汉铁路工人大罢工，遭到反动军队的血腥镇压，30余名工人被枪杀，200多名工人受伤，造成了震惊中外的‘二七’惨案，这是血的教训呀。”

“对，这就是一次血淋淋的教训。我们深感如若没有自己的武装力量，就无法战胜强大的敌人。因此，工人阶级必须与农民阶级、城市小资产阶级以及资产阶级民主派建立反帝反封建的同盟，必须把我们自己武装起来。只有这样才能获得革命的最终胜利。

“根据共产国际的指示，中国共产党已与国民党组成了统一战线。1924年1月20日至30日，中国国民党在广州召开了对党进行全面改组、实现国共合作的第一次全国代表大会。孙中山先生积极响应共产党召开国民会议的主张，于1924年11月12日由广州动身北上，并发表了《北上宣言》，提出召集现代实业团体、商会、教育、大学、各省学生联合会、工会、农会等共同反对曹锟、吴佩孚各军及政党等九种团体代表与会的国民会议预备会和正式的国民会议，以谋祖国的和平统一和建设。孙中山先生的这一主张得到中国共产党人的大力支持和全国民众的拥护。

“今年（1925年）1月11日至22日，中国共产党在上海召开了第四次全国代表大会。会议指出：中国共产党要领导中国革命达到胜利，必须尽可能系统地鼓动并组织各地农民逐渐从事经济的和政治的斗争，并提出要反对土豪劣绅、取消苛捐杂税、普遍组织农民协会，建立农民自卫军等主张。

“我和萧毅山同志受中共豫陕区执行委员会的派遣来河南开展农民运动工作。初始因经验不足、对复杂的斗争形势认识不足，致使反动势力相互勾结，给农民运动造成不小损失。荥阳贾峪镇农民协会委员长张虎臣因让张玉山等地主豪绅游街示众，遭到其他反动势力的仇视。他们勾结皮耽虎、皮牙虎、皮啸虎三兄弟及反动红枪会首领王三刚，强行解散农民协会，大肆抓捕农协会员，凶残地杀害张虎臣全家十一口。而这次血案的幕后策划者就是巨匪章自贡。

“我们从鲜血中找到了答案，那就是要拥有自己的武装力量。你们从组建一个村的红枪会发展到八村联庄会，靠的是什么？靠的就是枪杆子，靠的就是有一支让农民信任、敌人惧怕的武装队伍。”

从娜坦诚地表达了自己的意愿：“俗话说：‘大海航行靠舵手，夜黑要有指路灯。’娇娇的到来，为我们指明了前行的道路。既然共产党是我们无产阶级自己的党，那今后我们就跟着共产党走，跟着共产党一起闹革命。如今我们拥有一支纪律严明、善于作战的农民军队伍，今后这支队伍将全力支持你们开展农民运动。”

“对，今后我们就跟着共产党闹革命。只有全中国的农民兄弟一起闹革命，中国的革命才能取得最终的胜利。”古天龙激动地说道。

“是啊！如今有了共产党，我们就有了主心骨。”彭振彪深有感触地说道。

“我也赞同接受共产党的领导，今后不管遇到什么情况，我都跟着共产党走。”水液坚定地说道。

安豫侠站起身来，朗声说道：“娇娇，我向你郑重承诺，从今日起，豫西自卫大队接受共产党的领导。娇娇，你现在即可下达任务。”

麦娇娇不由得热血沸腾，她猛地站起来，向着众人敬了一个标准的军礼，说道："在这里，我代表中国共产党，真诚欢迎各位同志的加入。"说完又与在座的各位一一握手。

"不过，前途是光明的，道路是曲折的。军阀混战，各派斗得你死我活，所到之处生灵涂炭。二次直奉战争，吴佩孚败走武汉。10月21日，吴佩孚在汉口竖起'十四省讨贼联军总司令'的大旗，通电全国，声称将率领十四省联军讨伐奉军。现在吴佩孚已拥有16个师、2个旅，另有20多万的杂牌部队。一旦时机成熟，吴贼定会卷土重来。

"我们只有团结广大的劳苦大众，打倒军阀，从根本上推翻帝制，才能救中国。

"来前，萧毅山同志给我下达了一项新的指示，吸收豫西自卫大队加入中国共产党后，将由我出任豫西自卫大队的党代表，并组织成立南召县农民协会。不知在座各位有什么意见？"

"麦娇娇同志，我们坚决拥护党组织的决定，一定圆满完成党交给我们的任务，尽快建立起南召县农民协会。"安豫侠用坚定的口吻说道。

两天后，红山岭豫西自卫大队指挥部。

第一、第二、第三小队以及骑兵队的正副队长全部在列，另有红叶岭村红枪会会员彭振起。这是豫西自卫大队加入中国共产党后的第一次全体会议，大会通过了建立南召县农民协会的决议，协会委员长由安豫侠兼任，彭振起任副委员长，办公地点设在红叶岭村。安天祥、安翠霞率领第一小队协助农协工作。

会议上，针对当前形势，安豫侠对下一步行动做了如下安排：一、当前首要任务就是铲除破坏农民运动的罪魁祸首。大家一致认为，皮啸虎是威胁南召县农民协会的最大匪患，应立即铲除。二、党代表麦娇娇与丛娜、鹿觉敏率领第二小队赴荥阳除掉劣绅张玉山，重建贾峪镇农民协会。三、彭振彪带领第三小队歼灭以王三刚为首的反动红枪会。

3

南召县巡缉队。

皮耽虎打着酒嗝对二弟皮牙虎说道："啸虎怎么还没到？来，二弟，咱再走一个。"

二人正喝着，只见三弟皮啸虎气喘吁吁地闯了进来。一进门就扯起了驴嗓："大哥、二哥，真是对不住，我来晚了，愿自罚三杯。"大哥皮耽虎嘿嘿一笑，说道："真是个酒鬼，还怕没有你喝的。"皮啸虎大乐，一屁股坐到桌前狂吃海喝起来。

看到三弟皮啸虎只顾吃喝，大哥皮耽虎便心有不悦，他驴脸往下一沉，两只贼眼瞪着皮啸虎一言不发。见大哥生气，皮牙虎连忙说道："我说老三哪，别只光顾着吃喝。你也收到了你干爹章自贡的密信了吧，说说看，下一步有什么打算？"

原来今天这哥仨之所以聚到一起，是因为都收到了章自贡的密信。信上说道：你们三兄弟解散了贾峪镇农民协会，杀了协会委员长张虎臣一家，可谓是长我之威，但也引来了杀身之祸。据可靠情报，豫西发现了共产党。她与豫西镖王相勾结，公开处决了张玉山、王三刚，重建了贾峪镇农民协会。共产党放言要让农民协会在河南遍地开花，这岂不是断了我们的活路？我们绝不能让他们得逞。你们三兄弟要不惜一切代价把农民协会崛起的势头给我掐灭。

皮啸虎嬉皮笑脸地说道："张虎臣一家杀得好，他们活着，我们就得死。我们皮家不知杀了多少这样的穷棒子，还在乎张虎臣一家？至于下一步的打算，我倒还真想了，那就说给二位兄长听听。"

听了皮啸虎的一番话，皮耽虎、皮牙虎愣住了，难道这个没长脑子的蠢货，如今也变得有勇有谋了？看着两个哥哥惊讶的表情，皮啸虎扬扬得意地说道："自打收到干爹的密信后我就开始行动了。我手下有个得力干将，人称卷毛，红叶岭村人，爹娘早死，从小跟着叔婶长大，因好吃懒做不务正业，被叔婶赶出家门，后来入了我的杆伙。一次，卷毛带着一瓶酒和一只烧鸡回村找他叔叔喝酒，因喝多了酒，他叔叔不小心说漏了嘴。他叔叔说红叶岭村也建立了农民协会，彭振起是副委员长，另外村里还驻扎有农民军。我猜这一定是镖王的队伍，这可是消灭镖王的好机会啊。"说到这儿，皮啸虎端起一杯酒，慢悠悠地喝起来。

“老三，怎么不说了？快点接着往下说啊。”见三弟突然停了下来，皮耽虎不由得心急难耐。

见大哥、二哥那猴急样，皮啸虎心里乐开了花，故意咳嗽了两声，说道：“我们要用苦肉计。”皮啸虎怪笑一声，扭头看了看紧闭的房门，然后压低嗓音说道：“我要给他来个苦肉计。让卷毛回红叶岭村，向其叔婶痛诉，说受到皮啸虎的鞭笞，不愿再当土匪，愿投降农民协会。趁机透露此时宝天曼兵力空虚，我想其叔婶定会向彭振起反映这一情况。我皮啸虎在他们的眼里就是一个大恶人，他们得到这个消息后一定会调出全部兵力攻打我宝天曼山。这样一来，大哥、二哥便可集中全部人马围攻红叶岭村，将其留守人员一网打尽。”

“士别三日当刮目相看。三弟此计甚妙，我看可行。二弟，你看……”皮耽虎望着皮牙虎说道。

“我看可行。俗话说：正月初一见明月——机会难得啊。”皮牙虎赞同道。

皮家三虎并不知此时卷毛已真的投降了农民军。

原来卷毛当日回村后，其叔叔先设法把他稳住，然后暗使眼色给老伴，让其去农协报信。不到一袋烟的工夫，彭振起便带着两个红枪会会员将卷毛五花大绑押往农协。一进农协卷毛便被人踹倒在地，随即一把锋利的匕首架在了他的脖子上。

卷毛彻底傻眼了，心想今天算是完了。

“卷毛，你给我老实交代，兴许还有一条生路。不然的话，现在就让你下地狱。”彭振起厉声说道。

卷毛深呼一口气，一五一十地交代了皮啸虎派给他的任务。他愿投降农民军，戴罪立功。

彭振起将卷毛释放。回去见到皮啸虎后，卷毛便把彭振起所授之言一字不差地说了。时隔几日，卷毛浑身是伤地回到红叶岭村，向彭振起和盘说出了皮啸虎的诡计。彭振起令其暂住叔婶家养伤。

夜幕降临，山寂人静。青蛇洞内，皮啸虎独自一人坐在昏暗的油灯下，心神不宁。

自打从南召县巡缉队回来后，皮啸虎的眼皮子就跳个不停。他心里明镜似的，自己手下的这些小杆匪，都是些草包，真正能用得上的没有几个，要想战胜镖王谈何容易。好在青蛇洞地势险要，易守难攻，这就是自己最大的依仗。

秋风飒飒，落叶飘零。红叶岭村前的广场上，豫西自卫大队的全体队员整装待发。

“出发！”随着安豫侠一声令下，全体队员迈着矫健的步伐，朝着宝天曼山的方向快速前进。

皮耽虎、皮牙虎率领巡缉队躲藏在距红叶岭村五里开外的荒林中，见农民军出村后朝着宝天曼山的方向前进，他们并没有贸然进村，而是派马武能前去打探。

马武能进村后直奔农协，副委员长彭振起向他传达了镖王的命令：“你立刻回去告诉皮耽虎、皮牙虎，红叶岭村的农民军已经全部去攻打宝天曼山了。”马武能不敢有片刻耽误，立即返回向“二虎”报告。皮耽虎、皮牙虎大喜，不约而同地大笑道：“镖王，你这次真是蚂蚱碰上了鸡——在劫难逃。”

巡缉队员们听说村子里剩下的都是些老弱残兵，胆子一下子壮起来，他们哼着小曲，相互打闹着向村子里走去。

多次败于镖王之手，皮家二虎早已成惊弓之鸟。因此他们一直躲在队伍的后面。一路上没有遭遇任何阻力，冷风呼号，秋草枯黄，村子里一片静寂，“二虎”心中不免惊惧。巡缉队来到了农民协会门前，但没有一个人敢冲进去。

皮耽虎气急败坏地吼叫着：“兄弟们，扔炸药！炸死他们！一个不剩！”顷刻间，轰隆隆的爆炸声接连响起，滚滚浓烟冲向天空，农民协会被夷为平地。

但废墟中并未发现一具尸体，皮家二虎如遭五雷轰顶，大喊一声：“弟兄们！赶快撤！我们中计了！”皮耽虎扭头就跑，皮牙虎也兔子般地向村外跑去，可为时已晚。他们早已走进了第二、第三小队的包围圈，最终只有少数巡缉队员冲了出去，幸运的是，皮耽虎、皮牙虎再一次捡回了狗命。

皮啸虎手拿短枪站在青蛇洞前。

“报告！前方发现敌人。”一名小杆匪小跑着来到洞前说道。

皮啸虎狞笑着说道：“不急，等他们靠近了再打。”

时间一分一秒地过去，皮啸虎等得有些不耐烦了，他命令一部分杆匪绕到农民军的侧翼伺机偷袭。皮啸虎的决定正中镖王下怀，这样一来皮啸虎的兵力就会分散，有利于各个击破。此时古天龙已带领二十几个弟兄潜入到青蛇洞附近，只等镖王打响第一枪，他们就从背后杀出。

寂静的山林中突然响起密集的枪声，在火力悬殊的情况下，前来偷袭的几十名小杆匪全部缴械投降。

前面的战斗已经打响，古天龙等二十几名农民军队员突然从背后杀出，令皮啸虎措手不及。他怎么也想不到自己所依仗的天险就这样被人突破了，这也决定了青蛇洞匪巢覆灭的命运。

狡猾的皮啸虎早已安排好退路，他让四个与自己面貌相仿的匪兵，化装成自己，朝四个方向逃跑。这一招虽然骗过了古天龙，但他也付出了代价，一只眼睛被飞来的子弹射中，鲜血直流。他忍痛上马，顺着一条不为人知的山路，向洛阳方向逃去。

最终，宝天曼山匪窟青蛇洞在大火中化为乌有。

第十章　火烧县署

1

时光荏苒，日月如梭，转眼间已走过几个春秋。南召县署依旧是青砖灰瓦的两跨院，只不过曾经的卫队营早已被巡缉队取代，县署隔壁的商铺也变成了国民二军第一补充团的兵营。

现任县知事霍栾政是个老油条，在军阀混战的年代不仅得以苟活，且保住了乌纱帽。霍栾政为人圆滑、处事谨慎，但近来有一事却压得他喘不过气来，这件事要是办不好，不仅仅是丢官的事，弄不好脑袋还得搬家。为此，他特地请来了第一补充团团长王豹和巡缉队队长皮耽虎。

这位新上任的第一补充团团长王豹牛气得很，常在霍栾政面前吆五喝六，根本没把知县大人放在眼里。王豹乃宜阳县人，早年在豫西拉杆子，后被镇嵩军收编。战败后，又重操旧业。后又投靠了孙殿英，随孙攻打过亳州，在盗掘慈禧墓的过程中，因嫌分得的财物少，赌气离开了孙。后被直系军阀田维勤收容，任一营营长。憨玉琨战败后，田维勤部被岳维峻收编，王豹升任第一补充团团长。

县知事霍栾政亲自为王豹、皮耽虎二人端上香茗，而后说道："今日，本知事邀二位前来，实乃有紧急任务。今接到督办征收捐税一文，且严令一月之内务必完成。"霍栾政呷了一口茶，打开文件袋，拿出公文，向二人宣读了有关征收捐税的具体要求。

各县署：

近日盗匪猖獗，扰我军民，为彻底消除匪患，还我太平；让百姓康居乐业，丰衣足食，特制定本征捐细则。

1. 军事特别捐，即地亩捐——每纳银一两，附加大洋二元二角；

2. 军鞋捐——每纳银一两，附加大洋三角；

3. 军械捐——每纳银一两，附加大洋一元；

4. 建筑军营捐——每纳银一两，附加大洋八元；

缴纳捐款不足部分，可按现价纳粮补缺。此命令自接到之日起，言出法随，各县署限三十日之内完成，逾期未完成者，严惩不贷。

河南督办

"二位，时间紧迫，还望尽早想出个办法。如今咱们是一根绳上的蚂蚱，完不成任务谁都跑不掉。"

“我就是个粗人，只会干些杀人放火的苦力活。至于出谋划策，还得有劳霍知事和皮老弟。在这件事上我听你们的。”王豹挠了挠光秃秃的头皮，不好意思地说道。

“承蒙王团长和知事大人抬爱，那我就先说说。”皮耽虎得意地说道，“二位一定听说过洛阳保安大队大队长章自贡吧。实不相瞒，章自贡乃我三弟皮啸虎的干爹。就在几天前，三弟皮啸虎突然来到巡缉队，说是受其干爹之命特来授计与我，我们南召县要想按期完成纳捐，必须掐住红叶岭村农民协会的咽喉，如若摆不平他们，南召县纳捐肯定完不成。虽然前些日子在红叶岭村吃了亏，但眼下我们还是要敢于碰一碰这颗硬钉子。”说到这儿，皮耽虎突然收住了话头，只见他起身来到门外，左右各巡视了一遍，见无任何异常才又返回屋内坐下，然后压低嗓音说出了他的计划。

两天后，南召县城和辖下各村镇随处可见纳捐的告示。

三天后，几十名男女先后以抗捐的罪名被投入县署大牢。县署发出通令，逾期不缴纳，每隔一日杀一人。通令一出，人人惊恐。出于对农民协会的信赖，各村族长、掌籍、掌柜等纷纷来到红叶岭村农民协会求救。

红叶岭村农民协会。

“依我看，县署既然敢发出通令，就一定敢杀人，这帮杀人魔王什么事干不出来。我们不如集中兵力，攻打县署，救出被关押的无辜百姓。”彭振起气愤地说道。

“副委员长说得有道理，不过贸然攻打县署恐怕不妥，是不是先派人前去侦察，然后再做决定？”安天祥谨慎地说道。

安天祥的话遭到了安翠霞的强烈反对："救人如救火，等侦察清楚，黄花菜都凉了。”安翠霞一向是个急脾气。

“这次县署敢于在光天化日之下抓走几十名村民，明目张胆地发布通令，说明是有预谋的。他们想通过这种方式向我们农协施压，如果我们不答应，他们就会杀人，农协就会在群众中失去威信。我的建议是答应他们的条件，缴纳捐税，救出被关押的老百姓。”

古天龙话音刚落，便遭到彭振起、安天祥、安翠霞三人的强烈反对。彭振起说这是妥协，安天祥说这是耻辱，安翠霞说这是投降。

看到三人又急又气的样子，安豫侠朗声笑道："古天龙说得对，这不是妥协，也不是耻辱，更不是投降，而是缓兵之计。我们当前的任务是解救在押的老百姓，表面上看我们按敌人的要求缴纳了捐税，似乎是敌人占了上风，但我们捐的税款是可以夺回来的，到时让他们竹篮打水一场空。县署抓人是为了向我们农协施压，当他们看到施压的效果后，便会像恶狼一样猛扑过来。对此，我们都要有充分的准备。因此，我决定从豫西自卫大队中抽调出八名作战能力强、应变能力突出的队员组建成一支小分队。这支小分队就叫猎人小分队，他们将会成为一把锋利的尖刀，直插敌人的心脏。小分队的成员有：古天龙、安翠霞、鹿觉敏、鹿觉民、姚青、水液、靳利、杨刚。我将担任小分队的教官，并带领这支小分队去执行一些特殊任务。”

“我同意安豫侠同志的决定，智取才是上策。猎人小分队的成立及入选队员是经我们反复研究并报上级审批决定的，安豫侠同志有丰富的战斗经验和良好的军事素质，是一名合格的军事教官、指挥官。当前斗争形势极其残酷，我们要加快在各村镇建立农民协会，也要不断扩大武装力量。”麦娇娇简洁地向众人传达了上级的指示。

“既然我们决定缴纳捐税，就要派人去县署，那么派谁去合适呢？”安豫侠问道。

大家一时都沉默了。彭振起率先打破沉闷，说道：“要我说，就派卷毛去。这小子原来跟着皮啸虎，与皮耽虎也很熟悉，最合适不过了。”

“卷毛这个人吃喝玩乐惯了，臭毛病改不了，别再被皮耽虎利用反过来对付我们。”古天龙有些担心地说道。

“那就派卷毛去，这样的人最好控制。如若真被皮耽虎所利用，我们正好将计就计。”安豫侠说道。

2

翌日一大早，饭都没吃，卷毛便蹬着他那辆破自行车去了巡缉队。

皮耽虎洗漱后刚要用餐，一名执勤的巡缉队员跑来说红叶岭村一个叫卷毛的人要见队长您。这两日皮耽虎正在为征捐一事焦躁，忽听红叶岭村的卷毛要见他，便急忙放下筷子，吩咐手下人将卷毛带进来。

卷毛深信皮家三虎并不知晓自己已经叛变，因此才敢大胆前来见皮耽虎。事实证明，卷毛的猜测是对的。皮耽虎客客气气地请卷毛坐下，并让手下沏茶。卷毛抱拳谢过皮队长后，便大咧咧地坐了下来，端起茶碗喝了一口。谁知，一口热茶没等咽下又诈尸般噌地一下站了起来，面对端坐着的皮耽虎，诚惶诚恐，毕恭毕敬说道："小的怎敢与皮队长同坐，还是站着说吧。"一副奴才嘴脸尽显。皮耽虎这才点了点头，算是打消了对卷毛的疑虑。

为了笼络卷毛，皮耽虎不仅用好酒好肉款待他，还承诺只要能提供农协的动向，就给其一笔赏金。卷毛见有利可图，便答应了下来，皮耽虎当即赏了他几十块银元。

最终，南召县农民协会自筹钱款将关押在县署大牢中的无辜百姓解救了出来。南召县农民协会的这一举措迅速传遍全河南，得到全省农民阶级的高度赞赏，农民协会在老百姓心目中的地位更加牢固，被老百姓视为再生父母。

卷毛从皮耽虎手中获得了一笔赏钱，又开始大吃大喝起来。可好景不长，钱就花完了。他不得不绞尽脑汁想办法，以期再获得赏钱。

一连几个晚上，卷毛都把同村的王狗剩请到家中，好酒好肉款待，还送了王狗剩几个小钱。王狗剩看到卷毛如此有钱，很是羡慕，在他的再三询问之下，卷毛道出了生财之道。卷毛表态愿带王狗剩一起发财。经不过金钱的诱惑，王狗剩最终将自己的表哥红枪会会员李闯介绍给了卷毛。

李闯平时生活懒散，爱占小便宜，常耍个小机灵，以讨领导喜欢，是彭振起的亲信。正应了这句“有钱能使鬼推磨”的老话，李闯被表弟王狗剩拉着在卷毛家喝了几次酒、吃了几次肉、得了几块大洋后，便向卷毛泄露了一些机密。

南召县署前厅。

“二位，虽然几天前南召县农民协会交了纳捐，但这只占全县总税款的十分之一，距离省督办所要求的还差十万八千里。这几天急得我是肝火盛，眼睛红，你们二位还有什么好点子？皮大队长，您……”没等县知事霍栾政把话说完，第一补充团团长王豹抢过话说道：“我说皮大队长，还有什么好点子，你就一块说出来吧。我还是那句话，你说咋干咱就咋干。”

“哈哈哈！”皮耽虎笑道，“二位莫急！一心急就会乱了方寸。两日前，章大队长又派人给我送来了一封密信，他在信中交代要我们‘擒贼先擒王’。只要抓住了彭振起和那个女共产党，我就不信镖王不就范。到时候，税款的事不就解决了？”

“如果镖王不就范，那岂不是瞎子点灯白费蜡吗？”县知事霍栾政忧虑地说道。

王豹说道："霍知事说得有道理，偷鸡不成反蚀米的事千万不能做。"

"二位莫急！莫慌！"皮耽虎胸有成竹地说道，"如若镖王不就范。我们就发布告，言明限期内各村镇如不缴纳捐款，就处决彭振起。我就不信那些穷棒子会眼睁睁地看着自己的救命恩人被杀，到时候看他镖王如何收场。"

经皮耽虎这么一说，霍栾政、王豹二人不再犹豫，赞同了皮耽虎的做法。但霍知事又不无忧心地说道："抓捕彭振起和女共产党谈何容易，如今红叶岭村驻扎有大量农民军，就算补充团和巡缉队的弟兄们全部出动，恐怕也是胜少败多。"

"霍大人所虑极是。不瞒大人，我早已派人去打探红叶岭村的情况了，如不出意外今日就会有情报送来。"对皮耽虎的话，霍栾政、王豹二人是半信半疑。

"报告！外面一个叫卷毛的人要见皮队长。"

"快让他进来！"

今日的卷毛可不比往日，只见他眉梢微翘、抬头挺胸、晃荡着膀子慢悠悠地走了进来，恰似一位凯旋的将军。拜见了皮队长、霍知事、王团长后，卷毛便自行坐了下来，毫不客气地端起茶杯，咕咚咕咚地喝了起来。

"皮大队长，我今天可是带来了一份绝密情报，那可是价值连城的硬货，您说值多少赏钱？"卷毛的眼睛骨碌碌地转动着，贪婪地望着皮耽虎，丝毫不掩饰内心的欲望。

"赏钱好说，那得看你带来的信息值不值这个价。"言毕，皮耽虎冲着门外道，“把赏钱拿来。”

皮耽虎的话音刚落，便有巡缉队员拎着一个小布袋走了进来。

“看见没有，这里面装的可都是大洋！只要你带来的信息有价值，这些都是你的，老子我从不食言。”皮耽虎看着卷毛，意味深长地说道。

卷毛两眼直愣愣地盯着桌子上的袋子，直到皮耽虎一声怒喝，他才依依不舍地移开视线，讲述起自己所获得的信息。

在听到镖王组建了一支猎人小分队，要在最短时间内彻底铲除他们后，霍栾政、王豹、皮耽虎极为恐慌。让他们稍微安心的是，猎人小分队现在正在山中训练，且农民军第一小队也不在村中，如今红叶岭村只剩下十几名红枪会会员，这正是抓捕彭振起和女共产党的好时机。三恶魔恰似看到了峰回路转的好兆头，他们窃窃私语谋划着。

黎明前的夜静极了，红叶岭村一片阒然。谁也没有想到，此时几十号由巡缉队、补充团组成的抓捕队伍已悄悄地包围了农民协会。

彭振起有个雷打不动的习惯，每天天不亮就去村前的小广场上练拳。今早起床后，他又去小广场练拳。可打开院门后并没有看见在门两侧站岗的红枪会队员，他有点疑惑。突然从他身后窜出来一个人，一棍把他打晕在地，而后双手被绑住装入麻袋。

王豹、皮耽虎见轻而易举就抓住彭振起，胆子就大了起来。他们带人冲进了院内，没想到被一名出来小解的红枪会队员撞见了。

“快起来！敌人来了！”

啪的一声，这名红枪会队员倒在了王豹的枪下。

王豹、皮耽虎指挥手下疯狂进攻，红枪会队员们躲在屋内与冲入院内的敌人展开激战。麦娇娇深感事态严重，令同屋的女队员突围后赶往山中报信。最终，因寡不敌众，留守农民协会的红枪会队员全部牺牲，麦娇娇受伤被抓。

镖王安豫侠收到农民协会被围攻的消息后，立即率领第一小队和猎人小分队回援，但为时已晚。他们赶回时，农民协会已是一片瓦砾，血浸焦土，残肢满地。在凄厉的寒风中，众人无不悲痛万分。

农协副委员长彭振起、党代表麦娇娇被捕，红枪会队员壮烈牺牲，无疑给新生的基层政权笼上了一层阴霾。总会总指挥长安豫侠承受了巨大的压力，他在痛苦中煎熬着。这是一次惨痛的教训，痛定思痛后他做出了如下决定：一、第一小队驻防红叶岭村，暂时担负起农民协会的工作，保证村民的安全，同时做好随时撤离的准备；二、派人前往县城查询彭振起、麦娇娇的关押地点，以便实施营救；三、彻查内鬼。

红叶岭村北山训练基地。

“据群众反映，卷毛常去县城，出事前一天还有人看见卷毛去了县城。而且近些日子卷毛经常下馆子，出手大方。还有群众反映，卷毛与本村的王狗剩、红枪会的李闯来往密切，三人常在一起吃喝。可就在农民协会被袭后的第二天，有人在村东头的树林里发现了王狗剩的尸体，经查是被毒死的，凶手极大可能就是卷毛。

“经查事发当天，李闯因拉肚子告假在家。现李闯已被我们控制起来，据他本人交代，拉肚子是假，卷毛告诉他巡缉队要突袭农民协会，让他那天待在家里。就是他把我们的秘密泄露给卷毛的，内鬼就是他。王狗剩肯定也是他杀的。”安天祥把这几天调查到的情况汇报给了安豫侠。

安豫侠听取了安天祥的汇报后，说道：“王狗剩是谁杀的，暂时还不能确定。至于卷毛，就是个墙头草，谁给钱谁就是爷，这个人日后我们还用得着。李闯既然有悔过之心，那就让他戴罪立功，让他继续与卷毛交往。李闯暂由第一小队监管，派人全天候监视其行踪。”

此时，古天龙也已从南召县城打探消息回来。

原来古天龙受镖王之命秘密潜入南召县城，与潜伏在巡缉队内的马武能接头。两天后，马武能终于打探到了彭振起与麦娇娇的关押地点。被捕后，彭振起、麦娇娇并没有被关押进南召县大牢，因怕镖王劫狱，而是被关押在城西一处荒废的小院内。小院有北厢房两间，西厢房一间。彭振起、麦娇娇被关押在北厢房，西厢房则被当作临时审讯室，共有6名看守人员。

目前，彭振起、麦娇娇并没有受到严刑拷打。皮耽虎一反常态，不但找来大夫为麦娇娇包扎伤口，还好吃好喝地款待着。

安豫侠让古天龙立即召集豫西自卫大队的骨干，召开紧急会议。会议上，他向大家说明了情况，然后指出皮耽虎之所以这样做，就是为了让麦娇娇、彭振起两位同志妥协投降，这是他们的阴谋诡计，决不能把这当作是敌人的良心发现。会议上，众人还商讨了营救计划。

得悉农民协会被袭，彭振起、麦娇娇被抓后，卷毛被吓得魂飞魄散。卷毛心里清楚，如若农民协会知道是他向巡缉队告的密，那他的脑袋肯定会搬家。他思来想去，只有除掉王狗剩这个知情者才是上策。事发当晚他把王狗剩请到家中喝酒，王狗剩喝了卷毛为他准备的毒酒后，脚一踹腿一蹬，稀里糊涂地死了。为了避嫌，卷毛在床上整整躺了两日，直到肚子饿得咕噜噜直叫，他才起床。来到厨房，他刚拿起水瓢舀了一瓢水，院门外就响起了一阵急促的敲门声。卷毛吓坏了，水瓢咚的一声掉在地上，水花四溅。

“卷毛兄弟，快开门！我是李闯。”

听到是李闯在敲门，卷毛不安地问道：“你真的是李闯？就你一个人？”

“真的是我——李闯，就我一个人。我还特意买了一瓶好酒、两只烧鸡、一斤酱牛肉，外带油炸花生米，快点开门。”李闯不满地说道。

卷毛犹豫着打开院门，见李闯满脸挂笑地站在院门外。

见到李闯后，卷毛心中的恐惧感顿消，他把李闯让进屋内。李闯一屁股坐在木凳上，跷着二郎腿，歪头斜眼地看着他说道："看你那熊样，害怕了吧，连门都不敢开。告诉你现在已是平安无事，今天咱哥儿俩喝个庆功酒，谁先喝趴下，谁就当孙子。"

卷毛接过话说道："那这个孙子我当了。"

酒过三巡，二人是越聊越热乎。

"卷毛兄弟，你跟我说句实话，王狗剩是不是你杀的？"

"是我杀的。王狗剩要是不死，你我可就都完蛋了。"

"仗义！你这个朋友我交定了。我今天来找你不光是为了喝酒，还想和你做笔大买卖，不知卷毛兄弟有没有兴趣。"

"只要能挣大钱，什么买卖我都做。"

"卷毛兄弟真是爽快。鉴于上次受到偷袭，农民协会要把老百姓全部武装起来，搞什么全民皆兵，为此专门购买了一批枪支，三日后运往红叶岭村。卷毛兄弟，你如果把这个消息告诉了皮耽虎大队长，肯定能够获得一大笔赏钱，到时候千万不要忘了兄弟我啊。"

这可真是一笔大买卖，卷毛心里别提多兴奋了。但他转念又一想，这么重要的事，李闯怎么会知道，其中会不会有诈？于是他说道："这可是一个大买卖，不知李哥是怎么得来的？消息会不会有假？"

李闯信誓旦旦地回答道："千真万确。他们开会时，恰巧被我偷听到。"

打探情报的人回来说："王豹已率领补充团倾巢出动，前往三道岭。如今南召县城只剩下皮耽虎的巡缉队。"

安豫侠大喜，这招引蛇出洞果然有效。于是他立即做出决定：第一小队、第二小队、第三小队前往三道岭，负责围歼补充团。骑兵队埋伏在白河北岸，阻击前来增援的敌人。他则率猎人小分队悄悄潜入县城，营救彭振起和麦娇娇。

在夜色的掩护下，安豫侠率领小分队悄悄来到南召县城的城墙下。一会儿，便见城墙上闪起了手电筒的亮光，连闪了三下。见状，古天龙连忙掏出手电筒，向着城墙上连闪了三次。

"快上！这是我们与马武能同志的联络暗号，他来接应我们了。"镖王一声令下，靳利、古天龙迅即将手中的飞爪抛向城墙。待飞爪抓牢后，队员们抓住绳子，依次爬上了城墙。而后在马武能引导下，不一会儿便来到了关押彭振起和麦娇娇的小院。

寒风凛冽，吹在脸上，宛如刀割般疼痛。两名站岗的巡缉队队员怨气十足："兄弟！这么冷的天大队长把咱们放到这儿，不管死活。他自己倒好，搂着个小娘们在暖被窝里逍遥，真他娘的不是个东西。"

"谁说不是呢，咱哥儿俩还不如屋里的两个犯人呢。"

"这你可不知道了吧，这两个可是镖王的人，是要犯。"

"啊，镖王的人！被镖王找到这儿，我们俩的脑袋还不得搬家呀！"

“放心吧！镖王怎么会找到这儿。甭害怕，你就把心放到肚子里吧，马上就换岗了，我们也去暖和暖和。”

两个人正说着话，忽听两侧有响动。正当他们战战兢兢地端着长枪张望时，古天龙、杨刚悄悄地摸了过来，结束了他们的生命。两名来换岗的巡缉队队员也被安翠霞、鹿觉敏割了喉，另两名正在呼呼大睡的巡缉队队员则被鹿觉民、水液二人枭首。

猎人小分队一枪未放，成功地营救出了彭振起和麦娇娇。随后，猎人小分队又跟随镖王来到县署对面的一家裁缝铺内。这家裁缝铺是镖王设在南召县的一处秘密联络站，平时负责监视县署。

此时，县署内一片寂静。县知事霍栾政、巡缉队队长皮耽虎正在酣睡。为了使这次计划万无一失，皮耽虎又让自己的二弟皮牙虎带领内乡县巡缉队赶往白河北岸以阻击镖王的援军。此后，又在县署通往城外的秘道出口处安排了接应，准备了马匹，以备逃跑。

在裁缝铺内稍作休息，镖王便带领猎人小分队悄悄潜入县署。8名队员被镖王分为了两组，杨刚、姚莆、水液、靳利一组负责歼灭住在东跨院的巡缉队，安翠霞、鹿觉敏、古天龙、鹿觉民一组负责歼灭西跨院的敌人。镖王带着马武能则去后院捉拿县知事霍栾政。

战斗很快就结束了，大多数巡缉队队员根本来不及开枪，就被猎人小分队歼灭。县知事霍栾政开枪自杀。

打扫战场时，始终不见皮耽虎的踪迹。难道他根本没在县署？可裁缝铺的老板说皮耽虎一直都没有离开县署，镖王安豫侠百思不得其解。最终，古天龙在县署西跨院一间破旧的柴房里找到了一条通向城外的暗道，这才为众人揭开了谜底。

原来皮耽虎这一夜睡得并不安生，多次被噩梦惊醒，他预感到大事不妙。因此，在猎人小分队潜入县署之前，便悄悄地由暗道出城了。

镖王率领猎人小分队攻破南召县署，释放了关押在大牢内的无辜百姓。临走时，又让古天龙放了一把火。

而此刻，南召县城外的一处山坡上，皮耽虎端坐在马背上，看着县署燃起熊熊大火，暗自庆幸自己又躲过了一劫。

猎人小分队在营救彭振起和麦娇娇时，三道岭伏击战也打响了。

三道岭呈东西走向，第一道岭名为驴蹄迹，第二道岭名为齐头崖，第三道岭名为天桥岭。前两道岭道路狭窄，只有第三道岭才能通行。安天祥率领第一小队，丛娜率领第二小队分别埋伏在第三道岭的两侧，彭振彪则率领第三小队正面迎敌。与此同时，孔增田率领骑兵队也已到达。

“王团长，前面就是天桥岭了。”李闯气喘吁吁地说道。

“怎么还没见人来？”

“王团长快看！有人来了。”一想又要发财了，卷毛兴奋得嗷嗷直叫。

“莫急，等他们走近了再打。这次定要让他们尝尝我王豹的厉害。弟兄们，一定要打出我们补充团的威风来。”王豹狞笑着说道。

四辆胶轮大车一辆接一辆出了山口，加上赶车的也就十来个人。王豹心中不免有点轻视，传说中的豫西镖王也不过如此。他手执马鞭朝前一指，大吼道：“兄弟们，都给我往前冲！”

王豹一马当先冲在最前面，补充团的士兵们都也跟着冲了上去。押车的10名队员见状，转身就跑。

“真他娘的将熊熊一个，兵熊熊一窝。老子还一枪未放，就都吓跑了。弟兄们，赶快过去看看箱子里都装的是什么东西。”王豹勒转马头，朝大车走去。

士兵们把大车上的大箱子全都搬到地上，个个累得龇牙咧嘴。他们把箱子一个个打开，里面装的全是石块。

王豹见状大怒，命令士兵将卷毛、李闯押过来。

“王团长，饶命啊！我们不知道箱子里装的是石头啊！”卷毛、李闯跪倒在地，不停地磕头求饶。

“你们这两个吃里爬外的东西，竟敢骗老子，害得豹爷我老鼠抢空仓——白干一场。回去，还得被霍栾政、皮耽虎二人笑话！你们这两个混蛋，死去吧。”

啪啪两声，卷毛、李闯死于王豹的枪下。

“开火！”安天祥一声令下，第一小队立即向补充团开火，紧接着第二小队也向补充团开了火。铺天盖地的弹雨袭来，补充团顿时大乱，士兵们开始向南口逃散。但都被彭振彪率领第三小队堵了回来。最终，只有个别士兵做了俘虏，其余被全部歼灭。

孔增田率领的骑兵队与皮牙虎率领的巡缉队相遇，仇人相见分外眼红。两队人马都杀红了眼，最终巡缉队只有皮牙虎潜逃，其余被全歼。

豫西自卫大队火烧县署，全歼补充团及南召、内乡两个巡缉队，战果辉煌，声震中原。

第十一章　智斗

1

豫西自卫大队红山岭指挥部。

这是豫西自卫大队自成立以来首次召开全体会议，也是一次智斗军阀吴佩孚的亮剑会。

“正式开会前，我有件事向大家宣布，这可是一件值得庆祝的大事。”麦娇娇面带笑容，一对明亮的大眼睛闪烁着异样的光彩，盯着安豫侠说道，“安豫侠同志已被正式批准为中国共产党党员。我们向安豫侠同志表示祝贺。”

众人纷纷向安豫侠祝贺。安豫侠激动地向大家敬礼，此时他心潮澎湃：“我原是一名革命党人，辛亥革命失败后，我如一艘航行在惊涛骇浪里的小船，找不到岸的方向。后来，麦娇娇同志找到了我，她为我点亮了一盏导航灯，让我在迷雾中找到了前进的方向，这盏导航灯就是中国共产党。如今，我也成为了一名中国共产党员，我对中国共产党的信仰胜过一切。”安豫侠赤诚的话语，博得了众人热烈的掌声。

接下来，麦娇娇对当前形势进行了客观详尽的分析。

“目前，我们已建立了荥阳、信阳、杞县、许昌、南召5个县农民协会，以及安阳、汲县、洛阳、郾城、开封等41个区农民协会，还有200多个村农民协会，成员已达20多万人。全省已发展党员700多人，共青团员300多人。同志们，我们的队伍在不断壮大。我们豫西自卫大队在战斗中取得了巨大成就，今后，党会交给我们更加艰巨的任务。

“据可靠情报，吴佩孚的联络官已秘密回到了洛阳。有关这方面的情况请安豫侠同志向大家详细说明。”

“皮耽虎、皮牙虎二兄弟逃脱后，就去了洛阳，投奔了洛阳保安大队长章自贡。章自贡，这只脚踏两条船的老狐狸，将皮耽虎安插进了奉军马立昌部，皮牙虎安插进了直军陈寿辉部。

“吴佩孚的联络官叫陈博，颇受吴的信任。此人回到洛阳后，便遵照吴的命令接管驻扎在洛阳的军队，包括陈寿辉军团、李鸿翥部以及章自贡部。他还宣称只要赶走了国民二军，保证三年内不征粮，免除一切苛捐杂税。

“在陈博的煽动下，河南红枪会不断向国民二军发起进攻。禹县四乡红枪会联合张德胜部攻打县城，国民二军曹世英旅被灭。郑县红枪会首张景旺、季启龙召集6000余徒众，袭击了郑县警备司令部。杞县红枪会万余人开进县城，县政府被迫接受他们提出的条件。睢县红枪会聚众两万包围了县城，等等。”

大家从安豫侠的话中，感受到了当前斗争形势的复杂性、严峻性，心情都变得沉重起来。

2

火红的太阳从遥远的地平线上升起时，一位面色黧黑的汉子迎着朝霞走在山间的小路上。红山岭已近在眼前，汉子停下脚步抬起头向山上看了看，嘴角不由得露出了笑容。他低下头加快了上山的脚步。

“站住！”汉子被人拦住了去路。他在心中默数了一下，总共12人，于是他不慌不忙地回答道：“请通报总指挥长安豫侠，就说郑志雄来向他汇报工作。”

安豫侠正在指挥部与麦娇娇商谈工作，忽闻郑志雄来了，忙起身迎接。经安豫侠介绍，麦娇娇方知郑志雄也是豫西自卫军的一员，现于洛阳陈寿辉团担任参谋。

郑志雄汇报的情况与安豫侠目前掌握的情况大致相同，不过，郑志雄又提出了一个极为重要的问题。

郑志雄很得陈寿辉的信任，是陈团长身边的红人。即使是副团长皮牙虎，也不敢对他不敬。陈博来河南后下令驱逐国民二军，并让联合各地红枪会一起行动。团长陈寿辉为此犯了愁，他提出联合豫西自卫大队，郑志雄表示赞同。但皮牙虎则认为豫西自卫大队已被共产党控制，恐有不妥。

郑志雄认为这是豫西自卫大队一次难得的补充武器弹药

粮饷的好机会，他建议安豫侠接受陈寿辉的提议。如若对方担心我们豫西自卫大队已加入中国共产党，我们可以让安天祥率领第一小队与陈寿辉合作。

“让安天祥带领的第一小队与陈寿辉合作最好不过，但怎样才能取得陈寿辉的信任呢？”安豫侠陷入了沉思之中。

“是啊，怎么样才能使陈寿辉相信我们合作的诚意呢？”麦娇娇焦急地问道。

“总指挥长与党代表所虑极是，要想使陈寿辉相信我们的诚意，就必须找一个合情合理的理由。前不久，农协副委员长彭振起、党代表麦娇娇被抓，安天祥及第一小队作为保卫农民协会的主要力量应担负不可推卸的责任。为此，他差点丢掉第一小队队长一职。安天祥心有不满，便想脱离豫西自卫大队，另找靠山。此时他与陈寿辉团合作，时机正好。”

“嗯，就按志雄的提议办。但陈寿辉绝不是一个头脑简单之人，要想让他给我们提供武器弹药和粮饷，我们一定得拿出点实际行动。那么，接下来我们就要选择攻打目标。国民二军并非为非作歹的军阀，因此我们只能选择那些被国民二军收编的土匪恶棍为攻击目标。”

“总指挥长安豫侠同志说得很对，我同意！”麦娇娇赞同道。

“我心中倒是有一个攻击目标，那就是王云阁的第二补充团。第二补充团隶属国民二军岳维峻部，现驻扎在滑县。

“王云阁乃伊阳县金庄镇蟒庄村人，其祖父担任通判期间，欺压百姓，大肆敛财。其父继承祖业，扩地置房，广设钱庄，是权霸一方的大地主。王云阁吃喝嫖赌抽样样俱全，干尽坏事。”郑志雄气愤地说道。

听郑志雄说完，安豫侠、麦娇娇一致认为此人当除。

郑志雄离开红山岭后，便返回了团部。他第一时间向团长陈寿辉做了汇报。

“遵照陈团长的吩咐，我私下里找了安天祥。自从南召县农民协会遭袭后，安天祥的处境很是不好，有了脱离豫西自卫大队的打算。此人是豫西自卫大队第一小队的队长，还是崖苦垛村联庄会的会长，掌握了大量的农民武装，完全具备与我军合作的条件。他愿与我军合作，尽力驱除国民二军。不过，安天祥提出我军要为其提供武器弹药及粮饷。”

“郑参谋，你告诉那个安天祥，武器弹药粮饷这些都不是问题。我们可以先为其提供一部分，等取得了战果，好处少不了他们的。”

“安天祥还让我转告团长您，他们决定首先向国民二军驻扎在滑县的第二补充团发起进攻。”

“选得好！想当年，王云阁这个龟孙子曾伙同赵倜在郑州袭击吴大帅，还勾结土匪闯入省立第八中学‘拉票子’，早就应该被灭了。郑参谋，和安天祥队长合作的事就这么定了，你去安排一下时间和地点。届时，我和皮副团长都将参加。”

在郑志雄的安排下，安天祥与团长陈寿辉、副团长皮牙虎见了面。

3

洛阳陈寿辉团团部。

团长陈寿辉坐在办公桌前，一根接一根地抽烟，烟灰缸里早已积满了烟蒂。几天来他一直把自己关在办公室里，两眼红肿地盯着桌子上那张皱巴巴的信纸。这封信是安天祥走时交给他的。

信上只有两句话，第一句是“运筹策帷帐之中，决胜千里之外”。第二句是“攻人以谋不以力，用兵斗智不斗多”。陈寿辉乃一介武夫，如何懂得这些文绉绉的东西。最后实在是逼急了，只好让人把参谋郑志雄找来。陈寿辉避属下自闭于室内，别人不知其因，但郑志雄早已猜出其情。一见到敬礼问安的郑志雄，陈寿辉忙将其摁坐在椅子上，又亲自为其倒了一杯茶。郑志雄受宠若惊地说道：“属下不才，团长您这是为何？”

其实，郑志雄是知道陈寿辉的用意的。他接过信后看了看，说道：“团长，这两句话分别出自《史记·高祖本纪》和《准诏言事上书》，意思是打仗要靠计谋。安天祥是想让团长您放心，他一定会消灭王云阁的第二补充团。当前，王云阁的第二补充团驻扎在滑县阎河屯。而国民二军第三补充团驻扎在延津县沙河，与第二补充团的驻地仅相距十余里。安天祥的人马一旦与第二补充团交了火，第三补充团会在短时间内赶到增援。这样，安天祥就会陷入腹背受敌的绝境，最终导致全军覆灭。吴大帅之所以让我们联合红枪会去驱逐国民二军，其实是一石二鸟之计。”

经郑志雄一番点拨，陈寿辉顿开茅塞。

滑县阎河屯第二补充团团部。

王云阁正躺在床榻上抽大烟，吐云吐雾，如入仙境。

第二补充团有位副团长姓佟名利发，乃穷苦人家出身，其父早亡。早年迫于生计，跟着别人做起了倒卖烟土的买卖。一次佟利发去洛阳送货时被官军包围，在杨刚的掩护下他得以逃脱，二人由此成为生死之交。后来，佟利发的老母病亡时，杨刚又帮着其料理后事。几天前，杨刚来找佟利发，闲聊中他发现佟利发对王云阁极为反感，有离开第二补充团的打算。杨刚见时机成熟，于是向佟利发表明了自己的真实身份，说是受豫西镖王之令来此寻机活捉王云阁。佟利发听后，略作思考，便答应配合杨刚行动。为了取得王云阁的信任，杨刚把早就准备好的一杆精美烟枪以及上等烟膏交给了佟利发，让其转赠给王云阁。

“报告团长，伊阳县金庄镇蟒庄村来人求见。”一名勤务兵进来报告。

“蟒庄村！来的是什么人啊？”王云阁闻听老家突然来人不免有些惊疑。

“来人说是王老爷新任命的大管家。”

“让他进来吧。”王云阁心里一时犯起了嘀咕，“这时候父亲派人来不知是福是祸。”

来人进门后先向王云阁鞠躬问安，在说了自家老爷交代的事后，便把一封书信和一个礼盒递给了王云阁。

为父病危，吾儿速归。老爹急盼……

看罢信，王云阁心觉不安：“父亲怎么突然就病危了呢？”他又拿起信，仔细辨认上面的字迹，确为父亲所书无疑。而礼盒中的烟枪，也确是他王家之物，乃其爷爷传下来的镇宅之宝。尽管如此，王云阁还是有所怀疑。他像审犯人般对来人严加盘诘，从王家的家丁丫鬟的姓名、年龄、相貌，到父亲的饮食起居等一一问起。怎奈来人对答如流，无丝毫差错，王云阁方才打消疑虑。他当即决定次日启程返家，令来人先行回去禀报。

给王云阁送信的不是别人，正是古天龙。

几日前，遵照镖王的指令，古天龙带领十几名第一小队队员快马加鞭赶到蟒庄村，控制住了王云阁的家人，并在短时间内掌握了王家的基本状况。这才有了假扮王家管家前来送信的一幕。从第二补充团团部离开后，古天龙并没有返回王家，而是策马扬鞭来到了柳青河边，与等候在那里的猎人小分队会合。

初春的阳光将大地从沉睡中唤醒，柳青河两岸的杨柳睁开了睡眼，枝头浮现出朦胧的绿意。柳青河最宽处约60米，水流并不湍急，河水清澈见底。

一艘方头渡船披着霞光自上游而来，宽大的甲板上可载人带马，一次可搭乘20余人。

方头渡船在大柳湾处靠了岸，船夫将缆绳系在河岸上的一根木桩上，又在船头与河岸之间铺上了一块木板。船夫不是别人，正是镖王安豫侠。

“总指挥长，猎物来啦。”顺着杨刚手指的方向，只见远处驰来三骑。

“确认一下，是不是我们的猎物？”

“没错，最前面的那一骑就是第二补充团的团长王云阁。”

“做好准备，按原计划行动。”安豫侠命令道。

杨刚、鹿觉民二人跳下船头，笑着迎向离鞍下马的王云阁。

“团长，请上船，祝一路顺风，望早归。”副团长佟利发满脸堆笑地把自己的上司送上渡船。

杨刚并没有跟随渡船一起离开，而是待渡船离开后，便匆匆赶至阎河屯与埋伏在那里的安天祥第一小队会合。此时，孔增田率领骑兵队也已到达沙河，以阻击第三补充团的增援。

第二补充团团部。

“来人，立即召集副排长以上军官来团部，召开紧急会议，一律不得请假。全团士兵马上到操练场集合，等候命令，违令者按军法处置。”如今团长不在，副团长下达的命令就是最高指令，各营营长只好乖乖带着自己的部下赶来了。刚到团部大门，他们随身携带的武器便被暂扣了，而且警卫排的人都是新面孔。走进团部会议室，抬头见两排荷枪实弹的士兵正杀气腾腾地盯着他们，来团部开会的各级军官不由得心慌起来："他娘的，难道这是要军变？"

"弟兄们，不要慌，不要怕！看在多年的情分上，我佟利发保证绝不伤害你们。不过，如果你们谁要是违反了命令，看看周围的枪口便知后果。现在请安队长讲话。"佟利发的开场白极具威慑力，一时间会议室内噤若寒蝉、鸦雀无声。

"大家不要怕！你们都听说过豫西镖王吧，我就是镖王领导下的豫西自卫大队第一小队队长安天祥。王云阁罪大恶极，不杀不足以平民愤。我知道大家都出身于穷苦人家，都是为了口饭吃，因此我们不会为难你们。愿意留下跟着我们闹革命的，我们热烈欢迎；有想回家的，我们会发两块大洋作为路费。"安天祥的话引起了众人的共鸣，大家纷纷表示愿意加入农民军。

在各自营长、连长、排长的开导下，在农民自卫军的武力威慑下，第二补充团全体士兵放下了手中的武器。

国民二军第二补充团就地解散，团长王云阁被安天祥押往洛阳，交由陈寿辉处置。

豫西自卫大队红山岭指挥部。

党代表麦娇娇向大家传达了上级的新指令："同志们，

我们这次兵不血刃就消灭了王云阁团，上级很是高兴，对我们进行了全国通电嘉奖。面对如此严峻的斗争形势，上级对我们下达了新的指令，要我们豫西自卫大队在最短的时间内摧毁巩县孝义兵工厂。”

第十二章　奇袭兵工厂

1

红山岭豫西自卫大队指挥部。

会议室里，猎人小分队的队员分坐会议桌的两侧，他们斗志昂扬，正在等待新任务的下达。

见安豫侠、麦娇娇走进会议室，小分队队员立刻站起来敬礼。党代表麦娇娇示意大家坐下后，便直言道："同志们，上级指示我们要在短时间内摧毁巩县孝义兵工厂。这次的任务非常艰巨，据我所知那里有重兵把守。现在我就来介绍一下这个兵工厂。1914年，觊觎皇帝之位已久的袁世凯，出于充实自己的军事实力、改良军队武器以及统一武器制造业的目的，计划建造一座大型兵工厂，并委任其海军上将萨镇冰为督办，陆军中将蒋廷梓为总务处长，共同负责策划选址建厂。河南巩县因其地处中原战略要地，自古是兵家必争之地，其战略意义非凡，于是，兵工厂选址经比较后最终被定于此。

"兵工厂总体被设计成四大部分：动力厂、机器厂、炮弹厂和制枪厂，并有专线铁路与外面相通，具体负责人称为厂长。袁之后，皖系军阀段祺瑞在1916年捷足先登，将兵工厂据为己有。从此，源源不断的武器炸弹从这里运往军阀混战的战场。皖系落败后，直系军阀吴佩孚于1920年7月进驻兵工厂。1926年后，兵工厂又落到了军阀憨玉琨手中，其后岳维峻等人都一度对兵工厂有所控制。这就是我们所掌握的有关兵工厂的信息。”

总指挥长安豫侠接着说道：“目前，由陈寿辉团负责兵工厂的保卫工作，由警备大队负责保护兵工厂内外国工程师、技术人员的安全。我们的同志郑志雄也被调去了兵工厂。

“现在，我来安排具体的任务。麦娇娇、杨刚、姚蒨、水液、靳利负责兵工厂外西南侧的侦察；我、安翠霞、鹿觉敏、古天龙、鹿觉民负责兵工厂外东北侧的侦察。任务完成后迅速至兵工厂南门外会合，彭振彪会在那里接应我们。”

夜幕下，天空犹如穿了一件薄薄的云衣，清亮柔和的月光不为所困，使出浑身解数向广袤的原野送去半明半暗的光。猎人小分队快速地奔走在原野上，前方出现了一片长方形的建筑物，那里应该就是孝义兵工厂了。来到兵工厂前约300米处，安豫侠便下令停止前进。兵工厂四角高耸的岗楼里探照灯发出的强光不断向他们射来。借着探照灯发出的光亮，他们发现这座兵工厂围墙高大，上面布满了电网，而且围墙外约20米处也架设了一人高的电网。兵工厂外不断有荷枪实弹的士兵来回巡逻。兵工厂设有南门和东门，东门处修建有一条铁路。

兵工厂的防守实在是太严密了，安豫侠他们找不到接近的办法。安豫侠当即下令撤离，等回去再作商议。

麦娇娇与安豫侠的想法一致，也当即下令撤离。

“队长，不好了！杨刚不见了！”靳利追上麦娇娇，焦急地说道。

“不好！一定是出事了。快！往回走。”麦娇娇的话音刚落，兵工厂西南角的岗楼里便响起了警报声，探照灯射出的巨大光柱也横扫而来。伴随着“抓活的，千万不能让他跑掉”的喊叫声，兵工厂外响起了密集的枪声。

原来杨刚年轻好胜，心想既然来了，就要给敌人点颜色看看。因此他故意放慢脚步，等队友离开后，他转身返回了兵工厂。他躲过巡逻士兵，来到围墙外。他本想射灭岗楼上的探照灯，不想却射死了岗楼内的一个哨兵，引发了警报。杨刚见大事不好，急于脱离险境，不料衣服被电网上的铁蒺藜钩住。最终他身中数弹，倒在血泊之中。安豫侠他们听到枪声后，急忙赶来救援，与麦娇娇等人合兵一处，向敌人发起猛烈反击，神枪手鹿觉敏打灭了此处岗楼上的探照灯。众人在黑夜的掩护下，救回了重伤的杨刚，撤离了兵工厂。

杨刚因伤势过重，最终还是牺牲了。两天过去了，小分队的其他成员依然沉浸在悲痛之中。作为豫西自卫大队的领导者，安豫侠更是如此，但他暂时收起了悲痛，因为他还有更重要的事要做。

“看你们几个愁眉苦脸的样子，还像革命战士吗？”安豫侠用手指重重地敲打着桌子。

“杨刚同志牺牲了，侦察任务又失败了，我知道大家都很难过，但决不能有思想包袱。我们要化悲痛为力量，振作精神，彻底摧毁孝义兵工厂。如今，安豫侠同志已经制定了新的作战计划，孝义兵工厂必将被摧毁。”麦娇娇简短有力的话语犹如一剂灵丹妙药，大家瞬间振奋了起来。

“总指挥长，有什么计划？你快说啊。”小分队队员们兴奋地问道。

“如今兵工厂已加强了警戒，郑志雄同志建议我们想法拿到兵工厂的图纸。兵工厂的图纸现被李鸿翥放在保密室的保险柜中。”说到这儿，安豫侠便将手中卷着的图纸打开，平摊在会议桌上，“同志们，你们看，这用红色铅笔圈住的地方就是保密室。”接着，安豫侠又对如何盗取兵工厂图纸做了详细安排。

2

直军第三旅的旅部设在洛阳城内。旅部原本是一位富商的公馆，四周装有金属围栏，为了安全起见，李鸿翥派人拆掉金属围栏，砌了又高又厚的围墙，大门两侧各建了一个岗亭，4小时轮岗一次。大门外悬挂着白底黑字的木牌：十四省讨贼联军第三旅。

公馆共三层，保密室在二层。小分队要想取得兵工厂图纸，必须秘密潜入公馆，不能惊动旅部院内的驻兵。旅部内现驻有一个特务队和一个警卫连。

浓重的夜色覆盖着洛阳城。鼓噪、喧嚣声终止在漆黑的夜幕中，霓虹灯的绚丽光彩早已不见，只有按摩院门前映着点点灯光，花枝招展的揽客女百无聊赖地站在大街上，招揽着过往的行人。

十四省讨贼联军第三旅的大门突然打开，两盏探照灯发出刺眼的光束，旅部大门前瞬间如同白昼。一辆黑色轿车缓缓驶出旅部，这是李鸿翥的专车，另一辆满载着士兵的军用卡车紧跟其后。夜幕下，两辆车快速向巩县方向驶去。

安豫侠率领猎人小分队躲藏在旅部对面街巷中，待两辆汽车离开后，水液、靳利二人迅速翻入旅部，一路躲过巡逻士兵，直奔公馆二层的保密室。

保密室的正中间放着一张宽大的紫檀木办公桌。办公桌的左边有一张紫红色的皮沙发，右边是两个双开门的深紫色书柜，紧靠右墙角放着一个深绿色的保险柜。兵工厂的图纸就存放在这个保险柜中。

“现在能不能拿到图纸可全靠你这个开锁匠啦。”靳利压低嗓音，轻轻地拍了拍水液的肩膀，扬着头，嘴角处闪出一丝调皮的笑。

“你就等着瞧好吧！没有咱打不开的锁。”水液自信地笑道。

正当水液专心开保险柜的时候，楼下突然传来咚咚咚的声响，在门外放哨的靳利跑进来说道："快点躲起来，有人来了。"说时迟那时快，水液迅即钻到办公桌下，靳利则一个箭步纵至门后，两人悄悄地拔出匕首，做好了战斗的准备。

李鸿翥突然返回，令其他几名小分队的队员骤然一惊，安豫侠当即下令做好接应的准备。

保密室的房门被打开，但来人并没有进屋，只是在房门口站了一会儿，而后又迅速地下楼了。接着便传来汽车发动机的轰鸣声。原来自从兵工厂遭袭后，李鸿翥是整日提心吊胆，害怕自己的老窝也被人偷袭了。因此，车子刚开出不远，他就又命令返回。

那么李鸿翥为什么要去巩县呢？其实这是安豫侠设的调虎离山之计。

郑志雄在安豫侠的授意下，向李鸿翥提出了"增加外国专家、工程师、高级技术人员的奖励津贴，以加速生产"的建议，得到李鸿翥的赞许，李鸿翥许诺要在适当时机召开一个表彰大会。

当李鸿翥的专车到达孝义兵工厂时，陈寿辉、郑志雄、陈博等人早已在大门外恭候多时。在陈寿辉等人的拥护下，李鸿翥走上表彰大会的主席台。

水液、靳利二人站在窗前目送李鸿翥的轿车离去，悬着的心总算落了地。水液继续开保险柜，在靳利的协助下，他顺利地打开了保险柜，取出了兵工厂图纸。

一大早，陈寿辉的办公室就响起了急促的电话铃声。陈团长刚用过早餐，正坐在沙发上品茶，闻听电话铃响，他快步来到办公桌前拿起电话听筒。

“陈寿辉吗？我是李鸿翥。”

“我是陈寿辉。旅长你好，有什么事请指示。”

“今天上午，上级将会派人到兵工厂巡查，你一定要做好接待工作。”

“是，卑职明白，请旅座放心。”

其实，电话是郑志雄打过来的。郑志雄善于模仿别人的声音，真假难辨，因此丝毫没有引起陈寿辉的怀疑。而且，每月上头都会不定期地派人来巡查，例行公事，不足为怪。

天空扬起漫天的尘沙，一辆军用卡车向着孝义兵工厂的南门快速驶来，眼看就要撞上兵工厂的大门了，开车的人猛地踩下了刹车，卡车紧贴着大门停了下来。

两个歪戴着军帽的士兵笑嘻嘻地走到卡车前，向着卡车敬了个军礼。高胖的士兵挑起大拇指说道：“哥们儿，车开得不错啊。”

矮瘦的士兵紧接着说道：“有时间教教我们，让我们也学习学习，长长见识。”

开车人打开车门，答道：“看来是碰到会开车的了。两位兄弟，车技如何？”说着，就把证件递了过去。

“证件嘛，就不必看了。我们团长知道你们要来，特命令我们在此等候。”高胖的士兵说道。

两个士兵打开兵工厂的大门，卡车顺利地驶进兵工厂。

开车的人正是总指挥长安豫侠，至于卡车内，则坐着猎人小分队的队员。这次他们化装成巡查员来兵工厂巡查，是郑志雄出的点子，卡车、证件、军装等也都是郑志雄提供的。按惯例，陈寿辉不亲自陪同巡查员巡查，而是由副团长皮牙虎陪同。于是在皮牙虎的陪同下，猎人小分队大摇大摆地查看了兵工厂的角角落落。

3

红山岭豫西自卫大队指挥部。

侦察任务顺利完成，郑志雄居功甚伟。此刻，豫西自卫大队的骨干成员正聚集在指挥部的会议室内，商讨如何摧毁孝义兵工厂。

姚蒨说道：“要我看我们直接引爆地下弹药库，兵工厂也会完了。”

水液说道：“引爆了地下弹药库，我们还怎么补充武器弹药？”

靳利说道：“我们可以在引爆地下弹药库之前，想法运出里面的武器弹药。”

安翠霞说道：“我觉得除引爆地下弹药库之外，还应炸掉动力厂、炮弹厂、机器厂和制枪厂。要是没了制造武器弹药的机械设备，再高明的武器专家也只能干瞪眼。”

鹿觉敏说道：“如何运出地下弹药库的武器弹药？这可不是一件容易的事。”

古天龙说道：“我们这次袭击的目标是兵工厂，里面的工人是无辜的，不能让这些人成为牺牲品。”

鹿觉民说道：“如何安置炸药，也需要好好研究研究。”

………

看到同志们讨论得如此热烈，而且处处说到要害处，句句谈到点子上，党代表麦娇娇、总指挥长安豫侠十分高兴。现在参会人员只剩下郑志雄还未发表看法，所有人的目光都转向了他。看着战友们那充满期待的眼神，郑志雄不由得面红耳赤起来。

安豫侠见此不由得笑了起来，他望着郑志雄，诙谐地说道：“我们的郑高参，别小豆干饭闷着了，也该亮亮嗓子啦！”

经安豫侠这么一说，郑志雄的脸色变得更红了。“大家讲得都很好，都在理上。”他干咳了几声，端起一碗水，咕嘟咕嘟喝了个精光，然后接着说道，“我们要炸毁动力厂、炮弹厂、机器厂、枪厂和地下弹药库，还要运出里面的武器弹药，同时又不能误伤里面的工人，要完成如此艰巨的任务，最关键的问题就是要掌握好时间。现在兵工厂的工作时间为上午7点30分至11点30分，下午1点至5点。因此我们可选在下午工人下班时间动手。届时我们的人可以化装成兵工厂的工人混进厂区，安放炸药。工作服、出入证件等由我来负责。”

麦娇娇对郑志雄的安排十分赞同，但她同时也提出了地下弹药库没有工人作业，我们的人怎样才能进去？又如何运出里面的武器弹药等一系列问题。

“地下弹药库只有两名看守。到时，我会想法弄来旅部提取武器弹药的手续，我还会模仿李鸿翥的声音打电话给陈寿辉。旅部提取武器弹药是常有的事，绝不会引起陈寿辉的怀疑。不过，安全起见，我们最好先干掉那两名看守。搬运工作必须在4点25分结束，安放炸药的时间也要控制在此时间内。下午5点，所有进入兵工厂的人员必须赶到地下弹药库，与所乘坐卡车一起撤离。”

“郑志雄同志的作战计划非常周密，我完全赞同。”安豫侠率先鼓起掌来，随即会议室内响起了一片掌声。

“还有一件极为重要的事要大家记牢。”待掌声落下后，安豫侠说道，“炸药的引爆时间设定在5点30分，也就是说我们只有半个小时的撤离时间，所以大家的行动一定要迅速。”

烈日高悬，热浪一浪接一浪地袭来。一辆辆满载着工人的卡车缓缓驶入厂区，其中的一辆卡车，司机正是古天龙。

猎人小分队进入厂区后，姚菁、水液、靳利、安翠霞4人分别潜入了动力厂、炮弹厂、机器厂、制枪厂，并顺利安放好了炸药。

安豫侠、古天龙凭借旅部签发的提取武器弹药的手续，顺利地来到了地下弹药库。干掉两名守卫后，古天龙从守卫身上取下钥匙，打开库门。留下两名队员在门前警戒，其余人员在安豫侠的指挥下，用最快的速度搬运武器弹药。一切行动都在4时25分结束。

下午5点，满载着武器弹药的卡车驶出了兵工厂，最终消失在茫茫的原野中。

下午5点30分，巩县孝义兵工厂响起了爆炸声，五股粗大的烟柱腾空而起。孝义兵工厂被夷为平地，陈寿辉团葬身于火海，副团长皮牙虎因逛窑子未归侥幸又逃过一劫。

第十三章　劫刑场

1

在安豫侠、麦娇娇的领导下，豫西自卫大队顺利地完成了摧毁孝义兵工厂的任务，受到中共豫陕区委的通电嘉奖。经中共豫陕区委研究决定，安豫侠与其他27名共产党员一起奔赴广东参加第六届农民运动讲习所讲习。

农民运动讲习所是中国共产党为适应蓬勃发展的农民运动形势而创办的。首期由共产党人彭湃任主任，这届则由毛泽东同志任所长。前五届培训的主要是广东、广西、湖南等省的农运干部，第六届的培训范围已扩展至全国。

从广东返回豫西的途中，安豫侠热血沸腾，他感觉自己已脱胎换骨，成为一个崭新的安豫侠。在农民运动讲习所学习的这段时间，他的思想得到升华，他认识到无产阶级是最先进最革命的阶级，他领会到共产党领导农民革命的重要意义，这也确立了他献身于农民运动事业的志愿与决心。

在中共豫陕区委秘密驻地，安豫侠万万没想到会见到麦娇娇。他惊讶地看着麦娇娇，这才多长时间啊，麦娇娇怎么憔悴成了这副模样，只见她眼窝发黑，两颊深陷。终于等到了安豫侠，麦娇娇再也掩饰不住悲痛的心情，她紧紧抓住安豫侠的手，颤抖着说道："豫侠，你走后，敌人率大军突袭红叶岭村。由于寡不敌众，第一小队伤亡过半，安天祥同志牺牲了。你妹妹安翠霞也被敌人抓走了，至今生死不明。"听闻噩耗，安豫侠犹如万箭穿心，五雷轰顶。

原来巩县孝义兵工厂被豫西自卫大队摧毁，全国震惊。吴佩孚大怒，他向李鸿翥下了一道死命令，令其3日内必须消灭豫西自卫大队。

十四省讨贼联军第三旅旅部。

今日，李鸿翥脸色相当不好。只见他把帽子狠狠地摔在桌子上，咆哮道："都是一群饭桶，这么多人竟然连个兵工厂都守不住。现如今前方战事吃紧，吴大帅已率军南下。他电令我部立即开拔，赶往武汉查家墩待命。可偏偏在这个时候出了这档子事，这不净给老子惹麻烦嘛。刚又接到吴大帅来电，令3日内必须消灭豫西自卫大队。你们说，现在应该怎么办？警备大队陈队长、保安大队章队长……"

"请旅座放心，陈博誓死效忠吴大帅，定会在期限内消灭豫西自卫大队。"

"我章自贡誓死效忠旅座，定会全力协助陈队长消灭豫西自卫大队。"

“好！既然两位大队长说了，那消灭豫西自卫大队的事就交给你们了。待吴大帅凯旋，定有重赏。”

李鸿翥瞪圆双眼，怒吼道：“把皮牙虎给我押进来！”

会议室内顿时鸦雀无声，众人都不知道是怎么回事。两个士兵将皮牙虎押进会议室内。

李鸿翥怒气冲冲地说道：“皮牙虎，你这个吃里扒外的东西！说，你是怎么配合农民军偷袭孝义兵工厂的？”

皮牙虎扑通一声跪倒在地，颤抖着说道：“请旅座明鉴，我没有勾结农民军啊。”

“还敢狡辩，兵工厂出事那天你在哪儿？”

皮牙虎张了张嘴，竟不知如何回答。

“快说！不然毙了你。”李鸿翥啪的一声，把手枪拍在座子上。

皮牙虎吓得面色苍白，全身冒冷汗，他结结巴巴地道：“旅……旅座，我……我说，我说。”

“看你那熊样，快说！”李鸿翥催促道。

“出事那天我去了巩县，只因喝醉了酒，在宜春院住了一夜。如有半句谎言，旅座大人现在就可以枪毙了我。”

李鸿翥从桌子上拿起手枪，顶在了皮牙虎的头上，怒道：“你当老子不敢毙了你啊！”见此，洛阳保安大队大队长章自贡赶紧站起来说道：“请旅座息怒，皮牙虎逛窑子失职是要严惩。但他绝不会与农民军勾结，我愿为其担保。而且皮牙虎与豫西自卫大队交战过多次，对豫西自卫大队相当熟悉，还请旅座暂留其一条性命，好让他戴罪立功。”

不管怎么说章自贡的面子还是要给的，于是李鸿翥脸色一变，笑道：“既然章队长做了担保，那我就不再追究了。皮副团长，你要好好协助章队长，剿灭豫西自卫大队。”

皮牙虎松了一口气，连呼“旅座英明”“谢旅座不杀之恩”，紧接着他又向李鸿翥汇报了一个重要发现。

“旅座，你可发现有一人在兵工厂出事后就不见了？”

李鸿翥沉思片刻道：“是不是陈寿辉身边的作战参谋郑志雄？”

“旅座英明，正是此人。兵工厂出事之后，郑志雄就不见了。我断定，他就是您要找的内鬼。表彰大会过后不久，我们陈团长就接到了旅座您的电话，说是巡查员要来兵工厂巡查。请问旅座，可有此事？”

看到李鸿翥眉头紧皱，皮牙虎又接着说道：“那事情已经明了。全团的人谁不知道，郑志雄能够模仿他人说话，真假难辨，电话定是他打给陈团长的。”

“皮副团长言之有理，郑志雄经常无缘无故离开兵工厂。兵工厂出事之后更是毫无踪影，他就是内鬼无疑。”陈博也一反常态地帮皮牙虎说话。

“既然郑志雄已溜之大吉，现在当务之急，就是遵照吴大帅的指令，3日内彻底消灭豫西自卫大队。届时如完不成任务，可别怪我不讲情面。吴大帅要我的人头，我可就要诸位的人头了。”李鸿翥厉声说道。

“旅座，我倒有一计，定能消灭豫西自卫大队。我们皮家在豫西自卫大队中安插有一枚棋子，此人名叫马峰，现在是豫西自卫大队第一小队的联络员，颇得队长安天祥的信任。我们之所以一直未动用这枚棋子，就是为找到更好的机会，彻底消灭豫西自卫大队。马峰现与我三弟皮啸虎单线联系。”

2

旭日东升，万里无云，又是一个晴朗的好天气。南召县城内醉仙楼前的大柳树上几只麻雀叽叽喳喳地叫个不停。

三辆黑色的小轿车自西边街口处缓慢驶来，停在了醉仙楼前。第一辆车上坐着的不是别人，正是洛阳保安大队大队长章自贡和他的干儿子皮啸虎；第二辆车上坐着的则是直属警备大队大队长陈博和皮牙虎；第三辆车上共有5人，他们是随行的保镖。

酒楼的小伙计，见一下子来了三辆小轿车，有点蒙了，他扭头喊道：“老板，来……来了三辆小轿车。”这一喊不要紧，酒楼老板、伙计全都跑了出来。章自贡对这一阵仗颇为满意，当他看到饭店两侧的对联时更是开怀大笑。

上联：美酒开坛十里香

下联：君朋到此便开颜

皮啸虎问道："哪位是老板？"

"我是，请爷吩咐。"

"你这醉仙楼今儿个我全包下了，其他人一律不准入内。待会儿如若有位矮胖的人来找我，你就把他引上楼来。"

"是，各位爷请进。"老板领着一众人进了酒楼，5位保镖留在楼下，章自贡、陈博、皮牙虎、皮啸虎一行上了二楼。

不到一袋烟的功夫，一个中年男人骑着自行车慢悠悠地从西街口过来，在醉仙楼前将车停下。等候在外的小伙计打眼一看吓了一跳，像是大白天见到了鬼。但见来人身材矮胖，秃顶，蛤蟆眼，两条眉毛一黑一白，嘴唇厚如屐底，真是丑得不能再丑了。此人正是马峰。

在酒楼老板的引导下，马峰来到二楼的雅间。经皮啸虎一一介绍后，马峰向各位长官拱手施礼。

马峰说道："自打进入豫西自卫大队，我便开始搜寻豫西镖王的信息。如今，终于被我打探到，豫西镖王就是豫西自卫大队的总指挥长安豫侠。偷袭孝义兵工厂就是安豫侠带领猎人小分队所为，他们之所以能够成功，完全是得到郑志雄的帮助。我已经核实，郑志雄就是安豫侠安插在陈团长身边的卧底。如今，郑志雄是否回了豫西自卫大队，我没有查到。"

马峰提供的信息实在是太重要了，当场受到了章自贡、陈博的奖赏。皮啸虎也因此被众人捧上了天。

老奸巨猾的陈博又问道："安豫侠现在在何处？"

“回陈大队长，镖王安豫侠此时并不在红叶岭村，听说是去了广东。”马峰答道。

“依我看，安豫侠不在却是好事一件。”陈博此言一时令众人不解。

“陈大队长是否已想到了锦囊妙计？”皮牙虎倒想看看这位昔日吴大帅跟前的红人，到底有什么能耐。

“皮副团长过奖了，陈某哪里有什么锦囊妙计。镖王安豫侠若在，靠我们现在的兵力，根本不是其对手。如今镖王不在，群龙无首，正是我们消灭豫西自卫大队的好时机。听说安豫侠有一个妹妹叫安翠霞，只要抓住安翠霞，料他安豫侠定来相救，届时我们布下天罗地网，谅他安豫侠插翅也难飞。”陈博说罢，章自贡称赞道：“陈队长之计，高，实在是高！”

一直插不上嘴的皮啸虎急忙问道：“陈大队长，接下来我们该如何办？”

“接下来，还得看马峰兄弟的。”陈博眯缝着两只眼，看向马峰。

升官发财的机会到了，马峰心中大喜，忙说道：“我回去后，就模仿安天祥的笔迹，给安翠霞写一封信，诓骗其下山，三位长官在半路上将其擒拿。然后，我再将安翠霞被抓的消息告知安天祥。安天祥得知自己的恋人被抓后，一定竭力营救。三位长官可埋伏在半路上，一举歼灭安天祥的第一小队。”

一张邪恶之网织就，一场血腥杀戮在即。

天色朦胧之际，一匹快马冲出红叶岭村，向着洛阳城西红山岭的方向奔驰而去。

马峰之前来过豫西自卫大队的指挥部，因此得以顺利进山，将信交给安翠霞。安翠霞打开信，她确认这是安天祥的笔迹，因此没有任何怀疑。

翠霞：

摧毁兵工厂的任务完成后，我们都各自回到了自己的驻地，虽相隔不远却无暇见面。总指挥长去广东前，曾告诫我们：斗争形势将更加严峻，反动军阀一定会千方百计地围剿我农民军。因此，让我们一定要保持警惕，不能被胜利冲昏了头脑。还要我们静下心来，消除盲目乐观、麻痹轻敌的思想，警惕奸细从中挑唆，制造内乱。我之所以写信给你，就是因为第一小队目前所面临的状况非常严峻。急盼你归来，共商解决之良策。急！急！急！

安天祥

看罢信，安翠霞心急如焚。党代表麦娇娇开会未归，她只好与猎人小分队的其他成员相商，没想到他们都持反对意见，认为这个马峰不可靠，不同意她回红叶岭村。安翠霞不听劝阻，只身一人随马峰离开了红山岭。为尽快返回红叶岭村，马峰建议走小路。安翠霞同意了，但她做梦也想不到，马峰是皮啸虎的人。安翠霞随马峰钻进了密林深处的小路，前行中，她本能地感到自己的大青马有些异常。看着前面的马峰，他那副令人生疑的嘴脸骤然间现于脑海，安翠霞决定赶上去拦住马峰问个究竟。

突然大青马一声嘶叫，被绊倒在地，安翠霞也被狠狠甩到地上，当场昏迷。当她醒来时，发现自己手脚都被捆绑着，眼前出现了皮啸虎、皮牙虎、马峰等人的丑恶嘴脸。

安翠霞被关押在洛阳保安大队的大牢中。

两天后。

马峰慌慌张张地回到红叶岭村，向安天祥报告，说安翠霞被皮啸虎抓走了，现关押在洛阳保安大队大牢中。为使安天祥立即带人前去营救，马峰添油加醋地说道：“皮啸虎心狠手辣，翠霞姑娘落入其手，怕是凶多吉少，更让人担心的是恐遭到凌辱。安队长，我们要赶紧带人去救翠霞姑娘啊。”

安天祥闻听到安翠霞被皮啸虎抓走，本就方寸大乱。又听马峰说会遭到凌辱，更是坐立不安。于是他立即集合第一小队所有人马，前往洛阳营救安翠霞。

马峰悄悄把一封信交给一名亲信，让其火速赶往洛阳保安大队，交给皮啸虎。

第一小队大部分都是步兵，经过长时间的强行军，士兵们疲惫不堪。于是马峰便令人从中挑唆，队伍中怨声一片。无奈，安天祥只好下令原地休息。这时，去前面侦察的人员回报，说前面停了两辆卡车，像是下乡抢粮的。安天祥一听高兴极了，他下令停止休息，去前面抢下这两辆卡车。

两辆卡车被倒下的树干挡住了去路，一名军官正在指挥士兵搬开树干。

“打！”安天祥一声令下，十几名士兵被瞬间打成了筛子。

两辆卡车行驶在陡峭蜿蜒的山路上。当行驶到南大岭时，卡车突然熄火了。

南大岭地势险恶，由南向北尽是高高低低、错落不平的山峦。山峦边缘有一条坑洼不平的土路，土路一侧是一片杂草丛生的浅河滩。这里最适合打伏击。而这里也正是陈博、章自贡一伙商定的歼灭安天祥第一小队的战场。

狡猾的马峰为了拖住安天祥，便叫来一名手下，声称此人是修车的高手。

安天祥参加过大小战斗无数次，算得上是一名经验丰富的指挥官，他早已看出问题的严重性。马峰从安天祥的表情已看出这位队长的所思所想，不免像秋蝉般自鸣得意起来。南大岭一战安天祥及第一小队将彻底消失，头功非己莫属，升官发财手拿把攥。马峰一面假惺惺地训斥修卡车的小兄弟，一面又向安天祥提出自己愿带几名弟兄去前边侦察情况。马峰的表忠心再次获得了安天祥的赞同。

参加南大岭围剿的队伍，有洛阳保安大队、直属警备大队、杆匪和反动红枪会，这支临时拼凑起来的杂牌军共有200

多人，携带了4挺轻机枪和6门迫击炮，此时已逼近南大岭北侧的山弯处。

“停止前进！就地休息！”随着陈博一声令下，松松垮垮的队伍立即停止了前进。

马峰带着几个弟兄小跑着来到陈博等人的面前，打躬作揖后，汇报了安天祥及第一小队当前的状况，声言此战必能歼灭第一小队。

“马峰兄弟，功不可没啊。这次消灭安天祥你当记头功。现在你立即返回，督促安天祥前进，把他引到我们的伏击点。见到我发射的信号弹后，你便带领手下弟兄迅速后退，堵住他们的退路。”陈博拍了拍马峰的肩膀说道。

在马峰的鼓动下，安天祥带领第一小队不知不觉进入了陈博设下的伏击点。

一颗信号弹尖啸着腾空而起，一排排迫击炮弹呼啸着砸向第一小队，密集的子弹狂风暴雨般倾泻而来，第一小队还没反应过来就死伤过半。安天祥急令队伍撤退，可退路已被马峰堵住。陈博见时机已到，立即指挥队伍从正面发起攻击。安天祥中弹牺牲，后被马峰残忍地割下头颅。只有极少数队员逃了出去，返回了红叶岭村。

3

听完麦娇娇的叙述，安豫侠的心情非常沉重。他强忍悲痛，竭力劝解麦娇娇。最终在安豫侠的开导下，麦娇娇重新振作起来。

两匹快马奔跑在通往红山岭的大道上，两旁的山川原野一闪而过。

雾满豫西千嶂暗，烽烟滚滚来天半。
吴贼狗党罪滔天，屠我百姓太嚣张。
壮士血染南大岭，血债要用血来还。
成立农协掌大权，革命志士杀不完。
暴风吹不走雄鹰，恶狼吃不掉猎犬。
好男儿，齐作战， 烈火冲天灭虎狼。
…………

红山岭响起雄壮高亢的歌声，震山河，撼五岳。这歌声是在向敌人宣战，他们誓不向敌人低头，誓不退缩。

安豫侠、麦娇娇返回红山岭指挥部后，立即召开紧急会议。这次会议主要商讨了三件事：第一，把牺牲战士的遗体带回来，入土为安；第二，重建第一小队，郑志雄为队长；第三，秘密逮捕马峰，铲除皮啸虎，营救安翠霞。

自从安翠霞被关进洛阳保安大队的大牢后，洛阳城一直处于高度警戒状态，四座城门关闭了三座，只留南门通行，而且增加了岗哨。城内巡警昼夜巡逻，且密探到处都是，他们有的伪装成卖菜的，有的伪装成修鞋的，有的伪装成拉洋车的，等等。

其实，安豫侠带领猎人小分队已悄悄潜入了洛阳城。他们临时分为三组，姚莆、水液一组负责查找马峰；古天龙、鹿觉民一组打探安翠霞的消息；安豫侠、鹿觉敏一组则负责查探皮啸虎的行踪。安豫侠还令洛阳百姓大药铺、松鹤居饭店、洛阳当铺、净水源茶馆4处秘密联络站的联络员都行动起来，秘密打探消息。

南大岭一役，马峰立下大功，章自贡破例奖赏了他一座小院。一开始，马峰经常做噩梦，担心镖王派人来杀他。过了一段时间，发现没什么事，也没听说镖王的人进城，胆子便大了起来，平日无事便带着两名弟兄在洛阳城内闲逛。

一日，水液、姚莆从洛阳百姓大药铺出来沿着小街自西向东缓行，二人在一个小吃摊前坐下，打算吃点东西。

这时，从小街东头走来三个戴墨镜的人，他们在一家卖粉浆饭和豌豆糕的小摊前坐下，要了三大碗粉浆饭和三份豌豆糕。其中一个矮胖的中年男人毫不理会周围的情况，只顾闷头大吃，而另外两个人则边吃边东张西望。这一切都没有逃过水液的眼睛，矮胖中年男人正是大家苦寻多日的马峰。他用胳膊肘碰了一下姚莆，压低嗓音道："东边，那个吃粉浆饭和豌豆糕的胖子。"姚莆点了点头，说道："没错，马峰最好这一口。走，跟上他。"

两人一路尾随马峰三人，来到小街东头的拐弯处，只见马峰三人敲开了一座独门小院，便钻了进去。二人在小院外一直等到天黑，也不见马峰三人出来，便确定这里应该就是马峰的住处。

姚蒨、水液一回到洛阳百姓大药铺，便把探寻到的情况向安豫侠做了汇报。安豫侠立即召集小分队开会，商讨如何擒拿马峰。最后安豫侠决定派姚蒨、水液与另外两名小分队队员前去执行抓捕任务，时间就在今夜。

万籁俱静，人们早已进入梦乡。但见四个身着黑衣的人从小街西头冲出，眨眼间便来到了小街东头的一座小院外，而后翻墙而入。

进入小院后，其中两名黑衣人直扑东厢房，打开屋门后，一步蹿到床前捅死了床上睡着的两人。与此同时，另外两名黑衣人则来到上房，打开屋门后，将其中一个矮胖的中年男人从床上拉下来用绳子绑了，而后塞入麻袋中。

马飞燕被吓得蜷缩在床上，眼睁睁地看着自己的丈夫被黑衣人带了出去。她不敢叫喊，更不敢出去，她怕黑衣人并没走。直到天亮马飞燕才敢出门查看，当她来到东厢房时，发现床上都是血，顿觉魂飞魄散，两腿发软瘫倒在地上。丈夫的两名弟兄已经死了，丈夫会不会也死了？一想到这儿，马飞燕又猛地站了起来，发疯似的冲出家门，朝着洛阳保安大队跑去。

马飞燕披头散发地来到保安大队，见到皮啸虎后，便向其哭诉家中的遭遇，让皮啸虎一定要救回马峰。皮啸虎不胜其烦，便让手下弟兄将她送回了家。

陈博刚吃过早饭，便接到章自贡的电话，让其速到保安大队，有急事相商。李鸿翥率军南下后，旅部公馆便被陈博的直属警备大队所占。洛阳保安大队与旅部公馆只隔着一条小街，步行只需十几分钟，但陈博却乘坐轿车而来，随行而来的还有皮牙虎。

马峰遭黑衣人绑架，四人一致认为是豫西镖王所为。同时，他们也认为这是擒拿镖王的好机会。

章自贡冷笑道："好啊！镖王你再神通广大，只要你进了洛阳城，再想要离开，恐怕就由不得你啦。我命令，从现在起全城戒严，挨家挨户给我搜。窝藏者格杀勿论，举报者大大奖赏。抓到了镖王，连同他妹妹安翠霞一同枪毙。"

陈博从来就没有把章自贡放在眼里，可既然保安大队长已经下了令，他也不好当面反对。于是，他意味深长地看了一眼皮牙虎。

皮牙虎明白陈博的用意，于是说道："我非常赞同章大队长的决定，只是洛阳城这么大，恐怕一时难以抓到。我看倒不如双管齐下，马峰这个软蛋在镖王的威吓下一定招供了一切。镖王确定安翠霞被关押在保安大队的大牢后一定会来营救，我们可先将安翠霞转移到保安大队的密室内，再找一人假扮安翠霞，静候镖王的到来。当然，以防万一，我们要在大牢内设好埋伏。只要镖王赶来，就让他有来无回。"

陈博拍手称赞道："好主意！真是好主意！我看就按照皮副团长的计划来。不过，我们还需做两手准备，这伙贼党绝非等闲之辈，我们要保留最后的杀手锏。”

“最后的杀手锏……”章自贡有点摸不着头脑。

“这最后的杀手锏就是……”陈博眼露凶光，杀气十足地说道，“发布公告，将在中心广场枪毙安翠霞。届时，镖王一伙定来营救，我们将重兵围剿，一个不剩，全部杀掉。自贡老弟，你看如何？”

“妙！妙！陈兄高见！”章自贡竖起拇指称赞道。

4

马峰被关押在洛阳百姓大药铺的地窖中，由安豫侠亲自审问。

马峰外表看起来很吓人，其实也是个贪生怕死之徒，当他得知审问自己的人就是大名鼎鼎的豫西镖王时，便已彻底失了耍赖之心。因此没等镖王开口，他就自行交代了一切。

马峰的话证实了安翠霞就被关押在洛阳大队的大牢内，而从古天龙、鹿觉民打探到的情况来看，现洛阳大牢内外都有重兵把守，暗处也埋伏有枪手。

“这不是明摆着吗，敌人已张开大网，正等着我们去送死呢。”

“怕死就卷铺盖回家去，不要在这里充好汉。”

“谁怕死了！怕死就不参加农民军了。”

“怕死和送死，是两码子事。”

"只要能救出翠霞姐，就是死，也值了。"

"不能再拖了，万一再出现变故，营救翠霞姐岂不是更难？"

"我们一定要想个两全之策，既能成功救出翠霞姐，又能避免伤亡。"

为营救安翠霞，猎人小分队的几名队员争得面红耳赤。

安豫侠看了看一直在沉默思考的古天龙，问道："天龙，你是不是想到了什么好的办法？"

古天龙听到安豫侠的询问，不好意思地挠挠头说道："打仗总会有人牺牲，但并非不讲策略地蛮干。只有理性地去解读敌人的阴谋，缜密研究解救办法，才能取得主动权。洛阳保安大队所处的府衙占地面积极大，分东西两院，东院是办公区，营房、车库、武器弹药库、油库、食堂均在此。大牢则在西院，看守人员大约有400人，至于躲在暗处的应该不会有很多。

"因此，我建议所有人员都参加这次营救行动，包括四个联络站的联络员。集中点就设在百姓大药铺，因为这里距离保安大队最近。我们可以把参加营救任务的人员分为三组：第一组去大牢救人；第二组去东院炸毁油库、武器弹药库；第三组埋伏在大门外，阻击直属警备大队的援兵。同时还应设置一名神枪手，用以消灭躲在暗处的敌人。"

没等总指挥长表态，其他人就纷纷表示赞成。

安豫侠看大家都赞成了古天龙的提议，便开始分配任务。

“我们的营救行动定在凌晨1点。进大牢救人的队员有我、古天龙、鹿觉民、靳利我们四人。鹿觉民、靳利负责在大牢外警戒，不到万不得已不要开枪。鹿觉敏带领联络站的联络员埋伏在大门外阻击直属警备大队。姚菁、水液去东院炸毁油库、武器弹药库，切断电源、电话线。待救出安翠霞后，全体人员立即向南撤退至松鹤居饭店。同志们，都清楚自己的任务了吧？”

“清楚了！”

夜静更深。鹿觉敏带领联络站的十几名联络员率先来到保安大队门前，埋伏了起来。鹿觉敏作为神枪手，则爬上了四角楼，占据了制高点。姚菁、水液也已潜入东院，在油库等地安放好了炸药。安豫侠带领古天龙、鹿觉民、靳利三人悄无声息地来到西院。院内死寂沉沉，静得令人害怕。大牢门前两名看守正抱着枪打盹。

防备怎么如此松懈，难道这一切都是假象？是敌人设的圈套？此时安豫侠已顾不得许多，只见他挥手一甩，一道寒光一闪而过，直直向一名看守的咽喉射去。与此同时，古天龙的飞刀也已出手。隐藏好两名看守的尸体，古天龙、靳利二人便守在大牢外，负责警戒。鹿觉民跟随安豫侠走进大牢内，里面的看守人员也睡得正死，都被二人手起刀落地解决了。牢内关押的犯人被惊醒了，他们惊恐地望着安豫侠、鹿觉民。

“大家不要怕，我们是镖王的人，是来搭救你们的。”鹿觉民小声说道。

鹿觉民拿出从看守身上搜到的钥匙，一间间地打开牢房。二人组织犯人离开的同时，也在寻找着安翠霞。

在一间牢房内一个背对着牢门的女囚引起了安豫侠注意，此女子的身形像极了妹妹安翠霞，可为什么她没能听出自己的声音。这间牢房内只关押着一个犯人，按道理应该是重刑犯，时间紧迫先救出来再说。

安豫侠一个箭步来到女囚身后，未等叫一声妹妹，但见那女囚猛然转身，手拿一把明晃晃的匕首，直刺安豫侠的咽喉。安豫侠暗叫一声，急速后退，躲过了这致命的一击。女囚见一击不成，又拿着匕首紧逼而来。这应是一名训练有素的杀手，安豫侠不敢怠慢，闪转腾挪，躲过女囚的攻击。待女囚动作稍慢，露出破绽，安豫侠便射出飞镖，一举杀死女囚。安豫侠来到女囚的尸体旁，拨开女囚脸上覆盖的头发，发现原来是个男的。

当安豫侠四人潜入西院时，躲藏在院内平房里的保安大队队员均已入睡。此时，只有一个人未睡，那就是皮啸虎，为报深仇大恨，他瞪着两只血红大眼一直望着窗外。安豫侠他们一入院就进入了他的视线，因碍于时机未到，他才忍住未动手。躲藏在四角楼上的鹿觉敏居高临下监视着整个西院，她早已发现西院屋顶上的两名枪手。当那两名枪手举枪射击的一刹那，鹿觉敏接连射出两颗子弹，两名枪手面门中弹，从房子上滚落了下来。

皮啸虎见安豫侠安然无恙地从大牢内走了出来，他再也忍耐不住，当即大吼道："弟兄们！都给我打！都给我恨恨地打！杀死镖王！全部消灭，一个不剩。"顿时，大牢门前枪声大作。安豫侠让众囚犯退回牢内，他们四人则躲藏在牢门两侧还击，一时间子弹、手榴弹满天飞。

突然，东院响起了爆炸声，姚莆、水液成功地炸毁了油库、武器弹药库。整个保安大队火光冲天，一些不知情况的保安大队队员乱作一团。章自贡派人叫来几名小队长，将他们臭骂了一顿，让他们赶紧组织人去救火。

听到保安大队方向传来枪声、爆炸声后，陈博立即打电话到保安大队询问情况，可是电话却无法接通。无奈，陈博只好派出一个排的兵力前去增援。陈博做梦也想不到，自己派去的人刚来到保安大队的大门口，便遭到了痛击。在凶猛的火力面前，缺乏战斗经验的杂牌军，在留下几具血肉模糊的尸体后，鼠窜逃回。

当章自贡带着几十名保安大队队员赶到西院时，为时已晚。不但镖王已走了，就连大牢里的犯人都跑光了。章自贡恼羞成怒，扇了皮啸虎几个大嘴巴，又狠狠踹了几脚。他命令皮啸虎立即沿着镖王逃跑的方向向前巡查。

天已大亮，寻找了大半夜，连镖王的影子都没见到。皮啸虎领着手下垂头丧气地返回了保安大队。

机关算尽一场空，损兵折将惨败回。章自贡、陈博相互推诿责任，二人由相互指责，变为对骂，闹得不可开交。

已经过去了三日，还是没有抓到镖王一伙，就连从大牢内逃走的犯人都没能抓回一个。按说全城已经戒严，禁止任何人出入，镖王一伙人不应该逃得出去。这些人难道就这样神秘消失了？这实在是让陈博、章自贡等人感到头痛。

洛阳城内西门里慈惠坊当铺里正在召开一个秘密会议。

营救失败，险些中了敌人的毒计，总指挥长安豫侠自责不已。但对于下一步怎么办，他已经有了明确答案。

“这次营救行动虽然没能成功，但我们也重创了敌人。这一段时间，他们一定会加大搜捕力度，因此同志们要注意隐藏。很可能，安翠霞同志已经被他们转移到了新的关押地点。不过，大家放心，只要他们一天抓不到我，翠霞就不会有危险。

“接下来我们要做的事有两件：一是要继续探查安翠霞同志的关押地；二是立即抓捕皮啸虎，用他与章自贡作交换，救出翠霞。古天龙、鹿觉民，你二人负责探查皮啸虎的行踪，寻找合适的抓捕地点；姚菁、水液，你二人负责探寻安翠霞的关押地。其他人留守待命，注意隐藏行踪。待获悉详细情况后，我们在南门里唐寺门松鹤居饭店集合，到时再商议下一步行动计划。”

皮啸虎在阻击镖王时被一颗子弹擦伤了额头，受了不小的惊吓。为此，章自贡下令，在没有抓到镖王之前，不许他出保安大队的大门。几天过去了，皮啸虎的烟瘾犯了，他实在是忍不住了，于是偷偷出了保安大队，带着两名手下上了登仙阁。

洛阳城内大小烟馆随处可见，而地处民生街的登仙阁更是烟馆中的翘楚。一到下午三四点钟，登仙阁内便躺满了烟客，既有政界、军界、警界要人，阔商大贾和纨绔子弟；还有帮会小头目、杆匪、流氓等游手好闲之徒。更有甚者，大批耸肩曲背、瘦骨嶙峋的贫民，竟舍弃房屋、卖掉妻女也要来此抽上一口。

这几日，古天龙、鹿觉民一直在保安大队门前蹲守。这一日，见皮啸虎领着两名手下出了保安大队，二人便紧紧跟在后面，直至看到皮啸虎上了登仙阁。其后的几天都是如此，二人心中便有了底。

皮啸虎的两名手下已跟着皮啸虎来登仙阁好几次了，可他们次次只能守在门外，活像两只看门狗。看着主子在里面吞云吐雾，而自己却只能守在门外，二人心中渐生不满。

夜幕下，登仙阁门前那盏方形玻璃灯上的红色“烟”字，被五光十色的霓虹灯映衬得更加迷人，勾魂的夜曲、放荡的女人，迎送着过往不息的烟客。

当一个矮个子男人出现在登仙阁门前时，两个花枝招展的女人尖叫着扑了过来，一个紧紧搂住他的脖子，另一个抱住他的腰，放浪地笑道：

“哟！三爷，你可来啦，叫小女子好想啊！”

“来！快来！亲一个！往这儿亲！再亲一口，可劲亲！”

“三爷！你可不能偏心眼，你也亲亲我啊。”

“今个晚上，我们姊妹俩一定好好伺候三爷，包三爷你满意。”

这位矮个子男人，不是别人，正是皮啸虎。皮啸虎随手掏出两沓钞票，分别塞进两个女人的乳沟内。两个女人顿时浪叫起来，皮啸虎则一手搂住一个，走进了登仙阁。

老板见是皮三爷大驾光临，哪敢怠慢，满脸堆笑地把他迎进了雅间。

进雅间后，皮啸虎径直走到烟榻旁。两个女人殷勤地为其宽衣解带，脱靴摘帽，又把他扶至烟榻之上。两个女人忙个不停，先是端来硬木螺钿的烟盘，上面放有内盛香油上盖玻璃砖灯罩、掐丝景泰蓝烟灯，还放有烧烟泡的铜烟板、挑灯芯用的铁镊子、挖烟灰的铁挖子；紧接着两个女人又端来上等香茶，还随手拿来几条热毛巾为其润面静神；而后又为侧卧在红缎靠枕上的皮三爷捏揉腿脚，玉手烧烟。皮啸虎贴香腮纳气如兰，闻烟味浓郁神怡，大有飘飘欲仙之感。

守候在门外的两名手下眼见皮三爷如此享受，心底那股积存已久的怨气喷薄而出。正当二人寻思着去寻欢时，肩膀同时被人轻柔地捏了一下。二人扭头，只见一名女子抿着小嘴笑道：“哟！大爷别光站着愣神呀！走！到我那里销销魂，让小女子好好伺候伺候你。”另一名女子则说道：“二位爷体壮如牛，今日我们姐俩就破例开个低价。”

皮啸虎的两名属下相视一笑，心中不约而同地想到：正想去寻欢，不想就有女人送上门。还想要钱，老子们今日是吃荤不给钱，想要钱，得问问老子们手中的枪。

二人美滋滋地跟着两名女子走出了登仙阁，左拐右转进了一条小巷。当他们发现不对时，已经被两把手枪指住了脑袋。两名女子厉声喝道："别动！动就打死你们，把手举起来！"

听声音怎么像是大老爷们？皮啸虎的两名属下先是一愣，而后全明白了，顿时两腿一软，扑通一声跪到地上。这两个女人正是姚莆、水液所扮。吓破了胆的两名属下乖乖地交出了手枪，姚莆、水液见目的已达到，便不再恐吓他们。

水液说道："只要你们今后弃恶从善，不再做坏事，今天就饶了你们。"

"是是是！只要不杀我们，今后我们再也不做坏事了。"

姚莆说道："要想不掉脑袋，从现在起就要听从我们指挥，老老实实地配合我们行动。否则别想活命！"

"是是是！一切都听两位爷的指挥，让我们干什么我们就干什么。"

姚莆说道："那好，现在就有一件事交给你们去办。这件事要是办砸了，你们的小命也就结束了。"

"请大爷吩咐，一定办好！一定办好！"

姚莆说道："我这里有一封信，是豫西镖王写给你们保安大队队长章自贡的。你们立即回去交给章自贡。"

水液说道："愣着干什么？拿上信，还不快滚！"

皮啸虎的两名属下赶紧从地上爬起来，掉头就跑，兔子般消失在夜幕中。

姚莆、水液放走皮啸虎的两名属下后，又返回了登仙阁。在距离登仙阁不远的街角处停着一辆汽车，安豫侠正泰然自若地坐在驾驶座上。而皮啸虎所在雅间外的守卫也已变为了靳利和鹿觉民。古天龙、鹿觉敏二人则推开雅间的门，闯了进去。鹿觉敏拔出手枪指向皮啸虎，两个女人见势不妙夺门而出。皮啸虎此时正处在驾鹤仙游的梦幻之中，忽听有女人厉喝道："皮三狗，大烟要是还没抽够，姑奶奶再给你点上一炮！"皮啸虎打了一个冷战，微睁双目，见一女子正用枪指着自己。他伸手去拿藏在枕头下的枪，却不料手腕被古天龙一脚踩住，顿觉疼痛难忍。皮啸虎已知性命难保，但好死不如赖活着，于是他涕泪横流，跪在地上苦苦哀求。

最终，皮啸虎被戴上面罩，押上了等候在街角处的汽车。

晚饭后，保安大队长章自贡正与几位姨太太搓麻将，客厅里的电话突然响了起来，章自贡不耐烦地拿起听筒，只听门岗在电话内说道："大队长，三爷的两名属下说是有紧急情况要向您汇报。"

"让他们到我办公室来。"

书房内，两名属下向章自贡详述了登仙阁的遭遇，并将豫西镖王的亲笔信交给了章自贡。章自贡铁青着脸打开信，信中的文字虽不多，但他却反反复复看了好几遍。

章自贡大队长：

皮啸虎现已被我抓获，我们不妨做个交易。后天上午10点，洛阳城外东马沟，我们互换被捕之人。最后，劝你认清形势，放下屠刀，改邪归正。

豫西镖王

章自贡被气炸了肺，一股邪火油然而生，他先是大骂皮啸虎，后又狠狠抽了两名属下十几皮鞭，这才消了火气。或许是挨了皮鞭，其中一名属下的脑子突然灵光起来，只听他说道："大队长，我有个发现向您报告。在回保安大队的路上，我发现一辆警备大队的车停在距登仙阁不远的街角处，不知道与三爷被抓有没有关系。"

章自贡对此事极为重视，立即打电话给警备大队。他在电话里口气强硬地质问陈博，要他立即解释此事，否则将电告李旅长。一时间，两人在电话里舌战起来，直至陈博妥协让步。挂断电话后，陈博思前想后，最终决定去保安大队见章自贡，把此事说清楚，以免留下后患。

章自贡的书房内，陈博说道："自贡兄，我已经查清楚了，警备大队确实丢了一部汽车，至于是何人偷走的还在查。我们的共同敌人是镖王和他领导的农民军，我们之间不应产生误会，我们应齐心协力铲除敌人。啸虎被抓，我很心痛。既然镖王提出互换被抓人员，那我们何不将计就计，趁机除了镖王。”

看到陈博主动来保安大队解除误会，章自贡的心情大好。于是，他笑道：“章某是个粗人，说话也粗，还请陈兄多多谅解。陈大队长足智多谋，兄弟我是打心眼里佩服。但不知陈大队长有何计策，能够除了镖王。愿闻其详。”

陈博不慌不忙地说道：“镖王为什么要把地点设在洛阳城外东马沟，而且是后天上午10点？很显然，他是要利用有利地形，将我们一网打尽。东马沟的地形我想章兄比我更清楚，镖王只需事先在那里埋下伏兵，便可轻而易举地吃掉我们。既然这样，我们还去不去东马沟？当然要去。”

章自贡大惊道：“既然知道这是镖王设下的陷阱，我们为什么还要去？这不明明是拿脑袋往虎口里送吗？”

陈博哈哈一笑道：“莫急嘛！镖王做事一向严谨，埋下伏兵是必然，但在没有救出安翠霞之前，他绝不敢对我们发难。这一点还请章兄放心。届时，我们从大牢内找个与安翠霞身形相似的囚犯，假扮安翠霞，与镖王作交换。”

“要是被镖王发现了怎么办？”章自贡担心地问道。

“我们给她戴上黑头套，让镖王无法辨认。交换完毕后，我们立即下令用迫击炮轰炸东马沟，让镖王他们也尝尝被轰炸的味道。最好能把镖王炸死，即使镖王没被炸死，他也不敢轻举妄动，因为真正的安翠霞还在我们手中。”

章自贡总算吃了一颗定心丸，当即派人回信镖王。

丽日当空，一只苍鹰在东马沟上空盘旋，希图捕食到野味佳肴。

上午10点，镖王安豫侠带领猎人小分队的6名队员，押解着戴着黑头套的皮啸虎来到东马沟东侧的高坡上。

此时，警备大队长陈博与保安大队长章自贡也押解着戴着黑头套的安翠霞缓缓走上东马沟东侧的高坡，他们在距安豫侠100米处停下。

“豫西镖王，安翠霞我们已带来了。现在是否就开始交换？”

安全起见，镖王让姚菁、水液、靳利、鹿觉敏4人躲藏在一块岩石后面，只留古天龙、鹿觉民二人看守皮啸虎。“同意交换。”古天龙回应道。

交换开始，古天龙一把将皮啸虎推了出去，陈博、章自贡也让人把安翠霞推了出去。但一反常态的是，在把安翠霞推出去后，陈博、章自贡却转身迅速后撤。

“镖王！你们上当了！中了他们的圈套！我不是安翠霞！”一个男人的声音突然响起。

但更加奇怪的是皮啸虎被推出一步后，并没有再向前走，而是站在原地一动不动。

原来镖王安豫侠早已预料到章自贡会使诈，因此，他让古天龙提前将皮啸虎的嘴巴和耳朵都堵住了。皮啸虎看不见听不见，又无法说话，故而只能站在原地不动。

陈博、章自贡的阴谋诡计被揭穿，杀心顿起，于是下令开枪打死假安翠霞。随着一声枪响，假安翠霞倒在了血泊中。

“章兄，啸虎怎么站在哪儿不动，会不会也是假的？”陈博疑惑地问道。

“身形很像，可如果真是我儿啸虎，那他为什么不过来呢？难道是镖王使诈，弄一个假的忽悠我们？”章自贡也起了疑心。

“自贡兄分析得不错，定是镖王使诈骗我们。”陈博赞同道。

章自贡面色逐渐变冷，他抬手就是一枪，杀人无数的皮啸虎最终死在了干爹的枪下。

5

章自贡错杀了自己的干儿子，心中很是懊恼。这都是陈博造成的，没有陈博的疑心，他怎么会开枪，怎么会杀死自己的干儿子，如今自己也沦为了他人的笑柄。他对陈博的怨恨进一步加深了，可章自贡明白现在还不是与陈博闹僵的时候，他还需与其联手才能铲除镖王。想到此，他拿起电话。

“陈大队长吗？我是章自贡，请马上来保安大队，有要事相商。”

“好！章大队长，请稍等，我马上就过去。”因自己的误判导致章自贡亲手打死了干儿子皮啸虎，陈博也很懊恼。因此接到章自贡的电话后，他立马驱车来到保安大队。

陈博见到章自贡后便拱手致歉，章自贡摆了摆手说道：“陈大队长不要自责，吾儿啸虎死在我的枪下那是他命该如此。要怪，只能怪镖王太狡猾。今日请陈大队长来，就是与陈大队长商议如何捉拿镖王，消灭农民军。来人！给陈大队长上茶。”

陈博喝了口茶，不紧不慢地说道：“安翠霞还在我们手中，这次我们就来真的，看他镖王来不来救。”

“如此说来，陈大队长心中已有良策？”

“在洛阳城内发布公告，将在营林街的中心广场枪毙安翠霞。镖王得到消息定会来救，如若镖王不来，那我们就真的杀了安翠霞，也算是为啸虎报仇了。”

“高！实在是高！”章自贡拍手称快。

“为确保万无一失，我们要进行严密的部署。中心广场共有三个路口，届时，由保安大队派人把守，对进入中心广场的人要严查，发现可疑者，立即实施逮捕。行刑场地则由我警备大队负责看守。只要镖王敢来，定让他插翅难飞。”陈博恨恨地说道。

洛阳城内西门里慈惠坊当铺。

根据镖王安豫侠的指示，当铺已歇业好几天了。此时，当铺的大门紧闭，安豫侠、鹿觉敏、靳利、赵天放、孔顺五人正坐在当铺内，焦急地等待两组侦察员回来。

已近中午，当铺外突然响起一连串有节奏的敲门声。靳利一听便知是自己人，于是急忙起身开门。先是姚莆、水液返回，紧接着古天龙、鹿觉民也回来了。

“总指挥长，洛阳城内现在贴满了布告，翠霞姐就要被执行死刑了。”说着，姚莆、水液二人便从怀中掏出布告让大家看。古天龙、鹿觉民也带回了相似的信息，除此之外，二人还带回了一份中心广场的地形图。原来打探到安翠霞将要被执行死刑的消息后，古天龙、鹿觉民并没有立即返回当铺，而是来到行刑地点——营林街中心广场，对这里进行了全方位的调查。古天龙胆大心细，当场绘制了一份营林街中心广场的地形图。

安豫侠露出赞赏的目光，他打开地形图，仔细查看，不放过任何细节。一时间，屋内静得只剩下呼吸声。看完地形图，安豫侠深吸了一口气，他预感到问题的严重性。

“皮啸虎死了，章自贡已经发狂。不管抓到我与否，他们都会杀了翠霞。”安豫侠说道，“你们认为，这次陈博、章自贡还会不会使诈？”

姚莆道：“我看不会。皮啸虎死了，章自贡能咽得下这口气吗？我感觉这次翠霞姐真的凶多吉少，我们一定要想法救她出来。”

水液道：“陈博、章自贡不但想杀了翠霞姐，还想灭了我们猎人小分队。”

靳利道：“营林街中心广场周围环境十分复杂，要想一个最佳撤退方案。”

鹿觉敏道："敌人扬言任何人都可以进刑场观看行刑，实际上是拿群众做人质，限制我们的行动。"

鹿觉民道："行刑场地一定有重兵把守，以我们现在的人手远远不够，我建议传信给红山岭指挥部调人。"

赵天放、孔顺二人则分别提出控制制高点的重要性和解决三个出入口守卫的必要性。

古天龙道："俗话说，打蛇打七寸。要想成功救出翠霞姐，就要抓住敌人的七寸。那么，章自贡的七寸在哪儿？章自贡姨太太众多，其中一位姨太太最得他的宠爱，他常夸这位姨太太是娇娃，走到哪里都带着。这位姨太太常去一家裁缝铺做衣服，裁缝铺老板姓范。我们打听到，这位姨太太最近购得了一块上好面料，正在让范师傅给其缝制旗袍，而取旗袍的时间恰在行刑日的上午。我们一旦控制住了这位姨太太，就有了与章自贡谈条件的筹码。"

古天龙的提议得了大家的赞同，这位年轻的革命战士正在逐步走向成熟。

安豫侠欣喜地说道："天龙的提议完全可行。现在距行刑日还有三天，时间对我们来说足够了。大家来看地形图，中心广场四周的环境比较复杂，既有报社、大戏院、银行，又有医院、妓院、赌场、烟馆等。这其中，报社、银行、医院全是四层以上的建筑，是中心广场的制高点，陈博、章自贡一定会在这三座建筑物上布下枪手。因此，我们要除掉里面的枪手，抢占制高点。让我们做一下分工。

“鹿觉敏带领一名联络员化装成银行职员，潜入银行，干掉里面的枪手，对刑场实行有效监控。当翠霞的生命受到威胁时，果断射杀陈博。

“姚菁带领一名联络员化装成医务人员，潜入医院，干掉里面的枪手，控制住西面的出口，我们会由这里撤退。战斗打响后，第一时间干掉敌人的机枪手。

“水液带领一名队员化装成报社的工作人员，潜入报社，干掉里面的枪手，占领制高点。

“靳利、赵天放、孔顺带领六名联络员埋伏在去往刑场的路上，伺机消灭章自贡派往刑场的巡查员。

“古天龙带领两名联络员，前往裁缝铺，控制住章自贡的姨太太。事后，去南门等候我们。

“鹿觉民立即返回红山岭村，向党代表麦娇娇汇报情况后，令孔增田带领骑兵队火速赶往洛阳城南门外接应我们。

“届时，我将装扮成一名乞丐，混入刑场，施放烟幕弹，营救安翠霞。”

红日东升浮云开，洛阳城内交战来。

鹿死谁手正义在，群雄豪举彩虹飞。

今日，洛阳城内少了往日的喧嚣，流动商贩也不见了踪影，许多店铺都关门歇业了。农民军安翠霞将于今日被枪毙的消息人尽皆知，洛阳城内今日必有一场腥风血雨，今儿个谁还敢开门做生意。

“二哥，安翠霞今日就要被枪毙了，你说会有人来救她吗？”

“你傻呀！镖王能眼睁睁看着自己的妹子被枪毙，不来救吗？”

“农民军可是咱老百姓的主心骨，是咱穷人的队伍，咱可不能眼看着自己人被坏人砍了头。不行，咱们也要去刑场闹上一闹。”

“听说皮啸虎是被章自贡亲手打死的，可章自贡愣说是镖王干的，非要杀了安翠霞为皮啸虎报仇，这个恶魔总有一天会被推上断头台。”

“别说了，保安大队过来了。”

九名保安大队巡查员背着长枪来到营林街中心广场，他们将分为三组，分别前往三个路口，检查进入广场的群众。同时，派往报社、银行、医院的枪手也已到达指定位置。

为确保行刑顺利，章自贡多次到中心广场勘验地形，可谓是煞费苦心。这一天，章自贡乘坐一辆黑色轿车来到距中心广场东路口约200米处，便让司机停下车，随后下车步行至中心广场。此时距行刑还有一个时辰。广场上的行刑台早已搭好，台前台后分别站着五名手持长枪的警备大队队员，行刑台后面临时搭建的一座瞭望塔上架起了一挺机枪。

三个路口外都围满了群众，最抢眼的当属那些记者，他们高举相机，都想第一时间拍下犯人被枪杀的画面。

章自贡来到中心广场，逐一检查了各处的防卫措施，所有人员都已到位，这一结果令他十分满意。

一辆黑色小轿车急速驶进中心广场，猛地停在了行刑台前，刹车发出刺耳的尖叫声，紧接着一辆卡车也在行刑台前停下。警备大队队长陈博走下汽车，满脸杀气地走上行刑台。安翠霞被两个警备大队队员从卡车上拉了下来，而后又被押上了行刑台。

在正义与邪恶的较量中，正义永远不会屈服。行刑台上，安翠霞挺胸而立。她的目光坚毅，一身傲骨，犹如一枝寒风中绽放的梅花。她的英勇不屈彻底激怒了敌人。“跪下！快让她跪下！”陈博疯狂地叫喊着。两名手持长枪的警备大队队员强行将安翠霞按倒在地，可她依然扬头挺胸，怒视着敌人。

突然，两道太阳光射在安翠霞面前的地上，这是鹿觉敏、姚莆在用镜子向她发出信号。安翠霞瞬间便捕捉到了信息，她意识到是自己人来营救她了，她心中充满喜悦，忽而又焦虑不安起来，明知这是敌人设下的陷阱，他们咋还来呢？他们不该来救我啊。安翠霞的双眼湿润了。

行刑的时间就要到了，章自贡满脸笑容地说道：“陈老弟，镖王怕是不敢来了。等时间一到，我们立即行刑。”

陈博则不安地说道：“自贡兄，即使镖王不现身，猎人小分队、农民军，总得有人来吧。可现在连个人影也没见，我总觉得情况有点不对头。”

“陈兄不必担忧，说不定是他们吓破了胆子不敢来了。

镖王他们要是敢来，我们就一网打尽。要是不来，那就一枪毙了安翠霞，砍了她的头。”章自贡凶狠地说道。

两人说话间，只见章自贡的司机黄蜂慌慌张张地跑来，附在章自贡耳边说了几句。紧接着，又将一枚玉镯和两封信递给了章自贡。当章自贡接过这枚玉镯时，脸变得雪白，他拿着玉镯端详了好一会儿，才伸手接过那两封信。

一封是他姨太太所写：

> 快点来救我！章自贡，你千万不能杀了安翠霞，否则镖王让我陪葬。我不想死！你一切都要听镖王的，只有这样我才能活。你见到这枚玉镯，说明我还活着。

另一封是镖王安豫侠所写：

> 章大队长，贵夫人现已被我们请来做客。若想她安然无恙，就让人打开南门让我的人出城。待我们出城后，定会将贵夫人毫发无损地送回府上。

今天这位姨太太的心情格外好，精心打扮了一番后，便让下人叫了一辆人力车去了裁缝铺。裁缝铺的门虚掩着，这位姨太太正在兴头上，哪里注意到这些，推开门就走了进去。她第一眼便发现范师傅被绑在椅子上，嘴里还塞着一团布。此时，她第一反应就是遇到劫匪了，便想转身离开。可门已经被刚才那位人力车夫堵住了，原来这位人力车夫是一名联络员所扮，一直等候在保安大队的门外。这位姨太太毕竟是跟着巨匪章自贡的，见过大世面，于是问道：“两位大哥，只要不伤害我，你们开个价，多少钱都给。”古天龙笑了笑，说道：“我们可不是土匪，不要钱，只要你积极配合，协助我们出了洛阳城，我们就会放了你。”

章自贡的脑袋如同被驴踢了一样嗡嗡炸响，他不得不承认这是放蚊入帐——自找麻烦。为了救回自己最宠爱的姨太太，他只好按镖王的话做。

“时间到！准备行刑！”陈博话音一落，两名警备大队队员便端起长枪对准了安翠霞。这时，章自贡再也顾不得什么，大喊道：“停住！不准开枪！”陈博不解其意，怒目而视。霎时，一颗子弹从东北方向呼啸而出，陈博躺在地上，满脸是血，痛苦地哀叫着“我的耳朵”。

几乎在同一时间，西北方向也射来一颗子弹，瞭望台上的机枪手被击毙。安豫侠立即向行刑台上投掷了一颗烟幕弹，借助烟雾的掩护，他飞奔上行刑台，杀死了两名行刑的警备大队队员，割断绑着安翠霞的绳子，而后背起安翠霞跳下了行刑台。

一时间，中心广场上大乱。负责警戒的警备大队队员、保安大队队员被突如其来的枪声吓蒙了，而陈博只顾躺在地上捂着耳朵哀嚎。

安豫侠趁乱抢了一辆卡车，沿途参加营救的人员纷纷跳上卡车。当安豫侠一行赶到南门时，古天龙早已等候在此。此时，把守南门的保安大队队员已接到章自贡的命令，打开了南门。十几名保安大队队员持枪而立，恭送镖王出城。

第十四章　激战汝河桥

1

红山岭豫西自卫大队指挥部。

党代表麦娇娇正在传达上级的最新指示：“同志们，为适应当前斗争形势的需要，1926年8月，中共中央将豫陕区委改组为中共豫区执行委员会，集中领导河南的工作。为支援北伐战争，中共豫区根据中央指示精神，在1926年9月召开了河南各地农民自卫武装代表会议，成立了河南农民自卫团总部。这说明河南农民运动在党的组织领导下，已开始全面走向联合，我们豫西自卫大队就是联合体的重要成员之一。

“同志们！1926年5月上旬，广东革命政府派遣国民革命军第四军叶挺独立团和第七军一部为北伐先遣队，从广东肇庆出发，挺进湖南，揭开了北伐战争的序幕。北伐军一路势如破竹，10月10日，北伐军攻克武昌，万名守军全部缴械投降。至此，被围了40天的武汉三镇被北伐军占领，两湖战场取得了胜利。吴佩孚早已扎营信阳，未被生擒。

“吴佩孚逃至信阳后，他手下心腹大将靳云鹗又联合国民军向他进逼，他不得不退回郑州。

“同志们，鉴于目前的斗争形势，中共豫区向我们下达了新的指示：为确保国民革命军顺利北上，我们要不惜一切代价保卫汝河桥。接下来，就请总指挥长安豫侠同志向大家讲解这次任务的详情。”

安豫侠站起身来说道：“同志们，吴佩孚虽败退回了郑州，但其野心不死。在秘密战线作战的同志送来情报，说吴佩孚正密谋炸毁汝河大桥，阻止国民革命军北上。

“汝河桥位于漯河以北，是平汉铁路上的一座铁路桥。平汉铁路是中国南北交通大动脉，汝河桥一旦被敌人炸毁，北伐的脚步就会被阻止。因此，这次任务的重要性就不言而喻了。

“鉴于我们的同志还未取得吴佩孚炸毁汝河桥的详细计划，但又不得不提防。因此经研究决定，郑志雄率领第一小队、丛娜率领第二小队先行赶赴汝河桥驻守。待摸清吴佩孚的详细计划后，再做进一步的布置。”

2

自从丈夫马峰死后，马飞燕就一直过着提心吊胆的日子。后来，警备大队队长陈博出于可怜，专门给她派了一个名叫叶娃的女人来陪伴她。这叶娃已年近三十，但身腰窈窕，举止婀娜，据说是警备大队里的头牌美女。叶娃的衣着很有特色，上身是黑色夹克，下身是黑色马裤，脚上是黑色高筒皮靴，腰间还斜插着一把手枪，一看就不是普通人。其实，她是陈博精心培养的一名特工，她来马家是为监视、利用马飞燕，打探镖王的动向。

一日，吃罢早饭，同往常一样马飞燕正准备收拾起碗筷，不想叶娃却抢先收拾起来，只见她笑容满面地说道："马大姐！这点小事，让我做就行啦，你就歇着去吧。"叶娃一反常态的举动让马飞燕不知所措，她愣愣地站在饭桌前，看着忙碌着的叶娃。

"马大姐，我有个问题想问你。你可一定要如实回答啊。"叶娃笑得越发甜蜜。

"不知道妹子想问什么问题，只要是大姐我知道的，一定都如实告诉你。"马飞燕心里有些发毛。

"马大姐，马峰已经死了有一段时间了，难道你就一点都不感到寂寞吗？"

"一开始有，可时间一长也就过去了。妹子问这个干吗？"

"当然是关心你了，守寡难熬啊！我想给你找个男人或者寻个相好的，你看怎么样？"

"妹子，开什么玩笑啊，我就是个没人疼招人恨的女人。倒是妹子应尽早找个如意郎君才是。"马飞燕笑嘻嘻地说道。

"哟！瞧大姐你说的，像我这样的美女走到哪儿都有一群臭男人盯着，还怕嫁不出去？倒是大姐你，再想找一个漂亮小伙子恐怕是难了，倒不如找个相好的。”

“去！妹子你可不要瞎说，我哪有什么相好的。”

“大姐要是这么说，可就别怪妹子我揭你老底了。大姐，你可认识一个叫计怀清的人？据我所知他现在可还没结婚，难道你就不想和他叙叙旧？”

“没想到大妹子还是个有心人。没错，我是认识计怀清，也承认他是我的相好。可现在我被你们限制了人身自由，连大门都出不去。即便想见他，那不也是水泊梁山的军师——无（吴）用嘛！”

“其实，想见你的老相好并不难，今晚你的老相好就会来见你。记住，当你见到他后，必须从他嘴里问出镖王的动向。否则，你们俩都得死。”叶娃冷笑一声，拔出藏在皮靴中的匕首，抵住了马飞燕的咽喉。

原来计怀清是豫西自卫大队第一小队的伙夫，与马峰相熟。马峰曾多次带他到家中喝酒，一来二去，马飞燕就与他勾搭成奸。如今第一小队重建，计怀清就继续在第一小队做伙夫。

叶娃没有食言。掌灯后，计怀清如约而至。

打扮后的马飞燕像换了个人似的，头发黑亮，眉眼如月，两颊桃红，唇红如血，俨然一位贵妇人。面对眼前这位体态丰满、媚眼如丝的旧情人，计怀清心荡神摇。马飞燕见计怀清只是傻愣愣地站在那里看着自己，便有些不高兴，她一个箭步蹿了上去，紧紧搂住计怀清的脖子，疯狂地吻了起来。

一夜缠绵后，马飞燕圆满地完成了叶娃指派给她的任务。

十四省讨贼联军第三旅直属警备大队。

今日，陈博的气色看上去不错，老脸上漾起得意的笑容。吴佩孚退回郑州后，便电令他去，虽无嘉奖，但也未问责，这样的结果在陈博看来已是大幸。而且吴大帅还把炸毁汝河桥这一重任交给他，可见吴大帅对他的信任和器重。

警备大队会议室内正在召开一场秘密会议，参加会议的人员仅有警备大队队长陈博、保安大队队长章自贡、副团长皮牙虎以及特工叶娃4人。会议室的门外还增加了岗哨，任何人不得入内。

陈博开门见山地说道："诸位，当前形势对我十分不利。我军之主力在两湖遭国民军重创，不久，国民军定会出兵北上进入河南。为阻止国民军北上步伐，吴大帅密令要不惜一切代价炸毁汝河桥。但据悉，镖王已派豫西自卫大队第一小队、第二小队先行赶至汝河桥。因此，我们只有先行消灭这股农民军，才能完成吴大帅交付的任务。我们接下来如何行动，几位有何高见？"

章自贡说道："镖王为守住汝河桥，定会倾巢而出。农民军现有兵力与我们大体相当，如果比拼兵力，我们胜算并不大，倒不如请吴大帅加派一个团的兵力，以绝对优势取胜。"

陈博说道：“大帅早已明言不会派一兵一卒，一切困难让我们自己解决。”

皮牙虎说道：“为稳妥起见，应先派人去汝河桥秘密侦查，弄清镖王的部署后再研究对策。”

叶娃说道：“我赞同皮副团长的提议。但派人去汝河桥侦察，不仅要弄清镖王的部署，还要对汝河桥周边的地形以及桥的构造等进行勘察，如有多少桥孔，多少桥墩，应选哪里作为爆炸点，需要多少炸药，等等。”

陈博听罢满意地摇晃着头笑道：“俗话说，师傅领进门，修行在个人。叶娃果然没有辜负我的栽培！此次就按叶娃说的办，去汝河桥侦察的任务，就交由你与皮副团长了。炸毁汝河桥后，我定会为你们向吴大帅邀功。”

几天来，汝河桥四周经常出现一男一女的身影。这两人全是农民打扮，男的蓝衣、蓝帽、蓝裤，右肩斜挎着一个蓝色小布包。女人身穿黑色大腰衣裤，袖口、衣边、裤管镶着粉红色的花边，扎着绑腿带儿，腰间系着蓝底白花的蜡染围裙，腿上扎着绑腿。女人的左臂上挎着一个小竹篮，上面盖着一块蓝布，右手总不离竹篮。这一男一女，男的正是皮牙虎，女的则是叶娃。他们探查到镖王只派了两个小队守护大桥，内心兴奋不已。

其实，镖王安豫侠第一时间就接到线报，因此皮牙虎、叶娃的一切行动都在他的掌控之中。镖王不仅下令不要惊扰这二人，甚至还让人故意泄露第一小队与第二小队的驻守点，目的就是麻痹敌人，引敌人上钩。

陈博中招了，章自贡也中招了。根据皮牙虎、叶娃侦察到的情况，几个人研究来研究去，整整用了两天时间，总算研究出了一个可行之策。此策略分两个阶段，第一阶段：由叶娃负责训练执行炸桥任务的士兵，皮牙虎负责运送炸药。第二阶段：七天后，正式执行炸桥任务。届时章队长留守大本营，保安大队将由皮牙虎指挥，负责消灭驻守在桥北的豫西自卫大队第二小队；警备大队将由陈博亲自指挥，负责消灭驻守在桥南的豫西自卫大队第一小队。根据汝河桥周边的地形，警备大队将由汝河桥东一公里处的水牛桩乘坐渡船上岸，从侧后方围歼郑志雄的第一小队。

安豫侠、麦娇娇在得知了陈博、章自贡的详细计划后，立刻做出了相应对策：彭振彪率领第三小队前往汝河桥桥北设伏，待皮牙虎带领保安大队进入伏击圈后，与丛娜率领的第二小队合而歼之。孔增田率领骑兵队隐蔽在汝河桥东段一公里处的水牛桩，待陈博的警备大队上岸后，立即从浅滩处涉水，从敌后发起进攻，与驻守桥南的第一小队形成合围之势，全歼警备大队。

太阳升起，光芒四射。山林草木青青，汝河静静流淌。汝河桥的正北方，一辆辆满载着士兵的卡车呼啸而来，扬起漫天尘沙。距离汝河桥不足两公里时，前面的五辆卡车突然左转向东驶去，后面几辆卡车则径直向汝河桥驶来。

“敌人正在向我方接近，没有我的命令不许开枪。”第三小队队长彭振彪命令道。

“待敌人进入伏击圈后，立即开火。”第二小队队长丛娜命令道。

卡车在距离汝河桥一公里处停了下来，保安大队队员纷纷跳下车。在皮牙虎的指挥下狂喊着“活捉镖王，消灭农民军”的口号，潮水般冲向第二小队的驻守地。

“打！”彭振彪、丛娜几乎同时下达了命令。顿时，汝河桥桥北子弹横飞，血肉横流，一片鬼哭狼嚎。在第二小队、第三小队的夹击下，保安大队损失惨重。皮牙虎在几名保安大队队员的拼死掩护下，爬上了卡车，侥幸逃跑。

陈博率领200余名警备大队队员分乘5艘渡船登上南岸，他仗着自己武器精良，根本就没把第一小队放在眼里。他举起手枪，趾高气扬地大喊道：“弟兄们，考验你们的时候到了，只要消灭了这股农民军，你们就会有女人！就会有金钱！现在，迫击炮准备，给对面的农民军兄弟送几份大礼包。”

轰！轰！轰！轰！四枚迫击炮弹落在第一小队的驻守地前，炸起了满天的尘土。

“弟兄们，给我冲啊！”陈博狂叫着朝天开了一枪。在陈博的带领下，警备大队气势汹汹地向第一小队的驻守地冲去。

郑志雄率领第一小队向敌人射去密集的子弹，孔增田也率领骑兵队从背后向敌人发起攻击。受到前后夹击，警备大队顿时乱作一团，个个吓得魂不附体，像一只只无头苍蝇般乱冲乱撞。陈博企图逃跑，但为时已晚，最终警备大队被歼。

汝河桥保卫战威震敌胆，扬我农民军之雄威，为吴佩孚之残部敲响了丧钟。

3

豫西自卫军指挥部。

麦娇娇向众人传达了河南省农民自卫团总部的最新指示：

“直奉两派军阀积怨已久，张作霖以援鄂为名，派兵杀向河南。吴佩孚这位显赫一时的孚威将军，终于把家底全输掉了，他不得不放弃郑州，向四川逃走。张作霖赶跑了直系大军，一路南下，占领大片土地。

“奉军进入河南后，暴行不断，遭到了各地武装力量的奋起反抗，不仅消灭了其第十军、第十一军各一个旅，还炸毁了漳河大桥，一举切断了入豫奉军之间的联系。情急之下，张作霖令马立昌独立团撤回安阳丰乐镇，妄图打通北撤的通道。为此，中共豫区区委命令我们集中优势兵力，全歼马立昌独立团。”

会议结束后，安豫侠、古天龙、鹿觉敏三人便火速赶往安阳丰乐镇侦察敌情。

丰乐镇乃安阳之重镇，与直隶磁县讲武城镇交界，是通往直隶的咽喉要道，被视为战时的军事要地。丰乐镇距平汉铁路仅一公里之遥，是奉军运送物资的重要中转站。

丰乐镇早年间也曾是一个繁华之地，商贾使节，络绎不绝。可现如今，军阀肆虐，盗匪横行，民生凋敝，早已失去昔日之风采。自打马立昌独立团进驻丰乐镇以来，这里就俨然成了一个兵营，大街小巷随处可见士兵的身影，他们寻衅滋事，恣意横行。老百姓常常被深夜突然响起的枪声惊醒，人人自危。战争的阴云笼罩在丰乐镇的上空。

这天，丰乐镇一家茶楼内先后走进来二男一女，都作客商打扮。三人刚落座，又走进来一位头戴礼帽、身着长衫的客人。这位客人二话没说，一屁股坐在了刚进来那三位客人的桌子旁。这四位客人不是别人，先进来的三位客人分别是镖王安豫侠、飞刀手古天龙、神枪手鹿觉敏，后面进来的这位客人则是马立昌的参谋赵文蔚。赵文蔚身材高大，胆大心细，有勇有谋，他受镖王安豫侠之命一直潜伏在马立昌身边。

赵文蔚性格直爽，说话与做事一样，干脆利落，简单扼要，直击要害。

“马立昌原是土匪头子，手下有2000余匪众，马自封旅长。后被张作霖收编，充任独立团团长。马立昌所属的独立团武器装备优良，有较强的战斗力。而他的副团长皮耽虎，各位想必一定很熟悉。”说到这儿，赵文蔚喝了一口茶，轻轻转过头，警惕地查看周围，随后压低嗓音说道，“昨天马立昌接到密电，三日后的上午10点奉军有一列运送军用物资的火车将会抵达丰乐镇。”

“文蔚同志，你提供的这个信息实在是太及时了。真可谓是久旱逢甘雨啊，解了我们的燃眉之急。”安豫侠高兴地说道，“我们正在为军用物资发愁，没想到张作霖竟然给我们送上门来了。机会难得啊！我们不仅要夺取这批军用物资，还要消灭马立昌的独立团。”

赵文蔚道：“马立昌根本不会想到会有人敢来劫火车，因此防备松懈。丰乐镇没有车站，火车会停靠在一片低洼地。届时，马立昌会派一个营的兵力去搬运物资，另外两个营留守驻地。在火车抵达前，我们的人就应当在铁道两侧埋伏好。待火车一到，首先派人控制火车司机，并迅速将车头与车厢分离。与此同时，要立即消灭火车上的押送人员。另外，马立昌派来接火车的一营士兵也要立即歼灭。”

古天龙道：“马立昌留守的两个营应重点照顾，我们要集中优势兵力，打他个措手不及。”

鹿觉敏道：“把我们的重武器都带上，特别是那几门迫击炮，决不能让他们跑掉一个。”

安豫侠道：“围剿马立昌留守两个营的任务，可由党代表麦娇娇指挥第一小队、第二小队、骑兵队来完成。抢夺军用物资，围歼马立昌派来搬运物资的士兵，由猎人小分队和第三小队完成。”

任务已经分派下去，但最让安豫侠放心不下的却是赵文蔚。一旦战斗打响，赵文蔚该如何脱身呢？思来想去，他一拍大腿，终于有了。“文蔚同志，为了你的安全，你一定要想法让马立昌派你来接运物资。当战斗打响后，立即撤出敌方阵营。”安豫侠说完，又转向鹿觉敏笑着说道，“你这个神枪手要在第一时间敲掉敌人营长的脑壳，群龙无首，必然大乱，这就给文蔚同志创造了脱身的机会。”

“是！请大老板放心，一切都照您老人家说的办。”鹿觉敏冲着安豫侠做了个鬼脸。

随后，镖王一行三人又去实地做了侦察，确保万无一失。

呜！伴随着汽笛一声长鸣，一列火车缓缓驶入丰乐镇。

在列车停下的一刹那，靳利、水液飞身进入火车头内，控制住了司机、司炉。

姚莆用最快的速度摘掉车头与车厢之间的挂钩。与此同时，安翠霞、古天龙也摘掉了武装押运车厢与弹药车厢之间的挂钩。镖王安豫侠见时机已到，便领着鹿觉敏、鹿觉民等人来到了武装押运车厢前。

车厢的门打开了，一个排长模样的人走了出来，后面紧跟着下来了十几个士兵。奉军排长戴着墨镜，叼着香烟，冲着镖王，傲慢地问道：“你们是哪部分的？当官的呢？”

镖王回答道：“我们是马立昌团长派来搬运物资的。”

“嗯，那就开始卸物资吧。”奉军排长漫不经心地说道。突然一个士兵附在他耳边说道：“排长，情况有点不妙。你看车头、车厢都被他们给分开了。”奉军排长猛醒，吐出口中叼着的香烟，大喊一声："弟兄们，我们上当了，给我打！"

可为时已晚，十几个奉军瞬间就被消灭了。总指挥长安豫侠头部、手臂被子弹擦伤。

此时，马立昌派来搬运物资的士兵也已进入低洼地，走在前面的营长被神枪手鹿觉敏一枪击毙，队伍顿时大乱。赵文蔚趁势撤出，与彭振彪会合。两颗迫击炮弹在敌群中爆炸，两挺重机枪疯狂地向敌人扫射，敌人覆灭在战火中。

另一处战场，在麦娇娇的指挥下，第一小队、第二小队、骑兵队重创了敌人。可不幸的是，丛娜牺牲了。

第十五章　捉匪洛阳城

1

苍天不语，大地无言，风起悲鸣，山河呜咽，静谧空旷的大山里响起阵阵枪声，这是战士们在向牺牲的战友鸣枪哀悼。

党代表麦娇娇悲愤地说道："山河大地存忠骨，哀泪悲歌悼英灵。壮志未酬身先死，留取丹心照汗青。他们的灵魂永垂不朽。我们要化悲痛为力量，拿起手中枪，勇敢冲上前，消灭军阀，铲除一切祸国殃民之罪人，还我人民大众自由、平等生存之公道。

"冯玉祥的第二集团军现已由阌乡东进追击奉军，阎锡山也高调声明服从'三民主义'。昨日，驻守洛阳的奉军第二十一军奉命急速开往洛阳以西迎战冯玉祥的先头部队方振武部。现在洛阳城内兵力空虚，只有一个营的兵力以及章自贡的保安大队。因此，上级命令我们，歼灭保安大队及留守奉军，铲除章自贡、皮耽虎、皮牙虎这三个罪大恶极的匪首。"

总指挥长安豫侠脸色苍白，头部缠着白色绷带，左臂也用粗布带吊了起来，在消灭奉军马立昌独立团时，他负了不轻的伤。幸有懂医术的鹿觉敏的悉心照护，他的伤渐愈。身体上的伤容易医治，心灵上的创伤却无法治疗。妻子丛娜的牺牲，让他痛不欲生。连日来，丛娜的身影时时刻刻浮现在他眼前。但为了革命事业，这位铁骨铮铮的汉子依然顽强地站立着。

“同志们，党代表的一番话，道出了我豫西自卫大队全体队员的心声。身作国殇、成仁取义的烈士们，他们在血与火的淬炼洗礼中，为国为民立下不朽的功勋，将永垂后世。”镖王洪钟般的声音在高山密林间回荡，“章自贡这个老狐狸，看吴佩孚大势已去，便投靠了张作霖。上级交给我们的任务，我们要全力完成。当然，有战斗就会有牺牲。我们要有长剑倚天、宝刀挂日的壮志；也要有视死如归、壮士断腕的勇气；更要有不畏险恶、敢打必胜的霸气。我相信革命的熊熊烈火必将燃遍神州大地。”

“打倒军阀！严惩三魔！”镖王安豫侠振臂高呼，豫西自卫大队全体队员也跟着高呼起来。这声音气冲霄汉，声震五岳。

2

洛阳城西红山岭密林中。

五个身材健壮的汉子坐在树荫下歇息，一个装满酒的酒囊不断在他们手中来回传着。

“兄弟们！总指挥长、党代表把这么重要的任务交给我们，这是对我们的信任。”说话的不是别人，正是第三小队队长彭振彪。

此次，他奉命率领4名精干队员打入章自贡的保安大队，执行秘密潜伏任务。彭振彪虽说参加过无数次剿匪，有相当丰富的战斗经验，但这次与以往不同。不但时间紧、任务重，而且要面对的是一个阴险毒辣的老狐狸，更何况在刚刚结束的汝河桥战役中洛阳警备大队全军覆灭，保安大队也损失惨重。可以猜得出，此时的章自贡必然小心谨慎、处处设防。那么，如何做到既不暴露身份，又能取得章自贡的信任，进而顺利完成侦察任务呢？彭振彪深感肩上担子之沉重。

“你们几个都动动脑筋，一定要想一个让章自贡信得过的理由。”彭振彪望着另外四人说道。

“要我看，理由只有一个，那就是前去投靠章自贡，但我们用什么身份去投靠呢？”

“对，身份很重要，我们就以杆匪的身份去投靠。”

“充当杆匪去投靠章自贡再好不过，但必须编一个有说服力的故事才行。”

“大家和我想一块了。既然这样，故事就由我来编吧。杆匪李万如有个弟弟叫李万意，从小不务正业，后来也上山当了杆匪。一次李万意带着几个小杆匪下山打劫，被我撞见灭掉了。李万如、李万意兄弟二人已死，李家再无他人。我大可冒李万意之名投靠章自贡，李万如曾救过章自贡的命。就冲这救命之情，章自贡也得收留我们。”

“故事精彩，理由充分。高！实在是高！”

“是啊！救命恩人的弟弟怎么能不收呢。”

“现在，我最担心的是怕保安大队里有人认出彭队长。”

“还有一个问题，从现在起我们要改变对彭队长的称呼。”

“如果大家没其他意见，这件事就这么定了。既然我们是以杆匪的身份前去投奔章自贡，那么，我就是李万意，你们四个以年龄为序，分别是老大、老二、老三、老四。从现在起我就是你们的匪首李架杆，你们就是我手下的小杆匪。大家一定要记牢了！”

“记住了！李架杆！”小杆匪们齐声答道。

望着眼前这四张年轻而坚毅的脸，彭振彪内心无比激动，他站起身来大声说道：“出发！”

五位壮士沿着青翠的山脊，迎着金色的朝阳，踏着豪迈的步伐，健步如飞地向前走去，渐次融入茫茫林海之中。

直系军阀被赶出河南后，洛阳保安大队就像一个没了爹娘的孩子，大队长章自贡更是整日愁眉苦脸。最终，在皮家二虎的谋划下，章自贡投靠了奉军。然而，好景不长，北伐大军强势北上，又加上冯玉祥率兵东进，奉军节节败退。章自贡预感到洛阳城怕是保不住了。但土匪向来是以生死论失败，洛阳城失守，大不了带着弟兄们进山继续当土匪，大口喝酒，大碗吃肉，显然这只是章自贡一厢情愿的美梦。

章自贡为达守残待兴之目的，将保安大队现有的250人，挑选出50人作为自己的亲卫队，其余200人编为两个小队，皮耽虎任第一小队队长，皮牙虎任第二小队队长。

一日，章自贡、皮耽虎、皮牙虎三人正在议事，忽有卫兵来报，说一个叫李万意的杆匪带着4名兄弟前来投奔。这个时候，怎么会有人来投奔我？莫不是镖王派来的奸细？章自贡顿时起了疑心。他不耐烦地摆了摆手，对卫兵说道："你去告诉那个李万意，就说老子正忙，没时间见他。"可不一会儿卫兵又进来报告，说来人自称是李万如的弟弟。一听说是李万如的弟弟，章自贡双眼骨碌碌转了一圈，立即吩咐卫兵把李万意带进来。

见彭振彪等人进来，章自贡忙起身笑脸相迎，落座看茶。见章自贡对来人如此客气，皮耽虎、皮牙虎兄弟二人好生奇怪。

彭振彪讲述章、李二人成为生死之交的全过程，又说其兄长李万如已被镖王所杀，这次之所以来投奔章队长，就是想为其兄长报仇。章自贡没有从彭振彪的话中发现破绽，但他对眼前这个自称李万如弟弟的李万意还是有所怀疑。

"万意老弟所言非虚，但怎么才能让我相信你真的是李万如的弟弟而不是镖王派来的奸细呢？只要能拿出让我信服的证据，我当然欢迎几位弟兄加盟。可如若拿不出，那就别怪我章某人心狠手辣，剜心就酒点天灯就是你们的结局。”章自贡凶狠狠地说道。

跟随彭振彪一起来的四人陡然紧张起来，不由得将手移至腰间。但他们毕竟训练有素，没有贸然行动。

“章队长，请看。”只见彭振彪不慌不忙地从衣兜里掏出一样东西递到章自贡面前，这是一截兽骨。

章自贡接过兽骨，仔细地查看，三个米粒大小的字映入他的眼帘。这截刻着他名字的兽骨正是他亲自赠予李万如的。

“刚才有所冒犯，敬请几位兄弟见谅。形势所迫，兄弟我不得不谨慎处之。”章自贡拱手抱拳向彭振彪等人致歉，“承几位兄弟看得起，前来投奔于我，这是我章某人的荣幸。可按照道上的规矩，还得考量考量各位的本事，这样也好给各位封个一官半职，也好让其他弟兄心服口服。”章自贡的这番话确是发自肺腑，如今他手下尽是些像皮耽虎、皮牙虎这样的酒囊饭袋，成事不足败事有余。如若这五人有真本事，又能效忠于他，这对于正处在危境中的章自贡而言，犹如天助。

“承章队长看得起，这是我们的福分，在这里我和我的几位弟兄多谢了。”彭振彪起身抱拳致礼，“我们愿意接受章队长的考核，还请保安大队的各位弟兄多多指教。”

“好！痛快！皮耽虎、皮牙虎，你们两个传我的命令，让保安大队的所有弟兄立即到大院集合。”章自贡兴趣浓浓。

“是！”皮耽虎、皮牙虎两人转身而去。

保安大队大院内，所有人员全部到来。

遵照章自贡的要求，首先考量马上功夫。保安大队抽出5人，与彭振彪几人一对一展开拼杀。最终，保安大队5人尽落败。顿时，口号声、呐喊声响成一片。

接着考量的是枪法。皮耽虎不情愿地平举着马鞭，他的手有些颤抖。但这是章自贡的命令，他不敢违抗。

“站好喽！不要乱动！”老大端着一杆长枪，枪口正对着皮耽虎。院内鸦雀无声，只听啪的一声，马鞭拦腰被打断了。

皮牙虎头戴风帽哭丧着脸站在一棵大树前，他心里充满了对章自贡的不满，给别人当活靶子，这可是玩命的活，你章自贡自己怎么不来。

“站好喽！千万别动！飞刀可没长眼睛。”老二用黑布蒙住了双眼，随手从腰间摸出一把锋利的飞刀。骤然间，几百人的心似上紧了的发条，怦怦直跳。

皮牙虎紧闭双眼，嘴里默念着菩萨保佑。

嗖！一道寒光闪电般射向皮牙虎。皮牙虎忽觉头顶发凉，刹那间出了一身冷汗。原来他头上戴着的那顶风帽已被飞刀刺穿，飞刀的余劲带着风帽深深扎进身后的树干中。院内爆发出一片喝彩声。

而后，彭振彪吊打飞钱、弹灭香火的枪法，更是令院内众人大开眼界，叹为观止。

但见一人平举着一根1米长的木棍，木棍上系着一串铜钱。举棍之人故意晃动木棍，令铜钱不停摆动，彭振彪需在百步之外一枪击中摆动着的铜钱。

啪！子弹飞向目标。哗啦！铜钱落地。

啪！又是一颗子弹飞出，百步之外的檀香被打灭。

“好枪法！这才是真正的神枪手啊！”章自贡竖起大拇指赞赏道。其实，这也正是他所期盼的结果。

“有哪位兄弟不服，尽管与这几位兄弟比试比试。”章自贡大声问道。过了一会儿，见无人应答，章自贡又说道：“现在，我任命老大为第一小队副队长，老二为第二小队副队长；任命李万意为卫队队长，老三、老四为副队长。”

众人对章自贡的这一决定皆无异议，唯独皮家二兄弟认为章自贡的任命过于草率了。在他二人眼中李万意等人的突然到来，就是一种不祥之兆。

从彭振彪等人进入保安大队那天起，皮耽虎、皮牙虎就暗派自己的心腹秘密监视他们的一举一动。但始终未发现彭振彪等人有反常的地方，皮家两兄弟慢慢打消了对彭振彪等人的猜忌，最终撤销了对他们的监视。

3

洛阳城有几十家妓院，生意最火爆的当属蕊香楼，这里的娼妓大都来自江苏、浙江、广东三省，体态肤色各具景致：胖者雍容，瘦者柔情，白者娇媚，黑者娟丽。自打进了洛阳城，皮耽虎就在各大妓院寻花问柳，只是近些日子形势紧，生怕被镖王摘掉了脑壳，才不再去妓院。皮耽虎是蕊香楼的常客，这里妓女都认识他，称他为皮爷。蕊香楼有位“一夜百金，一笑千银”的名妓小惜玉。小惜玉身材苗条、目荡流波，引得众豪客竞相破门，后来被皮耽虎包了下来。

近日，听手下人说蕊香楼来了一位美若天仙的女子，名叫梅晓倩。梅晓倩身材修长、肌肤白皙，不施脂粉却显风韵，毫无青楼女子的轻佻作态，是一名卖艺不卖身的艺伎。她歌喉甜润，善舞能诗；她怀抱琵琶，纤指逗弦，有声韵绕梁、曲尽其妙的超人技艺。虽刚来几日，便因娇姿可爱、才艺超群引得客人盈门。其实，梅晓倩的真实身份是豫西自卫大队的一员，她之所以以艺伎的身份出现在蕊香堂，是受党代表麦娇娇委派协助铲除皮耽虎。

每日晚饭后，皮耽虎必会到蕊香楼，先是听梅晓倩弹唱，再与小惜玉彻夜销魂。他的活动规律早已被梅晓倩汇报给麦娇娇。安豫侠、麦娇娇二人研究决定，此次洛阳城捉匪分三步走：第一步是除掉皮耽虎、皮牙虎；第二步是设计引章自贡及保安大队离开老巢，继而全部歼灭；第三步是用章自贡作诱饵，将奉军留守在洛阳的军队调出城外，继而全部歼灭。

党代表麦娇娇强调，要立即查清皮牙虎的活动规律，在最短时间内除掉二虎。

皮家三虎各有恶癖，老大皮耽虎好嫖，老二皮牙虎好赌，老三皮啸虎好抽，只不过皮啸虎已被干爹章自贡打死。皮牙虎虽然好赌，但却比大哥皮耽虎多了个心眼，多日来他一直龟缩在保安大队中。

洛阳城有家名为震丰源的酒楼，老板李星莆是一名青帮的头目。震丰源名为酒楼，实则是打着酒楼的幌子聚赌牟利。李星莆之所以敢如此就是因为他的后台是洛阳保安大队，幕后支持者便是现任保安大队第二小队队长皮牙虎。李星莆依仗皮牙虎为他撑腰，便有恃无恐，越干越大。

不过，即便有了硬靠山也不见得万事大吉、一切顺利。震丰源酒楼刚开张就碰到了一个搅局者，来着不善，一出手就是上百元的赌注，几圈下来，李星莆已输得一塌糊涂，又不敢动粗，因来人随身带有10多名保镖，腰间全插着短枪。皮牙虎不知这位赌客的来路，也不敢多问，只能哑巴吃黄连，就此作罢。吃一堑长一智，为防此类事情重演，皮牙虎特意为李星莆请来三位精通赌术的人。此后，震丰源酒楼可谓是财源滚滚，李星莆对皮牙虎比对自己的亲爹还亲，只要皮二爷一到定是“三包一抽”，包吃包住包女人，还要奉送抽头钱。

连日来见大哥皮耽虎都毫发无损地回来，皮牙虎便也放了心，又开始在赌场里流连。但因章自贡看得紧，白天不敢出来，只好晚上偷偷溜去震丰源酒楼。

洛阳城内松鹤居饭店内，总指挥长安豫侠、党代表麦娇娇正在部署铲除皮耽虎、皮牙虎的行动，此次行动分为三组：

第一组：麦娇娇带领安翠霞、鹿觉敏及百姓大药店联络站及松鹤居饭店联络站的同志直扑蕊香堂，在梅晓倩的协助下除掉皮耽虎。

第二组：安豫侠带领古天龙、鹿觉民及洛阳当铺联络站、净水源茶馆联络站的同志前往震丰源酒楼除掉皮牙虎及青帮头目李星莆。

第三组：打入保安大队的彭振彪等五人在保安大队外阻截，绝不允许皮耽虎、皮牙虎逃回保安大队。

夜幕降临，蕊香楼门前挂满了大红灯笼，一盏盏，一排排，艳丽夺目。妓女们站在楼上卖力地挥动着手中的丝巾，招揽着街上的行人。为招揽嫖客，她们还唱起了自编的词曲：

今晨喜鹊叫，今宵灯花爆。贵人登门到，天天降福兆。

皮耽虎跟往常一样，带着几名手下走进蕊香楼。可今晚一楼的大厅内一片冷清，不见了梅晓倩的身影。皮耽虎双眼圆睁，指着老鸨问道："梅小姐呢？她怎么不来弹唱？"

"回皮爷，梅小姐今日身体有恙，恐得过几天才能弹唱。"老鸨唯唯诺诺地回答道。

"哟！皮爷，今儿个左一个梅小姐，右一个梅小姐，听了叫人好生伤心！难道你的心里只有梅小姐，就没有我小惜玉吗？”楼上传来一个女子娇滴滴、酸溜溜的说话声。

小惜玉的出现为老鸨解了围。

看见小惜玉，皮啸虎马上转换了一副面容，笑眯眯地说道：“哟！我的小亲亲吃醋了！皮爷心里只有小惜玉，哪来的梅小姐。小亲亲，快！进屋等着，皮爷马上就来。”而后他又转身对老鸨说道：“看在小惜玉的面上，就饶了你这个老不死的。”说完，狠狠瞪了老鸨一眼，转身上了楼。四名手下也跟着上了楼，站在了小惜玉的房门外。

皮耽虎走进小惜玉的屋内，不禁两眼发直。但见小惜玉身着一件黄绿色的薄绫紧身衫，两个乳峰若隐若现；淡绿的衫裙刚到膝下，露出光洁浑圆的小腿；她脚上没有穿鞋，双足洁白细嫩，小巧玲珑，惹人怜爱。此时，皮耽虎已神魂飞荡，他猛地把小惜玉扑进床里，疯狂地啃咬起来，似乎要一口吃掉这位佳人。

衣服刚脱掉一半，皮耽虎突然停住了。只见他一把推开小惜玉，快速穿好衣服拔出手枪，来到门前，把耳朵贴在门上，门外怎么这么安静，人都到哪里去了。他暗道一声不好，打开后窗便跳了下去。小惜玉被皮耽虎的一系列行为吓蒙了，她愣愣地坐在床上。

就在皮耽虎跳下窗户的一刹那，房门被人重重地踹开了，四名手持短枪的女子闯了进来，她们正是麦娇娇、安翠霞、鹿觉敏和梅晓倩。得知皮耽虎已跳窗逃跑，四人便也从窗户跳下追了下去。

皮耽虎的四名属下缘何突然消失？原来就在皮耽虎与小惜玉缠绵的时候，四名属下就被麦娇娇、安翠霞、鹿觉敏、梅晓倩引入了其他房间，四人一进入房间便被早已埋伏在里面的人刺死。

从窗户跳下后，皮耽虎便一路狂奔，朝着保安大队的方向跑去，半路上被鹿觉敏射中了腿。皮耽虎不甘心束手被擒，拖着流血的腿，边还击边逃。

眼看就要到保安大队了，啪啪啪啪！一阵枪响，皮耽虎被埋伏在此的彭振彪等人乱枪打死。

震丰源酒楼内灯火辉煌，一楼大厅内烟雾弥漫，十多张赌桌前都围满了赌徒。这里有牌九、花会、铺票、骰子等各式玩法，几名凶神恶煞般的打手不停地在大厅内穿梭巡视。皮牙虎、李星莆高坐在二楼的廊道内，笑容满面地看着一楼大厅内热闹非凡的场景，他们对日进斗金的赌博大业充满了信心。

“皮爷！李老板！外面来了两辆小轿车，看来是条大鱼。”一名打手跑上酒楼二楼，满脸笑容地说道。

“星莆！你去迎客，我在雅间恭候，今晚定让他输个精光。”皮牙虎奸笑着进了雅间。

李星莆带着手下快步走出酒楼。但见酒楼门外停着两辆黑色小轿车，为首的一人头戴黑色礼帽，鼻梁上架着一副黑色墨镜，身着黑色长衫，足蹬黑色皮鞋，眉如墨画，目放光华，身材高大健硕，身后跟着十来个腰别短枪的保镖。这打扮、这派头、这气势，绝对是一条大鱼。李星莆嘴角露出一丝奸笑。

见来人已走上酒楼的台阶，李星莆赶紧满脸堆笑地迎了上去，冲着来客抱拳拱手道：

五彩祥云上下飞，喜从天降梦灵验。
今日飞来大财仙，又见金山和银山。
财仙大把撒金钱，金钱撒在小弟箱。
财仙若是真出手，富贵荣华万万年。

来客也拱手抱拳道：

财神到来庄主笑，输赢谁都难预料。
庄家若是手气好，财神慷慨献财宝。
庄家若是手气臭，财神也要吃你肉。
谁吃肉来谁喝汤，八仙过海比比看。

李星莆心中一惊，真是来者不善啊。但他脸色不变，哈哈大笑道："这位爷果然不是凡人。请！"

李星莆前边引路，一行人径直来到二楼的雅间。

这位赌客究竟是哪一位？其实此人并非赌徒，乃是豫西自卫大队总指挥长安豫侠。按照事先安排，古天龙、鹿觉民、靳利及2名联络员跟随安豫侠进了雅间，赵天放、孔顺和另外

3名联络员留在了一楼大厅，负责消灭大厅内4名打手。

“皮二爷，他们来了。”李星莆附在皮牙虎耳边小声说道。

“好！来得好！皮爷我正手头紧，今天绝不能让这条大鱼跑掉。”皮牙虎心中暗喜道。

皮牙虎见贵客已至，便抱拳施礼道：“贵客，请入座。”

然而，安豫侠并不给他半点面子，只见他不慌不忙地摘下墨镜，上下打量起皮牙虎来。皮牙虎被瞧得浑身发毛，激灵灵地打了个冷战。为了不失气势，皮牙虎在心里暗道：“不管如何，这都是皮爷我的地盘，就算你有天大的本事也逃不出我的手心。”

“你就是皮牙虎皮二爷？”安豫侠带着玩味的语气问道。

“在下正是。”皮牙虎气得火冒三丈，但又不得不强自忍住。

“如果我没有猜错的话，你身边的这几位除了李老板之外，其余三位都是皮二爷请来的高手吧？不过，今天我既然敢来，就不怕你们耍诈。把箱子打开，给他们看一看。”安豫侠话音一落，古天龙、鹿觉民立即将手中的皮箱放到赌桌上，两只皮箱里满满的装的都是钱。皮牙虎眼睛直直地盯着箱子里的钱，手心不由得痒痒起来。

“我可把话说在前头，今晚只和皮二爷您赌。”安豫侠板着面孔说道。

“在下定当奉陪。但不知怎么个玩法？”皮牙虎收回贪婪的目光，问道。

“很简单，我们掷骰子猜点数，如何？”安豫侠答道。

“好！那我们就掷骰子。”皮牙虎一拍大腿，高兴地说道。掷骰子可是他的拿手好戏。

其实，安豫侠在来前就对掷骰子作了深入的研究，已吃透了其中的骗术。正因为如此，他才一上来就要与皮牙虎掷骰子。

一般赌场里用的骰子不是灌注铅，就是灌注水银或磁铁，这样做都是为了便于控制骰子的点数。如一枚骰子的玩法，庄家先让人下注，然后把一枚骰子掷在杯内，让骰子在里面旋转，当骰子即将停下来时，围观的赌徒看是4点，就在这一瞬间，庄家猛然用纸片把杯子一盖，便让众赌徒猜点数。众赌徒猜4点，如果钱押得少，庄家就叫你猜中；若押的钱多，点数就变了。

“老板，请下注！”李老板面带笑容地说道。安豫侠让古天龙从箱子里拿出两千元，放到赌桌上。

“第一次出手就两千元，真不愧是财大气粗的大老板。”皮牙虎竖起大拇指赞叹道。

皮牙虎拿起一枚骰子给安豫侠看了一下，旋即将这枚骰子掷入杯中，骰子在杯中快速旋转。此时，众人的眼睛全都盯在这枚骰子上，当骰子旋转得越来越慢，即将停下来时，大家都看到是4点。就在这眨眼之间，皮牙虎迅即用一张纸片盖住了杯子。他盯着安豫侠笑道：“请客人猜点。”

安豫侠要4点。皮牙虎嘴角露出一丝冷笑，在众人毫无发觉的情况下，手指轻微地碰了一下杯子，杯中的骰子瞬间变为了3点。皮牙虎一开局就赢了，李星莆等人内心一阵狂喜。

第二局，安豫侠又下注2千元，皮牙虎故伎重演又赢了。连赢了两局，皮牙虎信心倍增，他认为眼前的对手徒有其表，气势装得倒足，还不是照样输。

第三局，安豫侠下注1万元。皮牙虎依然照方拿药，但这次不灵验了，3点被安豫侠准确无误地猜中了。

第四局，安豫侠下注2万元。皮牙虎认为上一局是对方侥幸猜中，可未必能次次猜中。这次他故意把骰子变为了1点，安豫侠居然又猜中了。

第五局，安豫侠下注3万元。皮牙虎不顾李星莆等人的阻拦，再次把骰子掷入杯子。他使尽浑身解数，最终将杯子里的骰子变为了2点。但他的这些小伎俩怎能逃过安豫侠的眼睛。无奈，皮牙虎又输了3万元。

“怎么样皮二爷，还要不要继续玩下去？”安豫侠挑衅地问道。

皮牙虎早已输红了眼，恨不得一口吞了安豫侠。他一巴掌拍在赌桌上，怒睁双目大吼道：“我看你小子是活腻了，竟敢来这里闹事！既然不想活了，就报个名号，你家皮爷不杀无名之鬼。”

“好！皮牙虎，你就竖起耳朵给我听清喽，我就是你们一直在找的豫西镖王安豫侠。”

皮牙虎万万没想到追寻多年的仇人，今日竟主动送上门来，这可真是踏破铁鞋无觅处，得来全不费工夫。今天这钱输得值，我皮牙虎要把赌场变成屠宰场，要让豫西镖王成为我的枪下鬼。

“镖王拿命来！”皮牙虎大喊一声，拔枪在手。

说时迟那时快，安豫侠双手一挥，两枚缨镖闪电般直奔皮牙虎、李星莆二人面门而去，两个杀人恶魔未及扣动扳机便已倒地身亡。

与此同时，古天龙等人也解决了雅间内的打手。

赵天放等人也顺利解决了一楼大厅里的4名打手。赌场内一片混乱，赌徒们乘机抢钱。

雅间内，安豫侠等人把赌桌上的钱重新装进箱子，而后来到楼下与赵天放等人会合。一行人出了震丰源酒楼，乘坐小汽车绝尘而去。

至此，皮耽虎、皮牙虎、李星莆三名匪首全部铲除。

4

听说皮耽虎、皮牙虎、李星莆三个为祸一方的恶霸全被人给杀了，民众无不拍手称快。

昔日不可一世的豫西巨匪章自贡却如遭电击，他深知下一个死的或许就是他。如今只有躲入深山，才能保住身家性命。在退出洛阳城之前，为防范敌人偷袭，章自贡对保安大队做了如下调整：

一、撤销第一小队、第二小队，合并为直属队，由他亲自领导。老大、老二任副队长。

二、任命厉鹰为卫队长，李万意为副队长。

三、任命李万意为联络官，负责联络留守洛阳的奉军，以应其变。

退出洛阳前，章自贡还有一桩大事要做。

章自贡为匪一生，杀人无数，但却迷信，每次有重大行动都要烧香拜佛以求佛祖保佑，每次出行都要占卜吉凶。他认为自己今日所获得的一切，都是佛祖所赐，都是自己虔诚拜佛所种下的善果。

一日，章自贡找来卫队长厉鹰。厉鹰是溜须拍马的高手，一向看主子脸色行事。一进门，他便发现主子双眉紧锁，似乎遇到了什么烦恼之事，只是他又不敢开口询问，便只能在一旁干站着。

章自贡抬起头，看了一眼垂手而立的厉鹰，长叹一声说道："厉鹰啊，你已跟随我多年，深知我的秉性。这么多年来，你们一直跟着我吃香的喝辣的，可眼下形势对咱们十分不利！皮耽虎、皮牙虎一夜之间都被人杀了，下一个死的就该是我们了。如今，我们只有退出洛阳城，返回深山，才能东山再起。"

“章爷高见！厉鹰愿誓死追随章爷，章爷指哪儿，我就打到哪儿；章爷叫我向东，我绝不向西。”厉鹰信誓旦旦地说道。

“好！好！我就喜欢你这样忠心的兄弟，没白提拔你当我的卫队长。”章自贡拍了拍厉鹰的肩膀，又接着说道，“章爷我如今最信任你，今儿个有件极其重要的事要交给你。回去后，你找几个信得过的兄弟给我死死盯住李万意，发现情况后立即向我汇报。”

“章爷，您为何要怀疑他们？”厉鹰小心翼翼地问道。

“我总觉得两位队长的死与他们有关，不得不防啊！再有，退出洛阳城这一事，不可向任何人透漏。还有，退出洛阳前我想去庙里烧香拜佛，你看去哪一座神庙合适啊？”

“这个……这个……”厉鹰急得直拍脑门，支支吾吾了半天也没想到一座寺庙，眼见章自贡要发怒，他急中生智道，“章爷，我是个粗人，不懂佛事，我看李万意李队长肯定知道。”

“好！你马上去把李万意给我找过来。”章自贡不满地说道。

皮耽虎、皮牙虎死后，章自贡突然对保安大队进行了整顿，撤销了彭振彪卫队小队长的职务。彭振彪深知章自贡这只老狐狸对他们几人产生了怀疑。可章自贡这样做难道只是因为不信任他们吗？这几日，彭振彪一直在琢磨这个问题，最终得出的结论是章自贡一定另有图谋。

那他所图谋的又是什么？难道是要逃回山林重新为匪？彭振彪深感问题严重，他立即将心中所虑向麦娇娇、安豫侠二人作了汇报。他的分析得到麦娇娇、安豫侠的认可，最后经研究决定：彭振彪等人继续留在保安大队监视章自贡的动向，并想法将其引出洛阳城。

这日，彭振彪找来老三、老四一起商议如何才能把章自贡引出城外。俗话说："三个臭皮匠顶个诸葛亮。"最终还真被他们找到了突破口，章自贡信佛，可以以去城外寺庙拜佛为由把他引出城外。正当三人为找到办法而高兴时，门外突然传来敲门声。紧接着，卫队长厉鹰推门走了进来。

"李队长，章爷请您马上过去，有要事相商。"厉鹰说着，拉起彭振彪就向门外走去。

"什么事啊？看把你急的。"

"这个，去了您就知道了。"

彭振彪随厉鹰来到章自贡的书房。

见彭振彪到来，章自贡起身笑脸相迎，看茶落座。随后又客气地说道："万意兄弟，自从皮耽虎、皮牙虎两位队长遇害后，我心中一直不安，为此我想去寺庙烧香拜佛，祈求佛祖保佑。万意啊，你可知哪座寺庙最为灵验？"

"章爷，我们洛阳城东不是有座白马寺嘛，据说唐僧从西天取经回来后，就是在那里翻译经书的，我看那里最合适。"

"白马寺？绝对不行。"章自贡连连摇头，"白马寺虽说高僧众多，但他们违背了我的佛理，什么劝人趋善离恶，什么不妄杀、不偷盗、不邪淫、不妄语、不饮酒，什么茶令人清，酒令人昏，真是屁话连篇，荒谬绝伦。照他们这种说法，我们这些人还怎么活，个个都得见阎王。兄弟你再好好想想，还有没有更适合的寺庙。”

彭振彪暗暗一笑，心想章自贡这个老狐狸终于入套了。于是他假装思索了一会儿说道：“章爷既然不愿去白马寺，那我再为您推荐一处。洛阳城西三十里处有一座龙华寺，相传此寺建于唐开元年间，里面供奉着一尊弥勒佛，很是灵验。”

“李老弟，你应不知章某从小信佛，而且最信弥勒佛。你说的这个龙华寺我也早有耳闻，那咱们就去龙华寺，还得请李老弟选个吉日。”

“小弟不才，承蒙章爷信任，那万意就斗胆为章爷选个吉日。”彭振彪让章自贡伸出左手，看后笑道，“根据章爷您的掌纹来看，四天后的巳时就是吉日吉时。”

“好！就按李老弟说的办。李老弟，你立即去通知保安大队的弟兄，四天后都随我去龙华寺。”

“是！我这就去通知保安大队的兄弟们，让他们做好准备。”说罢，彭振彪便出了书房。

“章爷，真的要在四日后去龙华寺？这会不会是李万意给咱们设的套？”待彭振彪走后，厉鹰不放心地问道。

“放心吧！我看不会。”

“章爷，去龙华寺为何要带这么多弟兄？”厉鹰不解地问道。

“真是个蠢货！咱们明着是去龙华寺拜佛，暗地里是借此退出洛阳城。”

“章爷高见！”厉鹰谄媚地说道。

章自贡、厉鹰二人完全没有想到，彭振彪离开书房后并没有立马离去，而是偷偷躲在书房的窗户下偷听。

麦娇娇、安豫侠得知章自贡要逃跑的消息后，立即召开了紧急会议，对围剿章自贡的行动进行了周密部署。

旭日东升，一队士兵骑着马从洛阳城西门冲出，一辆卡车紧随其后，最后出来的是一辆小轿车。马、卡车、小轿车都向着龙华寺的方向而去。

龙华寺建在一座高山上，只有一条蜿蜒曲折的小路通到寺院门前，因此车辆、马匹都不能上山。章自贡等人在山脚下了车，马匹、车辆也都留在了山脚，留下几名士兵看守。众人顺着上山小道来到龙华寺门前，但见龙华寺老和尚领着二十多名小和尚早已恭候在此。龙华寺老和尚提前就得到了章自贡的通知，因此今日龙华寺内十分清静，不见一个香客。“阿弥陀佛，请章施主进殿上香。”在老和尚引领下，章自贡等人进了山门径直向天王殿走去。来到天王殿前，厉鹰等人也想随章自贡一同进去，但众僧人拦住了：“阿弥陀佛，殿内乃佛祖清修之地。施主们带着刀枪不宜进去，还请在殿外等候。”厉鹰本打算硬闯进去，但被章自贡制止了：“厉鹰，我们是来诚心拜佛的，不能惹佛祖不高兴。”厉鹰只好带着几十名卫队士兵在殿外警戒。

天王殿内供奉着一尊弥勒佛。章自贡跪在蒲团上，两眼微闭，双手合十，默诵祈愿。待祈愿完毕，睁开双眼，他惊见自己被一群小和尚包围，老和尚则不见了踪影。

略一思忖，章自贡便全明白了，他心知大势已去。然而土匪本性使然，即便是刀架在脖子上也要争个你死我亡。

哈哈哈！狂笑过后，章自贡脸色一沉道："你们是什么人，胆敢来杀章爷我？"

"俗话说，晨昏三叩首，早晚一炉香。佛以慈悲为本，善念为怀。佛曰：放下屠刀，立地成佛。只可惜你死到临头，还不知悔改。那我就告诉你，我就是豫西镖王安豫侠。今日我就送你去阴曹地府见阎王。"安豫侠从弥勒佛像的背后走出，来到章自贡的面前厉声说道。

章自贡怪笑一声，用手指着安豫侠说道："就凭你们这区区几人也想置章爷我于死地。笑话，简直是笑话。只要我大喊一声，我手下的弟兄就会冲进来。镖王，我劝你还是乖乖放了我。否则，这儿就是你们的葬身之地！"

面对气焰嚣张的章自贡，安豫侠冷笑一声。章自贡情知不妙，大呼救命。刹那间，一支缨镖如闪电般飞出，插入章自贡的咽喉。

殿外的厉鹰闻听章自贡呼救，大喊一声："弟兄们，快随我冲进去，救章爷！"几十名保安大队队员呼喊着向大殿内冲去。此时，埋伏在大殿屋顶上的豫西自卫大队队员对着敌人就是一阵猛射，龙华寺内枪声大作。突然，天王殿的殿门打开了，镖王与殿内众人躲在柱子后面向外猛烈射击。

最终，章自贡的自卫队全部被歼灭。

龙华寺内的战斗打响之后，在寺外布防的直属队没有丝毫反应，难道说他们已经投降了？

不错，这200多人的直属队确实是投降了。原来，彭振彪在直属队的早饭里下了足量的泻药，来到龙华寺不久，药力便开始发作。当战斗打响时，他们已泻得连拿枪的力气都没有了。当埋伏在寺外的第一、第二小队现身后，这200多人直接就投降了。

解决掉章自贡的保安大队后，按照原计划，彭振彪立即赶往洛阳城求援。

驻守洛阳的奉军接到彭振彪的求援后，在营长的率领下立即赶赴龙华寺。

途中，奉军掉进了麦娇娇设下的伏击圈，遭到第一、第二小队的痛击，而他们的后路又被彭振彪率领的骑兵小队堵住了。留守洛阳的这一营奉军是个杂牌军，战斗力有限，没打几枪营长就举起了白旗，投降了。

第十六章　中原大捷

红日跃出，射出霞光万道，给青黛的红山岭镀上了一层金色。

“同志们，报告大家一个好消息！”总指挥长安豫侠满脸喜悦地说道，“武汉国民政府发布命令：举行第二次北伐战争，先期荡平盘踞在河南的直系和奉系军阀。

“北伐军在驻马店一带集结完毕后，兵分三路，右路为主力，进攻汝南上蔡，直指开封，中路负责京汉线正面作战，左路则在京汉线西侧作战。5月14日，北伐军中路军行进至焦庄附近，与奉军相遇。双方展开激烈交战，奉军伤亡过半。15日，北伐军占领西平车站，奉军退入西平城内。

“16日，北伐军遭到奉军援军的攻击，伤亡惨重。危急时刻，北伐军第三十六军预备队及时赶来增援，终将奉军击退，夺回了阵地。17日，北伐军攻克西平。

“与此同时，北伐军右路军向上蔡方向进军。14日，在蔡埠口与奉军第十二旅富双英部遭遇，双方激战数小时，奉军撤退至上蔡城内。为解上蔡之围，奉军急调第四十六、第六旅来援，双方激战于洪桥。鏖战一夜，洪桥仍为北伐军控制。17日，北伐军总预备队投入战斗，全线转守为攻，奉军败退商水。被困于上蔡城内的富双英旅逃路断绝，被迫投降。

“北伐军乘胜追击，克商水，收邓城，直抵沙河南岸。为挽回颓势，奉军急将开封等地所部调到临颍一线。27日傍晚，北伐军第十二师行进至临颍东十里头，遭遇奉军阻击，激战一夜，未能突破奉军阵地。北伐军一纵队急令第二十六师加入十里头战斗，并令第七十七团蒋先云部开赴辛庄抄敌左翼。第七十七团以共产党员、共青团员为骨干，自出师以来，冲锋陷阵，无不视死如归。第七十七团所经之地，奉军炮火异常猛烈，全团官兵伤亡过半。蒋先云身负重伤，仍率队冲锋，最终壮烈牺牲。28日下午，北伐军第十师急速增援至瓦店，加上二纵队已攻破奉军小商桥防线，大军骤至，北伐军遂转守为攻。奉军阵线崩溃，向北败退。北伐军乘胜猛追，29日克许昌，30日占领新郑。

“临颍之战，战斗之烈，伤亡之大，自国民军北伐以来，实以此役为最。

“为了策应北伐，冯玉祥于今年5月初宣布就任国民革命军第二集团军司令，分兵六路出陕西。中路由冯玉祥率领，出潼关经洛阳向郑州推进；右路军出荆紫关，经南阳直指郑州；左路军经太原出娘子关，进逼石家庄；东路军出兵河北；南路军经洛宁向洛阳进军；北路军出宁夏，进攻察绥，牵制奉军。冯军进攻顺利，26日攻克洛阳，27日抢占孟津，沿陇海路向东疾进，直逼郑州。

“处于冯玉祥和武汉北伐军两面夹击之中的奉军放弃郑州、开封，全部撤往直隶和山东。30日，冯玉祥部进占郑州。6月1日，武汉北伐军与冯部在郑州会师。”

“同志们！这是一场革命与反革命之间的较量，这也是一场人民大众与帝国主义支持下的北洋军阀之间的一场较量。在国共两党的共同领导下，正义终于战胜了邪恶。”

在总指挥长安豫侠的带领下，豫西自卫大队的全体队员发出山呼般的呐喊。

“打倒帝国主义反动派！”

“打倒封建主义！”

“打倒军阀！”

“为正义而战！”

“为真理而战！”

“胜利属于人民！”

安豫侠示意大家安静：“同志们！第二次北伐战争具有极其深远的意义，它的胜利无疑把中国的革命运动推向新的高潮。

“同志们！军阀虽然被赶走了，但革命的道路还很长，让我们高举革命的旗帜，去迎接胜利的曙光；让我们挺起胸、昂起头，一起高唱革命的战歌。”

前进路上凶险莫测，犹如千丈虎狼穴。

雾霾重重尖风呼啸，恰似人间魔鬼窟。
工人运动风起云涌，气壮山河展豪气。
农民运动波澜壮阔，血溅江山逐浪流。
烈日炎炎红旗展，战马嘶鸣风萧萧。
大丈夫横眉冷对，铁骨铮铮踏雄关。
好男儿舞动旌旗，拉雕弓勇往擒敌。
征途奔波何所惧，敢教人间换新颜。

烈日炎炎红旗展，战马嘶鸣风萧萧。
将士铁甲夜不脱，钢枪战刀永相伴。
凄风冷雨何所惧，动荡岁月卓然立。
一年三百六十日，终是横戈马上行。
天下农友掌大印，敢做世界主人翁。
共产旗帜照人心，坚决革命向前进。
大刀长枪握手中，除压迫勇敢前冲。
战斗到底向前进，杀向敌人大本营。
最后的胜利一定属于我们工农兵！

红山岭上，嘹亮的歌声直冲云霄。绝不畏惧、绝不屈服、英勇战斗的钢铁意志震撼了山山岭岭。

图书在版编目(CIP)数据

豫西镖王/张锦生著. —郑州:河南文艺出版社,2019.8(2020.10 重印)

ISBN 978-7-5559-0861-6

Ⅰ.①豫… Ⅱ.①张… Ⅲ.①长篇小说-中国-当代 Ⅳ.①I247.5

中国版本图书馆 CIP 数据核字(2019)第 170367 号

出版发行 河南文艺出版社
本社地址 郑州市郑东新区祥盛街 27 号 C 座 5 楼
邮政编码 450018
承印单位 永清县晔盛亚胶印有限公司
经销单位 新华书店
纸张规格 890 毫米×1240 毫米 1/32
印　　张 11
字　　数 208 000
版　　次 2019 年 8 月第 1 版
印　　次 2020 年 10 月第 2 次印刷
定　　价 38.00 元

图书如有印装错误,请寄回印厂调换。
印厂地址 永清县工业园区大良村西部
邮政编码 065600 电话 0316-6658662 6658663